Dagoberto Gilb
Der letzte bekannte Wohnsitz des Mickey Acuña

Roman
Aus dem Amerikanischen
von Werner Schmitz

Frankfurter Verlagsanstalt

Die Originalausgabe erschien 1994
unter dem Titel THE LAST KNOWN RESIDENCE OF MICKEY ACUÑA
im Verlag Grove Press, New York
© 1994 by Dagoberto Gilb

1. Auflage 1995
© der deutschen Ausgabe
Frankfurter Verlagsanstalt 1995
Alle Rechte vorbehalten
Schutzumschlag- und Einbandgestaltung: Bertsch & Holst
Satz: Fotosatz Reinhard Amann
Druck und Bindung: Offizin Andersen Nexö Leipzig GmbH
Printed in Germany
ISBN 3-627-00036-6

Danksagung

Mein Dank gilt Wendy Lesser, der göttlichen Lektorin, und Rick DeMarinis, einem Freund. Beide haben ja gesagt. Un abrazzo fuerto für Bill Timberman von Seite eins, der mich lobte und jeden verspottete, der nein gesagt hat. Und schließlich kann ich Orlando Garcia nicht vergessen, der jetzt hoffentlich für viel Geld die Häuser irgendwelcher Leute malt und der mir im entscheidenden Augenblick auf seine Weise geraten hat, dieses Buch zu schreiben.

Ich danke dem Texas Institute of Letters und der University of Texas in Austin für die Vergabe des Dobie-Paisono-Stipendiums, das mir die ersten Arbeiten an diesem Roman ermöglicht hat, sowie der National Endowment for the Arts für ein Stipendium, das mich bis zum Ende hat durchhalten lassen.

I

Mickey sagte, er sei ins Grand gegangen, weil er ein billiges Quartier brauchte und dieses Hotel im Zentrum ihm so gut wie jedes andere erschien. Aber kaum war er so lange dort, daß er vor dem Gestank fast keine Miene mehr verzog, kam die Angst, er könnte sich am Ende zu sehr bedauern und darüber vergessen, weshalb und wozu er überhaupt dort sei. Er fürchtete, wieder einmal gerade dann in eine unangenehme Lage zu geraten, wenn er es am wenigsten brauchen konnte – alles war möglich bei diesen Säufern und Pennern, die dort herumgrölten und sich prügelten, dann kotzten und bewußtlos auf den Teppichboden des Korridors sanken. War Mickey der einzige, der sah, daß dieser Teppich seit so vielen Jahren nicht mehr gesaugt, geschweige denn gereinigt worden war, daß sich darauf ein klebriger, unfruchtbarer Humus aus Wüstensand, Zigarettenasche, Whiskey, Bier und Blut und weiß Gott was sonst noch gebildet hatte? Und ständig wurde Mickey von diesen zwinkernden und viel zu teuren Nutten zweifelhaften Geschlechts angehauen, wenn sie hastig von einem Zimmer zum andern trippelten, um dort mit Männern zu kopulieren, die so erbärmlich waren, daß ihm die Vorstellung, was für Handlungen diesem Stöhnen und Schreien entsprechen mochten, keine Ruhe ließ. Mickey entwarf großartige Bilder von der Zukunft, wenn das Geld endlich käme – schon ein Teil davon würde reichen. Es würde kommen, weil es kommen mußte und kommen sollte. Er *wußte* es. Er glaubte es. Er mußte es glauben, denn was sollte er sonst tun? Mickey entspann eine ganze Reihe möglicher Phantasien. Weite Reisen in den Dschungel, in die Berge, ans Meer; umwerfende Frauen, die sich in der Liebe auskannten.

Das Realistischste war ein Auto. Zum jetzigen Zeitpunkt von ihm aus auch ein altes, wo er auf der Rückbank schlafen und so ein paar Dollar sparen konnte. Es mußte nicht einmal besonders sauber sein – Hauptsache, es fuhr noch, denn das hier, dieses Hotel, war nicht das Richtige, wahrhaftig nicht das, was er suchte. Nicht das, was für seine Aufgabe jetzt *unerläßlich* war. Er brauchte eine Adresse, damit man ihn erreichen konnte, und auf dieses Hotel war kein Verlaß. Er konnte auch nicht auf der Straße leben, unter freiem Himmel, wo er sich womöglich erklären mußte, worauf er eigentlich warte. Und warum sollte er? Er war doch kein Penner, kein Säufer. Er brauchte etwas, wo er sich *anständig* verkriechen konnte. Er mußte sich sammeln und vorsichtig sein.

Das YMCA bot in der Zeitung Zimmer an. Er rief an und fragte, ob noch welche frei seien. Die Antwort lautete Ja. Nicht daß er gleich hinrannte, aber er begann sich mit der Vorstellung anzufreunden. Trainieren. Er würde mit Gewichten trainieren. Er würde sich besser in Form bringen. Er wäre *bereit*, und gleichzeitig könnte er sich von allen Unannehmlichkeiten, Ängsten und Zweifeln ablenken. Das war eine solide Philosophie: sich im Guten und im Schlechten vorbereiten, in Geist und Körper.

Mickey holte seinen Seesack aus dem Hotel und zog grußlos von dannen, und, mit dem Sack auf der Schulter, öffnete er eine der gläsernen Doppeltüren des Y. Kalt, blau, die Sonne gelb und hell, Mickey hatte seine verspiegelte Sonnenbrille auf, als er eintrat und über den Stock stolperte, dessen Spitze so weiß war wie das Haar des alten Mannes, der dort im Weg saß.

Mr. Crockett war zu nah an die Tür gerückt. Formen

konnte er nur schemenhaft wahrnehmen, aber Licht spürte er durchaus, und so reckte er den Hals wie eine Katze, damit die Sonne in seine erschöpften Augen fiel – das letzte sinnliche Vergnügen, das ihm in seinem Leben geblieben war. Täglich von zehn Uhr morgens bis zwei Uhr mittags, manchmal länger, manchmal kürzer, und manchmal auch zu anderen Zeiten, wenn nichts Besseres zu tun war, tappte er zu diesen Stühlen neben dem Eingang, rückte so dicht heran wie möglich, um nur ja den günstigsten Standort einzunehmen. Und genau dort war er, als Mickey eintrat. Mr. Crockett hatte die Augen geschlossen, aber seine verklärte Miene machte deutlich, daß er sich wie im Himmel fühlte. Der Rest von ihm war nach vorne gerutscht, den Stock hielt er zwischen den Knien vor sich hingestreckt.

Selbst mit der dunklen Brille hatten sich Mickeys Pupillen nicht schnell genug von dem grellen Licht draußen auf das Hausinnere umgestellt, so daß er schwer ins Stolpern geriet.

Doch es war Mr. Crockett, der, erschreckt hochgefahren, ein Geschrei ausstieß, als sei er zu Schaden gekommen und nicht Mickey, der noch über den blank gebohnerten Boden schlitterte. Mickey gewann schneller die Fassung wieder, er sprang auf, half Mr. Crockett auf seinen Stuhl zurück und sagte, es tue ihm leid, er habe ihn nicht gesehen. Das gleiche – es tue ihm wirklich leid, er habe den alten Herrn dort nicht gesehen – sagte Mickey zu Oscar, dem Hauswart, der herbeigelaufen war, um Mr. Crockett zu beruhigen.

»Schaff ihn von der Tür weg!« schrie Fred, der Mann am Empfang. Freds Blick war nicht entfernt so energisch wie seine Stimme, und darüber hinaus ließ er kein übermäßiges Bedauern angesichts des Vorfalls erkennen.

»Ich hab den Stock nicht gesehen«, entschuldigte sich Mickey bei Fred, als er schließlich den Empfang erreicht hatte. »Ehrlich.« Reumütig verzichtete er sogar darauf, den Seesack abzustellen, als sei es vielleicht noch zu früh, die Last von der Schulter zu nehmen, als leiste er größere Buße, wenn er ihn noch etwas länger trüge.

»Der blöde Alte ist selber schuld, egal ob er blind ist oder nicht«, sagte Fred gleichermaßen fachmännisch wie uninteressiert.

Das hätte Mickey ein wenig erleichtern können, tat es aber nicht, denn aus der Cafeteria – wenige Schritte neben dem Empfang – kamen einige Leute gerannt und sahen jetzt, wie Oscar Mr. Crockett zum Aufzug schob. Mr. Crockett wimmerte mit lauter Stimme, er wolle in Ruhe gelassen werden und friedlich die Sonne genießen. Es war ein solcher Lärm, daß Mickey es sich schon anders überlegen wollte. Er suchte Anonymität, nicht Öffentlichkeit, Abgeschiedenheit, nicht Aufsehen.

»Habt ihr noch Zimmer?« fragte Mickey und drehte sich um, ein Versuch, den Aufruhr in seinem Rücken zu ignorieren. Er kannte die Antwort, er hatte ja angerufen.

»Haben wir«, sagte Fred und sah Mickey von unten herauf zum ersten Mal an. Er erhob sich hinter seinem Schalter, bereit, auf die Tasten der Kasse einzuhacken. »Mit oder ohne Bad?«

»Wo ist der Unterschied?«

Fred ließ sich in den großen Schreibtischstuhl zurücksinken und sog Ruhe ein wie ein Raucher den Rauch. »Scheißen und Duschen auf dem Zimmer privat, oder Scheißen und Duschen am Ende des Flurs zusammen mit allen anderen.«

Mickey seufzte. »Geld. Ich rede vom Geld.«

»Ohne Bad vier Dollar pro Tag, macht vierundzwanzig die Woche«, sagte Fred, als sei das allgemein bekannt und für jeden anderen genauso langweilig wie für ihn.»Mit, kommen einsfünfzig pro Tag oder neun die Woche dazu.«

Mickey rang ernsthaft mit sich. Er glaubte zwar nicht, daß er in diesem YMCA wohnen *mußte*, aber auf die Straße wollte er auch nicht, es sei denn, es blieb gar keine andere Wahl mehr. Dieses Haus *war* schon praktisch.

»Kann ich meine Post hierhinschicken lassen?« fragte er.

»Gehört zum Zimmer.« Fred zeigte auf einen verglasten Kasten mit Brieffächern. »Zimmerschlüssel ist Postfachschlüssel.«

Oscar war zurück und hatte sich in der Nähe aufgebaut, um den jungen Mann zu taxieren: die Haare etwas lang, wie ein Marijuano oder, noch schlimmer, ein Krimineller. Gekleidet wie einer auf der Flucht, zerschlissenes weißes Frackhemd und abgetragene Jeans, beides reif für die Waschmaschine. Stiefel, die mehr als einmal neu besohlt worden waren.

»Und was ist mit Sport?« fragte Mickey. »Kann ich trainieren? Kraftmaschine, Schwimmbad, Rebote?«

Oscar ließ Mickey nicht aus den Augen, als versuchte er sich an noch etwas zu erinnern, das er von ihm wußte.

»Der Zimmerschlüssel berechtigt die Mitglieder zur Benutzung aller sportlichen Einrichtungen«, sagte Fred auf eine wenig begeisterte Art, die – wie Mickey später herausfand – zum Ausdruck brachte, was er von den Bewohnern hier im YMCA hielt. Fred hatte es sich für die langwierige Transaktion bequem gemacht, seine neuen Bluejeans auf den Metallhocker vor der Kasse plaziert, einen Cowboystiefel auf dem Boden, den Absatz des anderen in die Querstrebe gehakt.

Oscar knitterte seine gebügelte und gestärkte graue Uniform in die Resopaltheke und wartete auf Mickeys Antwort.

»Das Billigere«, entschied Mickey. Er sagte, es sei ihm

kaum etwas anderes übriggeblieben. Die Vorstellung, unter schmutzigen Brücken zu schlafen oder in der kalten Wüste oder gar wieder in diesem ekelhaften Hotel – nun ja, das zwang ihn zu diesem Experiment. Und noch hatte er etwas Geld. »Für einen Tag. Vielleicht bleibe ich zwei.« Außerdem mußte er irgendwo erreichbar sein. Es war wichtig, daß er die Post bekommen konnte, daß die Post problemlos zu ihm kommen konnte.

»Falls du die ganze Woche bleiben willst, kannst du das bis zum vierten Tag bezahlen«, sagte Fred. »Dann kriegst du den siebten Tag gratis.«

Mickey, gekränkt von Freds Unterstellung, er könne keine bessere Bleibe finden, sagte dennoch nichts zu seiner Verteidigung. Fred ließ einen Anmeldeschein vor ihn hinfallen, und Mickey trug sich ein als ein gewisser M. Acuña aus New Mexico, mit frei erfundener früherer Adresse; dann zog er ein Geldbündel aus der vorderen Hosentasche. Er bezahlte für zwei Tage.

Oscar schlug befriedigt auf das Resopal und machte sich auf den Weg.

»An die Arbeit«, sagte Fred ohne aufzublicken.

Oscar verschwand dienstbeflissen im Flur.

Freds Brille, die Bügel schräg über den Ohren, saß ihm fast auf der Nasenspitze. Bedächtig, unbedarft, drückte er die Tasten der Kasse und sah dann zu, wie die Maschine Zeile für Zeile die Quittung ausdruckte. Schließlich erhob er sich von seinem Hocker, langte nach dem Schlüsselbrett an der Wand und wählte ein Zimmer aus. »Wenn du abends weggehst und spät zurückkommst«, erklärte er Mickey, »mußt du dem Mann hier am Schalter diesen Schlüssel zeigen, dann läßt er dich rein. Der Aufzug ist gleich hinter dir. Zimmer 412. Vierte Etage.« Fred legte die Brille zusammen und schob sie in das fellgefütterte Etui zurück, das mit einem Clip an der Tasche seines karierten Westernhemdes befestigt war, dann setzte er sich wieder auf den Metallhocker und starrte ins Leere.

Mickey schwang den Seesack vom glänzenden Linoleum auf die Schulter und schleppte ihn vor die Schiebetüren des Aufzugs, und während er geduldig wartete, daß sie aufgingen, versuchte er jemanden darzustellen, der tatsächlich nichts weiter als dies im Sinn hatte.

Was bei all der Konfusion und dem ganzen Durcheinander natürlich nicht einfach war. Früher, erzählte er, konnte er sich was einbilden auf sein Selbstvertrauen und seinen klaren Kopf – da wußte er, was er tat, da wußte er, wohin er ging. Er hatte Mist gebaut. Er hatte sich tapfer geschlagen, er hatte miese Tricks benutzt. Er war clever gewesen, wenn er recht hatte, und mehr als clever, wenn er unrecht hatte; er war gut gewesen, wo er wußte, daß es gut war, und schlecht, wo er wußte, daß es schlecht war. Bescheidenheit beiseite, er glaubte fest daran, daß er früher Bewunderer gehabt hatte. Einflußreiche Typen, die Respekt verlangten und ihn respektierten. Frauen mochten ihn. Weiber, so unglaublich, daß er selbst es kaum noch glauben konnte. Was war geschehen? Wann und wo war ihm das verlorengegangen? Oder war er so überzeugend geworden, daß er sogar schon sich selbst täuschte?

Nein. So war es nicht. War er nicht. Und das hier, das war nur vorläufig, bis die Dinge für ihn endlich nach Wunsch liefen, ob es ihm gefiel oder nicht. Er war in mancher Hinsicht noch immer heldenhaft und tapfer. Natürlich glaubte er, er könnte alles haben, nehme sich aber nur, was er brauche. Sicher, vorübergehend hatte er nur dieses eine Zimmer. Nummer 412. Das Zimmer war schon in Ordnung, seiner bescheidenen Einschätzung nach. Ein Bett mit Laken oben und unten, steif und fest eingesteckt; ein kleines, aber brauchbares Kopfkissen. Ein Schreibtisch, davor ein Polsterstuhl mit Metallbeinen; dazu eine Kommode im gleichen Design. Protestantisch nüchtern, an protzige barocke Schnörkel oder Zierknäufe war hier nichts verschwendet. Kahle, weiß verputzte Wände, die der Phantasie harrten. Ein Fenster, Blick vom vierten Stock auf die Grenze, auf den Westen von El Paso. Ein dicker, beschwerter Vorhang, der sich zuziehen ließ, und eine stabilere, massive Tür, die sich abschließen ließ – und diesen beiden Aktivitäten widmete sich Mickey im YMCA als erstes.

Im Dämmer der Vorhänge fiel es Mickey leicht, sich aufs Bett sinken zu lassen und über die Herausforderungen des Lebens nachzudenken. Er war müde, sehr müde. Mickey schlief ein, ohne die Stiefel auszuziehen.

***

Er erwachte am unbezahlten dritten Tag nach seiner Ankunft, fuhr mit dem Aufzug nach unten, legte Geld für volle zwei Wochen hin und führte dann, so sagte er, ein Ferngespräch wegen des großen Geldbetrages, den er noch zu bekommen hatte und der, so sagte er, schon längst fällig war. Er gab die Adresse des YMCA durch, damit man es ihm dorthin schicken konnte. Auf dem Flur, eine Aufzugsfahrt weiter oben, schlürfte er an der Trinkfontäne kaltes Wasser und füllte eine Toilette, und dann, zurück auf Zimmer 412, legte er sich, nachdem er einige Schokoriegel gegessen hatte, wieder schlafen. Mehr Tage vergingen. Er bezahlte noch eine Woche im voraus, kontrollierte mindestens einmal täglich sein Brieffach und betastete, um bloß nichts zu übersehen, die tiefen Seitenwände und die Oberkante des winzigen Behälters, seines persönlichen Briefkastens hier im Y – reibungslos drehte sein Zimmerschlüssel sich in dem stets geölten Schloß. Einmal schlich er sich davon und holte sich ein paar Brote, billigen Weichkäse in den runden Päckchen mit der lachenden Kuh und frische Jalapeños. Er trank einen Liter Wasser und schlief weiter. Er war noch immer sehr müde, und obwohl er sich in diesem Zimmer 412 geschützt und sicher fühlte, vergaß er nicht, daß er Grund zur Sorge hatte. Er würde da schon durchkommen, sagte er sich. Sobald das Geld eintrifft. Er würde diese beschissene Phase so schnell überwinden, daß diese Wochen ihm wie eine einzige schlechte Nacht vorkommen würden.

Dann, eines Tages, nachdem er lange genug eingeschlossen und völlig ausgeschlafen war, beschloß er, etwas Licht und Farbe hereinzulassen, und zog die Vorhänge vor dem Spektrum eines El-Paso-Morgens auf. Eine schlichte Stadt von schlichter Kontur und Farbgebung: ein Braun wie der Erdboden, ein Blau wie der Himmel, ein Weiß wie die Wolken, ein wenig Grau wie die Luftverschmutzung. Mickey wußte, diese Wildwest-Stadt war ein perfektes Versteck. Inzwischen hatte er die Stiefel ausgezogen und strich mit seinen schmutzigen Socken über das glatte Linoleum. Die Stadt da draußen lag so still, daß es nur noch diese seine Füße zu geben schien. Die ideale Stadt für einen Gesetzlosen auf der Flucht.

Dann klopfte jemand an seine Tür.

»Ja?« fragte er nervös.

»Zimmermädchen«, erklärte sie mit starkem Akzent. »Ich möchte jetzt Ihr Zimmer saubermachen.«

Die Aussicht erschreckte Mickey und traf ihn gänzlich unvorbereitet. Was wollte sie *wirklich*? Einmal hatte er ihr gesagt, sie solle ihn auslassen, alles in Ordnung, er würde ihr

Bescheid sagen. Er hatte sich deutlich ausgedrückt und war überzeugt, daß sie verstanden hatte.

»Man hat mir gesagt, ich soll«, erklärte sie. »Entschuldigung.«

»Un momentito«, sagte er. Ihm war klar, daß es einmal dazu kommen mußte.

Hastig ließ er den Blick schweifen und vergewisserte sich, daß keine Spuren zu sehen waren. Zwei Scheiben Brot auf dem Schreibtisch, Schokoriegelpapier und Käsefolien nicht im sauberen Mülleimer, ein leerer Orangensaftkarton, der ihm als Wasserbehälter diente. Eine Mietquittung. Etwas Kleingeld. Ein schmutziges weißes Hemd. Zwei verwaschen bunte T-Shirts, die er aufhob und ordentlich auf den Sitz des Schreibtischstuhls legte. Erst dann öffnete er die Tür.

»Entschuldigung, aber man hat mich hierher geschickt.« Sie lächelte ihn schüchtern an. Sie schob einen dieser Wagen vor sich her.

Mickey versuchte ihr Lächeln zu erwidern. Er wollte kein Aufsehen erregen. Abgeschiedenheit, nicht Öffentlichkeit. Und er wollte auch nicht da herumsitzen, als ob er nichts anderes mit seinem Leben anzufangen hätte, als ob er nichts zu tun hätte. Er nahm das saubere weiße Badetuch, das sie auf die Kommode gelegt hatte. »Bueno, entonces geh ich jetzt duschen«, sagte er.

Sie lächelte hilfsbereit.

Das mit dem Duschen war gar keine schlechte Idee – tatsächlich würde er es ohne den dezenten Hinweis vergessen haben. Unter dem Brausestrahl schloß er dankbar die Augen und schlug sie nur auf, um sich davon zu überzeugen, daß eine aufgeregte Stimme, die er hörte, nicht neben ihm in dieser Gemeinschaftsdusche stand. Später, als er sich mit dem sauberen Handtuch des Mädchens abgetrocknet hatte und seine schmutzigen Sachen wieder an den alten Platz brachte, identifizierte Mickey die Stimme mit dem Alten in Pantoffeln und Pyjamahose, der mit bloßem Oberkörper vor der Waschbeckenreihe stand. Er fluchte. Zunächst glaubte Mickey, es habe mit dem Rasieren zu tun, der Mann habe irgendwelche Probleme damit. Aber dann sah er, daß der altmodische Pinsel des Alten noch gar nicht eingeschäumt war. Der Mann hielt mit beiden Armen das Porzellanbecken umklammert, den Blick stur auf den Spiegel gerichtet, als wollte er ihn niederstarren, bis aus dieser Interaktion Flüche hervorbrachen. »Scheiße!« oder »Verdammte Scheiße!« oder »Gottverdammte Scheiße!« – Worte, die seinem Mund entfuhren wie artikulierte Rülpser. Sie erwachten unwillkürlich zu eigenem Leben, ohne Achtung oder Mißachtung der Anwesenheit irgendeines anderen – in diesem Fall derjenigen Mickeys – auf dem gefliesten Boden dieses Raumes. Der Mann wußte nicht oder es interessierte ihn nicht, daß Mickey ganz in der Nähe war.

Mickey rutschte in denselben verklumpten Socken zum Zimmer 412 zurück; er hatte kein sauberes zweites Paar. Das Mädchen war eben mit dem Zimmer fertig geworden und stand jetzt bei dem grauen Wagen auf dem Flur, unmittelbar neben seiner Tür. Er konnte seine Unruhe nicht unterdrücken: Warum hatte sie so lange gebraucht? Er gab ihr erst einmal das nasse Handtuch, und sie reichte ihm ein sauberes, trockenes. Zur Eröffnung fragte er sie, ob sie wisse, wo hier eine Waschmaschine sei.

»Unten«, erklärte sie freundlich. Sie stopfte die benutzten Laken in einen Stoffsack an ihrem Wagen.

Der gereizte Alte, der sich nicht rasiert haben konnte, kam aus dem Gemeinschaftsbad und schmirgelte das Linoleum mit seinen Pantoffeln, wobei er den Flur mit weiteren

Flüchen anreicherte. Mickey und das Mädchen gafften beide in seine Richtung. Sie wandte ihm als erste ihr Lächeln zu.
»Wie heißt du?« fragte Mickey. Sie war viel attraktiver, als er zunächst eingeräumt hatte.
»Isabel.«
»Unten?« fragte er.
»Eine Waschmaschine und ein Trockner, las dos, abajo, en el primer piso, im Erdgeschoß.«
Ihr Grinsen wurde noch breiter. Diesmal kapierte Mickey – sie belächelte ihn genauso wie diesen fluchenden Alten.

Mickey verweigerte präzise Auskünfte darüber, warum er in El Paso war, auf was oder wen er wartete, was überhaupt los war, warum er sich verstecken mußte, was er befürchtete, falls es nicht klappte. Barsch erklärte er, solche Auskünfte brauche er nicht zu geben. Ließ aber gleichzeitig plumpe Hinweise fallen: von etwas, das getan zu haben ihn nicht gerade glücklich mache, etwas, bei dem er abwechselnd Scham und Stolz empfinde. Während manche Leute meinten, was er getan habe, sei gut, erfordere Mut und Charakter, sei unter diesen Umständen geradezu unvermeidlich, bezeichneten andere es als schlecht oder sogar, wenn sie robustere Ansichten hatten und weniger von Zweifeln angekränkelt waren, als kriminell.
Mickey erklärte einem, er sei Amerikaner, US-Bürger mexikanischer Abstammung, ein Elternteil stamme von dieser Seite des Río, der andere von gegenüber, die Vorfahren beider Familien seien erst nach den Indios in dieses Land gekommen, viele Jahre bevor seine Leute diesen Cowboys das Reiten und das Cowboydasein beigebracht hätten. Mickey erzählte einem, er stamme aus dem Territorium New Mexico und der Wüste, aus den Badlands, einem Canyon genau wie

die, durch die in den Cowboyfilmen immer die Gesetzlosen davonreiten, einem Lager, das nur Eingeweihten bekannt sei. Er erzählte einem, er sei ein Wandervogel, ein Schürzenjäger. Mickey erzählte einem verschiedene Geschichten von dem, was er in Califas getan hatte oder an der Westküste oder in der großen Stadt – austauschbare Namen, mit denen er seinen früheren Aufenthalt bezeichnete. Er sagte, er sei dort hingegangen, um die Lichter der Großstadt aufzusaugen, um dort, wo das fette Geld sei, seinem Leben ein wenig Sinn und Zweck zu geben, um jede Menge Mädchen flachzulegen und so oft wie möglich Liebe zu machen. Er beharrte darauf, er habe es *geschafft*, nur was, das überließ er der Phantasie seiner Zuhörer.

Und wer hätte also gedacht, daß eine offene Tür im Y für ihn zu einem denkwürdigen Ereignis werden würde? Aber nachdem er sich so viele Tage lang so gemütlich in seinem Zimmer 412 bei geschlossenen Vorhängen ausgeschlafen hatte, war das Öffnen einer Tür fast schon wie das Überqueren einer Grenze. Belebend und überraschend, eigenartig und riskant. Nicht daß es auf den Fluren des YMCA sonderlich viel zu sehen gab. Gebohnerte Linoleumböden, gegenüber eine verschlossene Tür, eine andere offen. Aber gelegentlich kam jemand vorbei. Meist ein älterer Mensch, mit einem Verband irgendwo, mit fleckiger Haut und schütterem weißen Haar. Und meist jemand, der ihn nicht ansah. Mickey machte sich Sandwiches aus den letzten Brotscheiben und Käseecken. Er stellte ein Radio an, drehte daran herum und blieb bei einer Baseballübertragung. Auf Baseball konnte man sich immer verlassen. Er überschlug sein restliches Geld. Im Armsein war er gut. Er war stolz auf seine Überlebenskünste. Täglich stellte er seine Fähigkeit unter Beweis. Das Essen kostete natürlich, Essen war unerläßlich, aber

Mickey hatte seine Prinzipien. Er sagte, das Bedürfnis danach sei ähnlich dem nach einer Frau. Natürlich brauche er eine Frau, und Essen brauche er auch, aber wenn er hungern müsse, Opfer bringen müsse, würde er nicht in Panik geraten – das könnte niemals gutgehen. Na ja, vielleicht würde er heute abend mal was springen lassen und auswärts essen gehen. Und vielleicht würde er dabei auch eine schöne Frau kennenlernen.

In einer Schublade der Kommode hatte er einen Cowboyroman gefunden. Mickey las sonst nie, und von sich aus hätte er das Buch niemals genommen. Aber irgendwie war es passender als die Bibel, und die Geschichte spielte sogar genau in dieser Stadt hier, in El Paso. Weshalb er sich respektvoll, sorgfältig und bedachtsam an die Lektüre machte. Um mehr Platz für die Beine zu haben, hatte er den Schreibtischstuhl herumgedreht, was ihm auch einen besseren Blick auf seine offene Tür und das Zimmer gegenüber gewährte. Wenn er ein wenig auf den Hinterbeinen schaukelte, konnte er seinen Nachbarn da drin ziemlich gut beobachten, der in schlaffen Boxershorts und einem fadenscheinigen T-Shirt auf dem Bett saß, beides kaum weniger alt als er selbst. Wenn Mickey aus seinem Zimmer gesaust war, um unten das Brieffach zu kontrollieren oder auf dem Flur Wasser zu trinken, hatte er den Mann oft und immer in derselben Kleidung gesehen, und einmal auch am Pissoir, in das er nicht seine Blase, sondern den Inhalt einer Fruchtsaftflasche leerte. Genau diese Flasche stand jetzt bei dem Alten auf der Kommode, demselben Modell wie in Mickeys Zimmer, daneben ein Schwarzweiß-Fernseher, und dazwischen eine Kollektion von Keks- und Crackerschachteln, weichem Weißbrot und bernsteinfarbenen Arzneiflaschen. Die Saftflasche war zu einem Viertel voll, als der Alte danach langte und sie zwischen seine Beine plazierte; als er sie dann zurückstellte, war mehr Flüssigkeit darin als vorher. Nicht daß so eine Flasche im Zimmer unpraktisch war, wenn man keine eigene Toilette hatte. Es war nur ein weiteres Detail – eine ähnliche Beobachtung wie die Geräusche, die Mickey in den ersten Tagen auf seinem Zimmer gehört hatte und bei denen es sich, wie er bald herausfand, um Fürze eben dieses alten Mannes handelte. Nicht nur ab und zu, sondern andauernd, Tag und Nacht. Als er die Flasche ins Pissoir gekippt hatte, hatte er auch ein paarmal gefurzt. Er furzte, wenn er über den Flur ging. Er furzte, wenn er bei offener Tür in seinem Zimmer saß. Tür zu, Fernseher an, was meist der Fall war, hockte er dort und furzte. Er schnarchte und furzte, wenn er schlief. Was alles zu hören war, ob Mickeys Tür offenstand oder nicht. Anfangs bewegten sich Mickeys Gefühle zwischen Ekel und Belustigung, doch als er diese halbvolle Pißflasche dort neben den Eßsachen stehen sah, wurde ihm klar, daß dieser alte Mann, der offenbar immer in derselben Garderobe herumlief, ebenfalls nie sein Zimmer verließ, um etwas anderes zu tun als Wasser zu trinken oder zu holen oder sich in der anderen Richtung zu erleichtern.

Mickey hatte seine Reaktionen und Ansichten, und er sagte – was natürlich auf seiner Erfahrung beruhte –, absichtliches Furzen, in eine Flasche pissen, in Unterwäsche herumsitzen und in die Röhre glotzen, all dies sei, wenn man keinerlei andere Sorgen habe, bei rechtem Licht betrachtet doch gar nichts Schlechtes. Und, anders als im Grand, wurde man hier nicht von irgendwelchen Arschlöchern belästigt, denn solche Typen, erklärte er einem sachverständig, seien die Hauptursache für alles Leiden der Menschheit. Frauen gab es im Y allerdings auch keine, was nicht einmal im Alter besonders erfreulich sein konnte.

Selbst wenn er davon ausging, daß es sich bei einem derart auf das Einfachste reduzierten Leben um irgendein spätes Entwicklungsstadium handeln könnte, war Mickey alles andere als zufrieden damit.

Vielleicht lag es an diesem Wildwestroman, den er gelesen hatte, wo der eisenharte Jake mit seinem Rotfuchs auf die Jagd nach Apachen ritt, die seinen makellosen Traum von Liebe in Körper und Geist entführt hatten, eine reiche und schöne Mexikanerin namens Consuela – nicht *Consuelo*, wie die Leute in Mexiko und auch diesseits der Grenze gemeinhin ihre Töchter nannten, ob sie schön waren oder nicht –, deren Vater in seiner Männlichkeit nicht so stur war wie Jake. Jedenfalls wirkte das Buch nach, und als Mickey die Doppeltür des Y aufstieß, als er es riskierte, sein Versteck für einen Spaziergang an der frischen Luft zu verlassen, waren seine Augen auf den alten Wilden Westen eingestellt: Diese Paseños mit ihren Cowboyhüten kamen ihm vollkommen echt vor, und die gepflasterten Straßen und gegossenen Bürgersteige legten sich einen viel aktuelleren Anstrich zu, es wirkte wie affektiert, ein sauberes Hemd am Sonntag, herausgeputzt trotz all der Schmutzränder unter den Fingernägeln, und die Stiefel waren nicht ausgetauscht, sondern oftmals poliert. Die Berge zu beiden Seiten des Flusses gaben wie gewisse Frisuren viel davon preis – kahles Braun, bar jeglicher Zivilisation, die Vegetation hart und dornenreich. Bierflaschen, zerschlagen am Rand der Bürgersteige und in den Gossen, glitzernd im Staub der Nebengassen, zeugten von einer Haltung, wie sie im Territorium geherrscht hatte. Mickey vernahm kein Hufgetrappel, hatte aber das Gefühl, es jeden Augenblick heranpreschen zu hören. Nichts, was am

Boden befestigt war, schien wirklich fest zu sein. Nicht dieser alte, von zahlreichen Rissen durchzogene Asphalt, den diese modernen Wagen benutzten, und schon gar nicht die gedrungenen Gebäude, die man hastig dort hingestellt hatte, ohne jeden Versuch, mehr daraus zu machen als das, was sie waren – vier Wände, Mörtel, Glas, Behälter für die Erfordernisse des Geschäftsverkehrs. Sie konnten die lose Erde darunter nicht vollständig abdecken, über dem Boden wehte sie einem in die Augen und behauptete so ihre Realität. Mickey sah im Geiste jede Menge Tiere – Pferde, Maultiere, Esel –, und keine Autos, Lastwagen und Busse. So ehrlich wie die blondgebleichten Haare einer dunklen Mexikanerin, war das wahre Antlitz von El Paso nicht gut genug geschminkt und nicht einmal dann komplett zu ignorieren, wenn man auf den Beton-Hochstraßen oder der vielspurigen Hauptstraße im Stadtzentrum fuhr, obwohl es für diejenigen, die mit festem Fuß in ihren amerikanisierten Träumen standen, gut genug sein mochte.

Auf der San Jacinto Plaza machte Mickey Halt, das war ein friedlicher Ort zum Ausruhen, trotz des quengelnden Schnaubens der Busse und des hohlen Knatterns der Preßlufthämmer, trotz der schroffen Stimme Gottes, die sich durch einen erleuchteten Kopfwackler mitteilte, der in einer weißen guayabera auf einem Podium stand und alttestamentarisch von Zorn und Ehrfurcht predigte. Mickey ignorierte diese Mahnungen und wischte ein Stück der eisernen Bank sauber, deren Relief einige engelsgleiche englische Farmer beim Säen und Ernten unter freundlicher Sonne zeigte – am Fluß wuchsen Baumwolle und Chili, und der Wind war jetzt noch herber geworden. Neben Mickey streckte sich ein Penner, Erdkrumen im verfilzten Haar, wirrer Bart mit grauen Strähnen, auf seinem Linnen aus Pappe und Zeitungspapier aus, er hielt eine uralte, zerknitterte braune Papiertüte wie einen Teddybär im Arm und versuchte sich mühsam richtig zuzudecken. Dabei brummelte er unablässig über die Schwierigkeit dieses Unterfangens, bis die Bullen auftauchten und weitere Klagen überflüssig machten, indem einer von ihnen ein blaugrau gestreiftes Hosenbein auf die Bank stellte, breitschultrig beide Hände auf sein Knie stützte und ihm empfahl, eine andere Schlafstatt aufzusuchen. Der Penner landete auf den schlappen Sohlen seiner Schuhe und schlurfte über einen der Zementwege, die kreuz und quer über die Plaza liefen, von dannen. Gottes Stimme war verstummt, und seine braunhäutigen Engel, liebliche junge Mädchen in weißen Chiffonkleidern, überreichten Mickey Literatur über Hölle und ewige Verdammnis.

Barmherzige Engel. Was Mickey jetzt zur Aufmunterung brauchte, waren aber reifere Engel. Er sah sich um. Dort drüben saß friedlich und schweigsam eine Gruppe grauhaariger Einheimischer, bekleidet mit Wildwesthüten, die ebenso wie sie selbst aus Mexiko stammten, und abgetragenen, aber ordentlichen und gepflegten Anzügen, nicht allzu weit von einer Bank, wo ihre angloamerikanischen Ebenbilder – die neue beigefarbene Stetsons trugen – sich die Zeit nahmen, mit einem schwarzen Tramp über Rassengesetze und alte Zeiten ein paar Worte zu wechseln. Wo gehetzte Sekretärinnen in Stöckelschuhen und Betonfrisuren und Geschäftsleute in Sportmänteln und scharf gebügelten Hosen und mit forschen Aktenkoffern zackig ihrer Wege gingen. Und dahinter, wo Frauen mit schwarzen, braunen oder gar roten Haaren, Frauen, die bei den Reichen putzen gingen, an einer Holzbank auf den Bus warteten. Wo Mickey eine Frau erblickte, eine junge Frau, deren Haar nicht rot war, sondern von der Farbe dunklen Kupfers, und das war einfach hübsch, gnadenlos hübsch, teuflisch schön.

Wie Mickey die Sache erzählte, mußte er zunächst einmal näher an sie heran, nah genug, um festzustellen zu können, wie genau sie seinem Bild von der richtigen Frau für ihn entsprach, nah genug, um sich zu vergewissern, daß sie keine Erscheinung war. Zwischen den anderen trug sie als einzige keine Dienstkleidung. Sie war schlicht für ihn da, eine Botschaft der Hoffnung, ausgesandt von dem gütigen Gott, den Mickey nie zu lieben vergaß, wenn sein Herz so aufgeregt klopfte.

Mickey ging direkt auf sie zu, stellte sich vor die zwei Bänke voller korpulenter, nicht mehr ganz taufrischer Frauen – sie natürlich ausgenommen –, die da auf den roten Bus zurück nach Juárez warteten.

»Con su permiso«, sagte Mickey mit vollendeter Höflichkeit, »gewähren Sie mir einige Augenblicke, mich Ihnen vorzustellen?« Sein Spruch ließ sämtliche Frauen auf den Bänken aufhorchen. Auch Mickey war überzeugt davon, daß er, jedenfalls früher einmal, in solchen Dingen nicht übel war. Die weniger reifen Frauen musterten ihn erst einmal gründlich, bevor sie hinter vorgehaltener Hand zu kichern anfingen, während die beiden älteren Frauen unmittelbar neben Mickeys Consuela, um taktvolleres Verhalten bemüht, Kinn und Blick gesenkt hielten, als seien sie nicht so unverhohlen neugierig.

»Vielleicht könnte ich Sie nach Hause bringen«, sagte er, plötzlich befangen und selbstkritisch. War er zu direkt, benahm er sich wie in der Kneipe? Oder vielleicht zu einfältig, wie in der Kirche? Ein bißchen kam er sich wirklich wie ein Trottel vor; würde sie ihn auslachen? »Wenn es Ihnen nichts ausmacht, den weiten Weg hinüber zu Fuß zu gehen?«

Eine der Frauen neben ihr machte Gesten mit Augen und Kopf, sagte ein paar Worte, die Mickey hören konnte – »Sprich mit ihm.«

Und dann stand sie auf. Was Mickey in seinem Glauben an das Gute in dieser Welt bestätigte. Er fühlte sich ehrlich und wahrhaftig, so zufrieden, daß er hierin ein sicheres Beispiel dafür sah, wie auch alles andere sich noch richten könnte.

Gemeinsam schlenderten sie von den Haltestellenbänken weg. Mickey versuchte nervös, über die ersten Sätze hinwegzukommen. In letzter Zeit fühlte er sich manchen Dingen nicht gewachsen; als er jetzt in der Hosentasche wühlte, wurde er auch noch daran erinnert, daß er auf strenge Diät gesetzt war und nur ein paar Dollar und eine Handvoll Kleingeld besaß. Er war praktisch blank.

»Mickey Acuña«, sagte er und streckte die Hand aus. Sie sagte, ihr Name sei Ema Quintero. Sie gaben sich zärtlich die Hände, wie Kinder. Oder vielleicht nur wie Cowboy Jake, als er seine schöne Consuela kennenlernte. Wie Mickey es ausdrückte, war es für sie beide Liebe.

***

Die zwei bogen in die El Paso Street und setzten den Austausch von Basisinformationen über die jeweiligen Vorlieben fort – Musik, Tanzen, Kino, Essen –, und Mickey warf das Übliche hin, um sie mit Berichten aus seiner wilden Zeit in Kalifornien zu gewinnen, die jeder, der nie woanders als in Juárez gelebt hatte, besonders gern hörte, selbst wenn alles nur erlogen war. Es schien ihm zu gelingen, bei ihr den Eindruck zu erwecken, daß er bereit war, sich niederzulassen, daß er nur noch den richtigen Beruf finden mußte, denn erlebt hatte er schon genug, und den richtigen Ort zum Leben, denn herumgekommen war er schon genug, und die richtige Frau, denn die Hörner abgestoßen hatte er sich schon genug, wie er deutlich durchblicken ließ.

Mickey war geschickt, geschickt genug, sich selbst zu überzeugen, und so kamen ihm die Geschichten und Schilderungen wie von selbst. Mit Ema an seiner Seite – ab und zu legte er ihr im Gehen gentlemanlike die Hand um die Taille – wirkte El Paso Street, wo er zu Zeiten des Grand ein paarmal versackt war, sehr malerisch, wie ein Schauplatz aus jenem Wildwestroman. Oder eher aus einem Film. Es war eine altmodische Straße, in der man auf altmodische Weise romantisch wurde. Da gingen sie, dieses junge Paar. Mickey, vom Pech verfolgt, in Gefahr, harte Zeiten durchleidend, doch bereit, sich zu bessern. Ema, ein armes Mädchen von der armen Seite des Flusses. Und nun schritten die beiden durch diese alte Stadt, vorbei an dämmrigen Bars ohne Stühle, Billardsalons, in denen das Klicken nie aufhörte, Pfandleihen, die mit plärrendem norteña-Sound für sich warben, 24-Stunden-Restaurants, die täglich menudo, champurrado und cafe con leche servierten, und Secondhandläden, wo dicke gesichtslose Frauen geduckt in zerknüllten Kleiderhaufen herumwühlten, umgeben von ihren Kindern und Enkelkindern, die ständig aneinandergeraten und niemals still sind und mit hohen Stimmen ihr unschuldiges Glück verkünden. Und siehe: Die Farben waren dörflich mexikanisch – schwarz, rot, grün, blau, gelb, so heiter und unkompliziert wie eine schmale Buntstiftschachtel, wie wahre Liebe. Die alte Straße, diese Architektur wie aus einem John-Wayne-Western, so viele menschliche Geheimnisse erweckten das alles jäh zum Leben – Cowboyhüte, Baseballmützen, Häubchen, Kopftücher und Dienstkappen, Stiefel und Sandalen, Jeans und lange Röcke und Khakihosen und Umhängetücher. Und dieses junge Paar, das verliebt, ganz erfüllt von Lebensfreude, Hand in Hand dort einherschritt wie noch nie ein Paar zuvor.

Was, wenn das alles nur Mickeys Sicht der Dinge war, sein einsamer Selbstbetrug, seine Schwärmerei, seine Vernarrtheit? Er glaubte es nicht, auf alle Fälle fing es genauso an wie gegenseitige Liebe. Welcher Mann würde Emas Haar nicht lieben, und selbst wenn es nur gefärbt wäre, wozu sie danach fragen? Wer würde nicht ihre Augen lieben, nicht ihre Haut küssen wollen? Sie gingen miteinander, das war ein unwiderlegbarer Beweis, und wie bei einem ersten Rendezvous bezahlte Mickey die Brückengebühr.

Sie schritten nebeneinander auf die internationale Betonbrücke und über den Fluß, an dessen zementierten Ufern kleine Jungen, wie Bremsspuren auf der grauen Einfassung, lärmend um Pennies oder Pesos oder besser noch Pesetas bettelten, während ihre Schwestern auf den Gehwegen geknickt und demütig um die gleichen Münzen baten, mit Kleidern und Gesichtern und Armen, die sie ausstreckten, und rissigen hohlen Händen, die nicht weniger schwarz und ungewaschen waren als ihre Brüder weiter unten.

Durch die Avenida Juárez, die Haupttouristenstraße der Stadt, schallte das Geschrei der Händler und Verkäufer. Mickey und Ema verweilten nicht lange bei ihren Decken und Bildern und Schmucksachen und Keramiken und tacos und liquadas – Ema war so besorgt, wieviel Uhr es war, daß Mickey erleichtert begriff, daß er ihr nicht einmal anzubieten brauchte, sie auf einen Drink im Kentucky Club oder auf ein Steak Tampiqueño in der Villa Española einzuladen, und so konnte er, um einen guten Eindruck zu machen, das Risiko eines Bluffs eingehen und fragen, ob sie mitkommen wolle – und er hatte Erfolg. Im Vorbeigehen sprachen sie über los discos – wo man am besten trinken, wo man am besten tanzen konnte –, und Mickey erfuhr, daß sie noch in keiner gewesen war. Sie konnte nur sagen, was sie gehört hatte. Sie war, erzählte er, kein leichtfertiges amerikanisches Mädchen, das nur schnell einen Freund haben wollte. Sie war echt, sagte er.

Seiner selbst sicher, wurde Mickey zum Aufschneider. Als sie einen beinlosen blinden Sänger trafen, der auf seiner riesigen Gitarre spielte und dazu lauthals Lieder von Liebe und Tapferkeit jaulte, bestand er darauf, daß sie ihm zuhörten. Er warf dem armen Mann die Hälfte seines Kleingeldes in die rostige Kaffeedose. Vor Dankbarkeit sang der Sänger noch inbrünstiger, und Mickey legte seinen Arm um Emas Hüfte. Er beschenkte die barfüßigen und abgerissenen Geschwister, Bruder und Schwester, die mit apathischen Mienen und dünnen Stimmchen an sie herantraten, dann zog er Ema näher und drückte sie. Den Rest, neunzehn Cents, gab er einer Tarahumara-Indianerin mit langem, geflochtenem Haar, bewunderte dann freimütig ihren farbenfrohen handgewebten Pancho und beglückwünschte sie zu dem heiteren winzigen Baby, das sie wie eine Puppe in eine Decke gehüllt bei sich trug. Das Gesicht der Mutter sei tan triste y sincera, so traurig und aufrichtig, bemerkte er leise zu Ema, daß sie, ob er ihre Schicksalsgeschichte glaube oder nicht, das Geld verdient habe. Und dann küßte Mickey Ema auf die Lippen.

Auch Mickey kam sich aufrichtig vor, und er wollte Ema spüren lassen, daß er es ernst mit ihr meinte. Er bat sie, heute abend oder morgen mit ihm auszugehen, sagte ihr, er werde sie, wenn sie mitkommen könne, zu den schönsten Plätzen führen, hier oder auf der anderen Seite, wohin auch immer sie wolle. Ihre Augen, deren Schönheit nur noch die ihrer Haare gleichkam, sahen zu ihm auf wie ein Sonnenuntergang, und sie errötete. Mickey war voller Hoffnung!

Das Paar bog gleich hinter der 16 de Septiembre von der Hauptstraße ab und ging aufs Geratewohl ein paar Blocks weiter. Ema sorgte sich, daß Mickey sie bis nach Hause begleiten könnte, aber er mißverstand sie und sagte, es interessiere ihn nicht, wo sie wohne. Schließlich blieben sie in einer kleinen namenlosen calle stehen, so schmal, daß die dort parkenden Autos – nicht viele – ihr Öl auf den Bürgersteig tropfen ließen, damit die fahrenden zwischen ihnen durchkamen. Die Straße war gepflastert, aber im Lauf der Jahre eingesunken und voller brauner staubiger Schlaglöcher. Die Häuser hier waren niedrig und sehr klein und dicht aneinander gebaut. Jedes hatte eine zementierte Vorderveranda, etwa so breit wie der Bürgersteig, die meisten von dekorativen schmiedeeisernen Zäunen eingefaßt, einige rosa oder babyblau gestrichen, meist aber schwarz. Vor gar nicht so vielen Jahren mochte dies eine schicke Neubausiedlung am Stadtrand gewesen sein. Emas Haus war ursprünglich weiß gestrichen, jetzt aber dunkel angelaufen wie schmutziger Wüstensand. Der Putz darunter schien etwa genauso solide. Früher einmal hatten Pflanzen die Töpfe auf der Veranda geschmückt. In ein paar davon hatten verdorrte Strünke und Ranken überlebt, in den anderen war nur noch vertrocknete Erde, steinhart und aufgesprungen.

Mickey küßte Ema vor dem Haus. Was für ein Kuß! Von diesem Kuß konnte er *einem was erzählen*. Unvergleichlich. Mit Leib und Seele, fast besser als miteinander schlafen. Vielleicht sogar wirklich besser, sagte er.

Emas Mutter zeterte. Sie war außer sich.

Mickey wartete, noch immer zufrieden, auf der anderen Seite des Eisentors, daß Ema zurückkäme oder ihn ins Haus einlud. Er würde sie retten. Er würde sie da rausholen. Er wußte, wie manche Leute dachten. Daß das hier ein hübsches kleines mexikanisches Viertel sei, eine Postkartenidylle. Die Reichen hatten gut reden, die schwärmten von der Armut anderer Leute, die fanden so etwas malerisch, die Kronkorken auf der Straße, den zerbeulten 58er Ford Pickup nur mit einer Windschutzscheibe und die Stapel abgefahrener Reifen und rostiger Stoßstangen im Vorgarten von Emas Nachbarn, die vergaßen einfach, daß das schrille Gelächter dieser verstaubten barfüßigen Kinder, die hier herumliefen, nur ein Bruchteil ihres tatsächlichen Lebens war, nur ein Touristenschnappschuß dieser Kultur. Und plötzlich wurde Mickey wütend auf sich selbst, weil er genau das Gegenteil empfand, weil er anmaßend war, weil er überhaupt eine Meinung hatte, weil er sich über sich und sie und diese und jene irgendein Urteil erlaubte. Mickey war seiner selbst überdrüssig, er machte sich Sorgen. Mickey liebte Ema, und Ema liebte Mickey. Er war sich ganz sicher. Er war verwirrt. Auch wenn er Ema oder sonst irgend jemanden davon überzeugen könnte, wie er früher war, wie es werden würde, war er noch immer pleite.

Mickey brauchte nicht allzu lange dabei zu verweilen. Hinter ihm stritten Ema und ihre Mutter unter dem Rundbogen der Haustür, die sich aufgetan hatte. Ihre Mutter trug das meiste zu dem lautstarken Wortwechsel bei, worin häufig das Wort Nein auftauchte, eine Silbe, die ihm klar und ungehindert ins Gehör schallte. Unterm Geschimpfe der Mutter sah Ema ein einziges Mal kurz und verzeifelt zu ihm hinüber. Und dann ging die Tür zu, fest und entschlossen.

Mickey überlegte noch einmal. Diese Welt war auch gemein und grausam. Die Menschen machten sich sehr wenig auseinander. Die Gierigen und Bösen wurden gefeiert, die Eitlen und Maßlosen und Wichtigtuer galten als Vorbilder. Andererseits stimmte Mickey Emas Mutter durchaus zu. Er war der Falsche. Er war wertlos. Er war schlecht. Er wohnte im YMCA. Er war abgebrannt. Er war gefährlich. Er war ein

Schürzenjäger. Er war nicht vertrauenswürdig. Er war unbeständig, wild, ein Gesetzloser. Er war der Falsche für sie, und sie war zu naiv. Es war gut, daß Ema so eine Mutter hatte.

Mickey ging weiter. Mitten durch eine uniformierte Schüler-Kapelle, die um das Standbild von Benito Juárez marschierte – die Bläser klangen rauh und schief, und nur Jungen konnten Blechtrommeln so spielen, als ob es Waffen wären. Wie Mickey defilierten sie um die schwer amputierten Maulbeerbäume, deren Stämme klinisch weiß gestrichen waren, vorbei an den viejitos, die auf Benitos Zementsockel hockten, aufmerksam, patriotisch, vorbei an Scharen von Tauben.

Mickey ging weiter zur Calle Mariscal, wo die putas sich draußen in Hauseingänge drückten oder drinnen auf Stühlen saßen. Mickey besuchte La Virgínia nicht wegen der Frauen, sondern weil Ginny's eine richtige Bar war, mit Sitzgruppen und Tischen und Pappkerzenständern. Außerdem reichte sein Geld höchstens für einen Drink, in Juárez zwei, so daß, selbst wenn er Lust bekommen sollte ... was unwahrscheinlich war, denn Mickey fand die Huren trotz allem zu alt und zu häßlich für einen gesunden jungen Kerl wie ihn, der es ohnehin nicht nötig hatte, dafür zu bezahlen.

Er wollte wirklich allein sein, und das war er auch fast zwei Minuten lang. Er bestellte einen Bourbon mit Wasser und kippte ihn durstig hinunter. Man schenkte ihm nach, was ihm nur noch einen winzigen Rest Kleingeld übrigließ. Er hatte vor, diesen Drink geduldig zu melken, als sich eine stämmige Frau, in mehrfacher Hinsicht alles andere als ein umwerfender Anblick, neben ihm niederließ.

»Gibst mir einen aus?« fragte sie.

»Ich kann heute nicht«, sagte er.

Sie bestellte trotzdem einen, und der Barkeeper schob

ihn ihr rüber. »Na komm«, zwinkerte sie vielsagend. »Unternehmen wir was.« Um kein Mißverständnis aufkommen zu lassen, grapschte sie ihm tief zwischen die Beine. Mickey leistete keinen Widerstand. »Gefällt dir das?« Sie streichelte ihn.

»Gratis?« fragte er. Seine Begierden widersprachen einander – sein romantischer Sinn sehnte sich noch immer nach Ema.

Sie lachte. »Para tí, con mi descuento, Rabatt für *starke* Chicanos.« Sie sprach Englisch, um cool zu wirken.

»Du kriegst auch nicht genug, stimmt's?« fragte er rhetorisch.

»Ja«, sagte sie, ohne recht zu verstehen, was er auf Englisch sagte. Sie lächelte vertraulich, ließ die Augen aufleuchten. Sie drückte ihre Hüften auf dem Hocker näher an ihn heran, knöpfte ihm die Hose auf und griff hinein. »Ja?«

Der Barkeeper, Schnapsgläser abtrocknend, beobachtete sie aus dem Augenwinkel.

»Bin gleich zurück«, sagte Mickey zu ihr.

Wieder im Y, auf Zimmer 412, spürte Mickey noch immer die Hand der puta. Sie hatte mehr gepackt als das, was in seiner Hose war. Mickey prahlte gern von seinem früheren Leben, von Frauen. Aber auch ihrer war er sich nicht mehr sicher, konnte auch bei ihnen nicht mehr zwischen Wahrheit und Einbildung unterscheiden. Seine Geschichten waren so substantiell und dauerhaft wie gestörte Träume.

Es war dunkel im Zimmer. Schwarz und gelb. Es würde keine Ema für ihn geben. Oder doch? Geschichte. Was würde er erzählen? Was davon würde wahr sein?

Mickey dachte an ein Mädchen. Er hatte sie drei Monate lang gekannt. Sie war klein und zierlich und patent genug, den Lebensmittelladen, in dem sie beide arbeiteten – Mickey füllte die Regale, fegte, wischte –, allein zu führen, wenn der Inhaber nicht da war. Sie war nur wenige Jahre älter als er. Und nicht besonders hübsch, weswegen er kein Interesse an ihr hatte und daher so tat, als bemerke er nicht, wie sie ihn ständig mit großen Augen ansah, wie aufmerksam sie seinen Worten lauschte. Er sagte irgendwas, erzählte ihr irgendwas. Sie hörte zu. Er sprach nicht von ihr, fragte sie nichts. Es interessierte ihn nicht. Dann erzählte sie ihm eines Tages, sie werde den Job kündigen, sie werde umziehen und heiraten. Mickey hätte nie gedacht, daß sie irgendwen kennen könnte. Er war nie auf die Idee gekommen, sie danach zu fragen. Sie hatte ihm das mit einer gewissen Trauer in der Stimme mitgeteilt, als ob sie am liebsten geweint hätte, da es zwischen ihr und Mickey nun ein für allemal aus wäre. Sie gab ihm aber noch eine Chance. Ein paar Tage später brachte sie ihren Verlobten mit und stellte ihn Mickey vor. Er sah nicht besonders aus. Arbeitete als Monteur an einer Tankstelle. Mickey empfand Mitleid mit ihr, weil sie ihn nicht liebte. Am nächsten Tag küßte Mickey sie. Er küßte sie und dann noch einmal, und bald fuhren seine Hände überall auf ihr herum, und ihre auf ihm. Sie war schockiert, und sie war glücklich, weil sie Mickey liebte, weil sie ihn haben wollte. Aber er liebte sie nicht, er mochte sie noch nicht einmal. Als sie einige Tage später Abschied nahm, konnte er ihr nicht in die Augen sehen.

Er sagte, er habe sie doch geliebt. Er habe sich selbst nicht weniger belogen als sie. Er war sich da jetzt absolut sicher, denn in seiner Einsamkeit fehlte sie ihm, und nur sie. Er wollte sie lieben. Es tat ihm leid. Wie konnte er wissen, was für ein rares Ding die Liebe ist? Schlaflos dachte Mickey an diese Frau, die er weder gut genug noch lange genug gekannt hatte, die sich wahrscheinlich nicht einmal an ihn erinnerte, und glaubte sie mehr zu vermissen als jede andere, die er je gekannt hatte. Wie leid ihm das tat. Wie sehr er wünschte, daß er sie anrufen könnte, sie um Vergebung bitten und ihr seine wahre Geschichte erzählen könnte. Er stellte sich vor, wie glücklich sie gewesen wäre, wenn er ihr seine Liebe gestanden hätte, wie einfach das hätte sein können. Fast konnte er ihren Körper neben sich spüren. Ihre Brüste, ihre Taille, ihre Hüften. Sie war wirklich schön, schrie die Erinnerung ihm jetzt zu, und er war bloß ein Trottel, denn nun lag er hier in diesem YMCA, auf Zimmer 412, die gelben Vorhänge zugezogen, der Morgen ein kackbrauner Brei aus Licht, der furzende Alte gegenüber begrüßte krachend den neuen Tag, und aus Westen wehte ein so starker Wind, daß man nichts Loses draußen stehnzulassen wagte.

II

Nur spät nachts, wenn alle anderen schliefen und er mit seinen Gedanken allein war, gestand Mickey sich ein, daß er gar nicht so tapfer war und gar nicht so sicher, was passieren würde. Obgleich er die Vorhänge immer zugezogen ließ und mit seinem vorgeschnittenen Brot, Weichkäse und Wasser hinter verschlossener Tür lebte – auch auf den Flur, wenn er zur Toilette ging, drang keine natürliche Lichtquelle –, war er überzeugt davon, daß seine Zweifel und Ängste etwas mit der Tageszeit zu tun hatten, mit diesen Träumen von anderen Bewohnern, die im Dunkeln wie unsichtbarer Rauch unter den Türen hervor in die Flure strömten und sich in den Zellen seiner Psyche virengleich in geometrischer Progression vermehrten. Die Angst quälte ihn entsetzlich, drückte ihm manchmal so die Brust zusammen, daß er kaum noch atmen konnte. Das Herz hämmerte ihm, bis er nur noch das Pulsieren des Muskels hörte, das Auf- und Zuschießen der Klappen, so rasend, daß es unmöglich noch lange weitergehen konnte. Sie heizte ihm ein, erstickte ihn wie ein Berg Wolldecken – nur daß sie mehr Gewicht hatte. Wie Erde. Wie heißer Wüstensand, der Schaufel um Schaufel auf ihn fiel, bis er ein dunkler Schoß geworden war, bis sein Körper nichts mehr war als eine bloße Idee, eine vage Silhouette ohne oben und unten, hoch tief, links rechts. Er vernahm ein auffälliges Geräusch, ob es aus seiner Brust kam oder aus seinem Kopf, konnte er nicht sagen. Ein Klicken. Klick, Klick, Klick. Was war das? Am ehesten – er las wieder in seiner Bibel, in diesem Western – glich es dem durch einen felsigen Canyon hallenden Klicken eines Revolverhahns, das den dort reitenden Helden oder Banditen aufhorchen ließ wie ein Luchs.

Sein Gehör war so empfindlich, so scharf auf Anpirschen eingestellt, daß sein Geist dem großen KNALL schon entgegenlief, daß er ihn beinahe schon aufpeitschen sah, beinahe schon spürte, wie das, was auch immer die Kugel treffen mochte, zerplatzte und in Fetzen auseinanderflog und die im Raum verteilten Stücke immer mehr den Zusammenhalt verloren. Und dann? Mickey wußte es nicht. Weiter konnte er das nicht verfolgen, da kam er nicht mehr mit. Ebensowenig konnte er sagen, ob die Explosion in seinem Innern stattfand oder nur so nahe, daß er ihre Wirkung spüren konnte.

Er stieg aus dem Bett und machte Liegestütze und Situps. Im Dunkeln, die Lampe am Schreibtisch ließ er aus. Er redete sich zu: ganz ruhig, keine Panik. Er sah den Atem in sich hineinziehen, vor seinen Augen in sich einfließen – eine Luftblase, die durch einen Rinnstein trieb – und dann wieder hervorkommen. Manchmal blieb er auch im Bett und stellte sich seinen Atem als Nadelstich vor, als winzigen Punkt, der hierhin und dorthin ging, während sein inneres Auge eine Fernsehkamera wurde, die ganz dicht heranzoomte und den Punkt in Nahaufnahme zeigte, vergrößerte, bis er groß war wie ein Ball, ein Spielball. Er stellte scharf. Irgendein Ballspiel, was für eins, war nebensächlich, und da war jemand, ein Star, der Star. Eine Art Basketball oder Volleyball oder auch Tennis – jedenfalls ein Spiel, der Ball flog hypnotisierend hin und her –, und er kämpfte, rackerte sich ab, erzielte einen Punkt nach dem anderen, spielte sogar in der Abwehr mutig und erstaunlich gut, einen Spielzug nach dem andern, aber nur, weil er ja von Natur aus, unbewußt, tatsächlich so war. Mickey folgte dem Hin und Her des Balls mit seinem inneren Auge, folgte den kraftvollen Schlägen seines Spielerhelden, sah sich die Wiederholung an, und noch einmal, als Standbild, in Zeitlupe, mit normaler Geschwindigkeit. Mickey ließ den Film laufen, und wenn es funktionierte, schlief er wieder ein. Es war das einzige, was bei ihm funktionierte.

***

Nur der beschwerte gelbe Vorhang sorgte für Farbe in dem unbeleuchteten, dunklen Zimmer, das Alu-Schiebefenster dahinter versiegelte, was wie planmäßiges Schweigen wirkte, seine Rückenmuskeln erstarrten auf der Baumwollfüllung und dem in einen aus Winkeleisen geschweißten Rahmen über stramme Sprungfedern gespannten Drahtgeflecht. Mickey wollte schlafen, nicht wach sein und *denken* und sich ängstlich und abgespannt fühlen – warum konnte er nicht einfach auf alles scheißen und abhauen? Warum konnte er nicht einfach Schluß machen? –, als er aus dem Zimmer nebenan ein rhythmisch anschwellendes Geräusch vernahm. Er horchte genau hin. Ein vertrauter, menschlicher Rhythmus, gleich neben ihm, die Nähe nur kaschiert von einer verputzten Wand. Ein schweres Atmen, begleitet von dem Rumpeln und Klopfen, mit dem ein Metallbett wie das, auf dem Mickey lag, an die Wand stieß, und dem Knarren und Quietschen der Spiralen. Mickeys Nachbar nebenan machte ein Solo, ließ Dampf ab, ritt und stieß, wie Mickey annehmen mußte, seine Matratze mit schmerzendem Schwanz und flackernder Phantasie, zur Rotglut erhitzt von Weiberfleisch, von Brüsten und Brustwarzen und breiten entgegenkommenden Hüften und dem Gefühl der warmen feuchten Lippen einer nicht bloß phantasierten Vulva, einer echten Vagina, und nicht des Lakens, an dem er sich rieb. Mickey reagierte auf die Geräusche, mit denen sein Nachbar stöhnend und hart die Matratze knallte, verärgert, dann aber –

das mußte er zugeben, er war alt genug – verständnisvoll, ja, als es vorbei war, geradezu dankbar für die Ablenkung und Inspiration, die ihm dadurch zuteil wurde. Er zog an den Vorhangstangen, entriegelte das Fenster und ließ Luft und andere, weniger laute Geräusche herein. Es war an einem frühen Morgen, da war er sich sicher.

Für Mickey war dies ein wichtiger Augenblick – ein Signal, sich seiner eigenen Form von Masturbation bewußt zu werden. Weil er die Vorhänge noch weiter aufziehen mußte. Weil er die Außentemperatur spüren wollte.

Außerdem brauchte Mickey Geld. Das wurde jetzt wirklich langsam knapp. Natürlich konnte er sich in diesem Y sicher fühlen, aber war es klug, immer nur zu warten? Er würde sich einen Job besorgen, einen befristeten Job, erst mal irgendeinen Job. Das war intelligent. Womöglich verzögerte sich die Sache, und dann säße er in der Klemme. Dann fiele er hier vielleicht auf, und das wäre nicht so klug. Das wäre nicht richtig, und es wäre unter seiner Würde, frierend auf der Straße zu leben, frei oder nicht. Er brauchte Geld, auf der Stelle. Er mußte realistisch sein.

Also zog er Nägel. Normale dicke Nägel, aus so alten Balken, daß sie fast noch die echten Maße hatten, zwei mal vier Zoll. Mickey begriff nicht, wie diese Arbeit dem Cowboy, der ihn eingestellt hatte, auch nur einen Cent Gewinn einbringen sollte – vielleicht war er gar kein Cowboy, trug bloß Hut, Stiefel, Jeans und Hemd wie einer und sprach auch wie einer. Er bot ihm 2 Dollar 50 die Stunde an, 20 Dollar für den ganzen Tag. Mickey sagte ihm, er solle nur dafür sorgen, daß er am Ende seiner acht Stunden das Geld auch wirklich dahabe, denn nur deswegen sei er hier. Es war sehr warm, der Himmel eher weiß als blau und wolkenlos. Der Cowboy schickte Mickey hinter ein verlassenes Lehmziegelhaus mitten auf diesem Acker, wo früher wahrscheinlich Baumwolle gewachsen war, denn es gab dort weder Kreosotbüsche noch Kakteen, sondern bloß ein paar hohe Unkräuter. Der Fluß war irgendwo rechts, aber zu gezähmt, um am Eindruck der Wüste etwas ändern zu können. Überall lag Schrott herum. Blechdosen, Kühlschränke und Herde, Waschmaschinen, Wäschetrockner, Rohre, Kabel, Kolben und Motorblöcke und Autodächer, Haustüren, rostige Drähte und rostige Zäune. Und mitten darin dieser Haufen Balken mit Nägeln, vor dem Mickey jetzt stand, einen Hammer in der Hand, der älter war als Texas und etwa so brauchbar wie ein Stein; damit schlug er auf die spitzen Enden, bis die Köpfe auf der anderen Seite hervorkamen, worauf er sie mit der Klaue heraushebeln und zu den anderen verbogenen, vom Hammer zerschrammten, wertlosen Nägeln in den Eimer knallen konnte. Der Cowboy kam gelegentlich aus dem Wohnwagen, in dem er hauste, um, wie er sich ausdrückte, mal nach dem Rechten zu sehen und endlos zu quasseln. Während der Cowboy seine Predigten hielt, fuhrwerkte Mickey die meiste Zeit weiter mit seinem Hammer an irgendeinem Nagel herum, aber bei einem dieser langweiligen Monologe ließ er ihn sinken und war kurz davor, Schluß zu machen. »Nennen Sie mich nie wieder *Mexikaner*!« Mickey mochte die Arbeit nicht sonderlich und auch nicht die Sonne und das seltsam schmeckende Brunnenwasser aus dem Schlauch, und er war nicht in der Stimmung, dieses cowboyhafte Gerede über Mexikaner einfach hinzunehmen. Auf Mickey wirkte es oft verwirrend, wenn Leute wie dieser Cowboy das Wort *Mexikaner* in den Mund nahmen, denn manchmal bedeutete es gar nichts und manchmal eine ganze Menge. Das hing davon ab, wie es gebraucht wurde, wie es betont wurde, sogar davon, wie es ausgesprochen wurde – und bei diesem Cowboy hier klang es wie »Mess-i-kin«. Wieviel man sich davon gefallen ließ, hing davon ab, wie man sich fühlte, und Mickey fühlte sich bei dieser stupiden Arbeit nicht gerade prima. Der Cowboy war einsichtig genug, Mickey gegenüber nichts mehr von »euch Mexikanern« verlauten zu lassen, schaffte es aber nicht, dem Thema vollständig aus dem Weg zu gehen.

»Die haben jedenfalls die besten Frauen«, erklärte er und verdrehte die blauen Augen.

»Die Männer dort sehen das anders«, teilte Mickey ihm mit. »Die sagen, die Hellhäutigen hier von dieser Seite hätten so schöne rosa Brustwarzen.«

Das gab dem Cowboy wohl zu denken, und er ließ von dem Thema ab.

Der Cowboy zahlte am Ende des langen Tages tatsächlich in bar und sagte, er habe noch andere Arbeiten für Mickey, falls er interessiert sei. Das sei er nicht, gab Mickey zurück. Tags darauf fand er eine andere Beschäftigung, diesmal am Bau. Der Mann, der Mickey den Job gab, reichte ihm seine Karte, als sollte er sie auswendig lernen: BILL KING, KÖNIGLICHER RENOVIERUNGSBETRIEB, und darunter, in dick geprägten Lettern: BETRIEBSBERATER. Die Arbeit bestand darin, für eine Apotheke an der Alabama Street kleine Schwingtüren herzustellen und einzusetzen. Zwei Stück, für 4 Dollar die Stunde, wenn Mickey gut war, sonst 3 Dollar 50. Das war ziemlich einfach, brachte ihn auf andere Gedanken, dauerte aber auch nicht lange, und dann hatte er nichts mehr zu tun. Er wartete bis nach dem Mittagessen auf Mr. Kings Cadillac. Nach einer weiteren Stunde beschloß er zu gehen, denn er haßte es, untätig herumzustehen, selbst dann, wenn es für Geld nichts Besseres zu tun gab. Mickey bat einen anderen Arbeiter, der auch dort arbeitete, aber für eine andere Firma, Mr. King zu sagen, um wieviel Uhr er gegangen sei, und in dem Glauben, seinem neuen Boss ein paar Dollar gespart zu haben, marschierte er zum Y zurück. Als er am Abend anrief und sich erkundigte, wie es weitergehen solle, erfuhr er, daß er gefeuert war.

Mickey suchte danach nicht gleich etwas anderes. Er sagte, ein Teil des ihm geschuldeten Geldes sei wohl einmal eingetroffen, und nach dieser einen Rate könne er sich nun, selbst wenn der Rest eigentlich nur ein Versprechen sei, nur *Worte*, in Geduld fassen, zuversichtlich sein, Hoffnung hegen. Lieber klug sein, nichts vermasseln, vernünftig bleiben, sich nicht das eigene Grab schaufeln – »Trink nicht zuviel Whiskey und zieh nicht zu schnell«, würde Jake in diesem Western gesagt haben. Auch das war realistisch. Das beste war, sagte Mickey, in Form zu bleiben und für den Fall, daß keine weitere Zahlung mehr käme, sein Geld zusammenzuhalten. Lieber auf alles vorbereitet sein. Lieber wachsam die Augen offenhalten, denn schiefgehen konnte immer etwas – es gab keine Garantien. Er spielte, sagte er, die Guten und die Bösen, und er hatte nicht vor, als Idiot dazustehen, selbst wenn sich herausstellen sollte, daß man ihn wie einen behandelt hatte.

Um zu sparen, aß Mickey weniger. Und trainierte mehr, aber natürlich nicht wie ein Olympiakandidat. Er begann jedesmal mit Langhanteln. Bankdrücken. Dann Streckstütze am Barren, dann Hantelübungen für Bizeps und Handgelenke. Dann Sit-ups an der Schrägbank. Die neue Tageseinteilung gefiel ihm. Jetzt, wo er noch mehr Zeit zur Verfügung hatte, ging er möglichst zweimal täglich trainieren. Am besten war er bei den Sit-ups. Er fand, er war ziemlich gut in Sit-ups.

»Wieviel machst du davon?« schrie Charles Towne. Charles

Towne *fragte* nicht einfach, er bestand darauf, es zu erfahren, denn er hatte das Gefühl, das sei, auch jenseits seines persönlichen Interesses, von Bedeutung. Er schrie nur, weil er sich auf der anderen Seite eines Drahtglasfensters befand – in dem mit Doppelglas abgetrennten Raum mit der Kraftmaschine, einem kleinen Verschlag von der Größe einer Abstellkammer neben der Umkleide mit den Spinden. Vielleicht schrie er aber auch, weil es ihm wirklich wichtig war, denn Charles Towne hatte, was auch immer er dort machte, unterbrochen, um Mickey diese Frage zu stellen – ein Standbild der Aufmerksamkeit, das schwarze Gesicht straff gespannt, die Augen unfähig, Mickey länger als eine Sekunde festzuhalten. Mickey hob die Achseln, tat so, als seien ihm solche Details gleichgültig, und Charles Towne begab sich ebenso abrupt, wie er sich unterbrochen hatte, um seine Frage zu stellen, in den Dampfraum. Charles Towne war groß und schlank, auf seinen durchtrainierten Muskeln traten die Adern hervor, dabei sah ihn niemals jemand auch nur eine Übung absolvieren. Er war so ein Typ, an den man sich erinnerte, weil er bei aller Schlankheit, bei aller scheinbaren Schwäche, dennoch kräftig wirkte.

Mickey schwamm auch. Das lag ihm zwar nicht, aber er hatte gehört, es sei gesund, und Laufen war ihm zuwider. Die alten Männer – keine YMCA-Bewohner, sondern gutsituierte Rentner – waren beim morgendlichen Bahnschwimmen die Besten. Sie kamen in winzigen Badehosen, schnallten sich Schutzbrillen und Schnorchel um und planschten hin und her, hin und her, ohne Halt, der eine Alte vielleicht schneller als der andere, aber alle harmonisch und gleichmäßig. Mickey fand jeden Morgen einen als Schrittmacher. Der Betreffende war schon vor Mickey im Wasser und blieb auch länger drin als er, so daß Mickey zwischendurch Ruhepausen einlegen konnte. Je schneller er schwamm, desto länger ruhte er aus. Mickey saß triefend und benommen am Beckenrand, während der Alte noch immer gleichmäßig seine Bahnen zog.

Nachdem er das Gerumpel an der Wand gehört hatte, war Mickey auch auf die anderen Hobbys seines Zimmernachbarn aufmerksam geworden. Wenn Sarge die Tür offen hatte, brauchte Mickey nicht einmal zu lauschen, wenn er mit seinem Freund debattierte, einem schwabbeligen Burschen mit hoher Winselstimme. Sarge, hörte er, gab sich als aufgeklärter Intellektueller, der großmütig zu jedem Thema Rat und Auskunft erteilte. Sein Kumpel lauschte wohlerzogen, stellte passende Anschlußfragen und bekundete meist ehrfürchtiges Staunen sowohl über den Reichtum von Sarges Wissen als auch, wie Mickey durch sorgfältiges Zuhören erfuhr, über die Größe und Menge der Tortilla-Chips, die sie bei ihrer Wahrheitssuche krachend zermalmten.

Bei Sarge und Mickey war der Prozeß des Kennenlernens bereits seit einiger Zeit im Gang, zunächst im Flur, auf dem Weg von oder zur Toilette, wo sie sich grüßend zunickten, und auch schon öfter am Pool. Eines Tages schwamm Sarge auf der Bahn neben ihm, entschlossen zu einem wortlosen Wettstreit. Sarge war so ein Typ. Mickey gehörte schon in jungen Jahren zu denen, die keinen organisierten Sport trieben, nicht weil er sich für nicht gut genug hielt, sondern weil er keine Zeit dafür hatte. Sarge faßte Sport und seine Bedeutung symbolisch auf: Gewinnen war Überlegenheit, Verlieren war Versagen. Als er daher jetzt in der Bahn neben Mickey schwamm, sah Mickey auch ohne Austausch von Worten, daß es galt, Männlichkeit zu beweisen. Sarge begann im gleichen Tempo wie Mickey. Mickey schaffte immer nur fünf Bahnen, bevor er eine Pause einlegen, Luft holen und sich ausruhen mußte, und das war in Schwimmerkreisen, selbst an den Stränden von El Paso, alles andere als berauschend. Aber Sarge schwamm mit ihm um die Wette, er wollte ihn schlagen, und Mickey spürte den Mann auf der Bahn neben sich, dann hinter sich, sechs Bahnen lang. Und nach sechs weiteren, als Sarge endlich erschöpft und außer Atem Kopf und Arme auf den Beckenrand legte, als er sich, stinksauer auf sich selbst, aus dem Wasser zog, hatte Mickey, obgleich so kaputt, daß er schon einige Bahnen früher hatte aufhören wollen, immer noch weitergemacht, nur um desto deutlicher zu zeigen, daß er von all dem gar nichts mitbekommen habe, dabei war er noch nie zuvor so gut geschwommen.

Sarge stand noch unter der Dusche, als Mickey dazukam. Sarge war kräftig gebaut, aber kleiner als Mickey, und am ganzen Leibe gut trainiert, jedoch ohne Betonung einer speziellen Muskelgruppe. Sein Haar war naß oder trocken immer gleich – straff zurückgekämmt klebte es am Schädel, so dünn, daß die Kopfhaut durchschimmerte.

»Sergeant Elias Saucedo«, stellte er sich vor, als ob er nicht nackt und naß dort stünde. »Ich wohne in dem Zimmer neben dir.« Er reichte ihm eine dunkle, übergroße Hand zu einem traditionellen Händedruck. Mickey drückte sie unter der prasselnden Dusche ein wenig schlaff und unbeholfen und revanchierte sich nur mit seinem Vornamen. Sarge quetschte ihm die Handknochen mit aller Wichtigkeit, die ein solcher Anlaß erforderte. »Freut mich, dich kennenzulernen«, sagte er zu Mickey. Was bei ihm einen Schwall von Verdächtigungen auslöste. Warum sollte Sarge sich freuen, ihn kennenzulernen? Zu was für ekelhaften Phantasien bumste dieser Kerl seine Matratze? Es war erschreckend und peinlich, und Mickey wäre am liebsten gegangen; aber er stand ja nackt unter der Dusche – wohin also hätte er gehen können? Also besser gleich abtrocknen und anziehen. Er wußte, was für Geschichten man sich von Leuten erzählte, die in YMCAs lebten.

Sarge hatte noch immer Verbindung zu Fort Bliss, aber davon wollte Mickey nichts hören, er konnte Militärisches nicht ausstehen – nicht grundsätzlich, keineswegs, sondern nur wegen Typen wie Sarge: stolz und stets zu Diensten, fidel und selbstbewußt, geht klar, raus aus den Federn, immer ein lustiges Liedchen pfeifend, keine Fragen. Und Sarge pfiff tatsächlich dauernd vor sich hin. Für Mickey, dem nicht nur seine eigene Lage Sorgen machte, sondern auch die der ganzen Welt – einer der Gründe, sagte er, weshalb er hier in diesem YMCA wohnen müsse –, gab es nichts Schlimmeres als jemanden wie diesen schütteren Sergeant hier, der mit gespitzten Lippen in einem YMCA herummarschierte und sprudelnde, banal aufgepeppte Versionen von Gute-Laune-Schlagern vor sich hin pfiff. Mit improvisierten Schnörkeln. Freilich teilte Mickey ihm nichts von diesen seinen Ansichten mit. Er wollte wegen solcher privaten Dinge nicht unhöflich werden, denn er meinte, das ginge ihn nichts an, und so vertraut wollte er ohnehin nicht mit ihm werden.

Andererseits, als Sarge und er einander besser kennenlernten – sie fingen an, zusammen Rebote zu spielen –, nach dem Training, in der Cafeteria, hielt Mickey sich nicht zurück, zu allgemeineren und gleichermaßen belanglosen Dingen seine Meinung zu äußern.

»Die kann mich mal«, sagte Mickey und meinte natürlich das Gegenteil.

Sarge war gekränkt. Weil Mickeys Geschmack nicht mit seinem identisch war? Weil er sich so ordinär ausgedrückt hatte? Weil Mickey nicht so verzweifelt eine Frau brauchte wie Sarge? Mickey war erleichtert, daß Sarge immerhin mehr als eine geistige Wertschätzung für Frauen hegte.

»An der ist nichts verkehrt«, erklärte er Mickey sachlich, die Stimme von Lola, der Kellnerin, abgewandt, über die sie sprachen.
»Nicht viel«, sagte Mickey. »Schätze, ihr Bierbauch könnte auf manche ganz anregend wirken.«
»Sie ist attraktiv«, versicherte Sarge. »Sie hat Temperament.«
»Temperament?« Mickey lachte. »Du hast wohl schon so lange keine mehr gehabt, daß du das andere vergessen hast.« Zugegeben, Mickey dachte hierbei an Sarges Leidenschaft für flachbrüstige Matratzen.

Lola zwitscherte fröhlich, und das gefiel Mickey an ihr. Sie war das einzig Erfreuliche in der Cafeteria des YMCA. Die Speisen, morgens und mittags, Tag und Nacht immer dieselben, waren ungefähr so ausgeklügelt wie die zerkratzten braunen Plastikteller, auf denen sie serviert wurden. Alles kam aus Konserven, sogar die Rühreier, behauptete Mickey, sogar die simpelsten Gerichte, sogar das Weißbrot. Ab und zu probierte er das Frühstück, und immer nahm er den schaumigen Kaffee und las dazu eine Zeitung, die irgendein früherer Gast hatte liegen lassen. Lola sorgte dafür, daß kein Becher halb leer blieb oder auf Trinkwärme abkühlte. »Hier bitte, Hone-ney«, sagte sie. So sprach sie jeden an, gleichgültig, ob sie danach Englisch oder Spanisch weiterredete. Einmal versuchte ihr jemand die richtige Aussprache beizubringen und ließ sie die Silben einzeln nachsprechen. Die beiden lachten über ihre Versuche, bis schließlich auch alle anderen losprusteten, als es aus ihrem Mund kam wie »horny«.

Die meisten Besucher der Cafeteria waren Hausbewohner, und die Stammgäste unter ihnen besaßen, zumindest bei oberflächlicher Betrachtung, nur wenige funktionierende Gehirnzellen. Entweder waren es alte, verkommene Männer, die keinen Gebrauch mehr dafür fanden, oder es waren jüngere, die sie verloren oder überhaupt nie entwickelt hatten. Alleinstehende, verwitwete oder geschiedene Männer. Frauen, abgesehen von Lola – und die zählte nicht, sie gehörte zur neutralen Ausstattung –, waren nicht nur rar, sondern praktisch nicht vorhanden. Das mochte eine Erklärung dafür sein, warum so viele von ihnen aussahen und handelten, als ob sie ganz für sich allein existierten. Manche kamen im Schlafanzug und Morgenrock, als sei die Cafeteria die Küche ihrer Kindheit oder als wünschten sie das jedenfalls. Andere kamen vielleicht nicht im Schlafanzug, aber ihre Sachen waren so weit und faltig, daß man sie ohne weiteres so nennen konnte. Hosen, die nicht zugeknöpft waren und nur deshalb nicht herunterrutschten, weil Design und Schnitt, und nicht etwa Absicht, es verhinderten. Hemden mit Knöpfen – falls sie zugeknöpft waren, falls die Knöpfe in den richtigen Knopflöchern steckten – mochten so in die Hosen gestopft sein, daß sie an den Seiten abstanden. Ob sie sich kämmten? Morgens jedenfalls nicht. Beziehungsweise nicht mit einem Kamm. Aber sie kamen regelmäßig, so bunt und farbenfroh wie ein Schwarzweißfernseher.

Selbst in ihrer weißen Schwesterntracht, mit einem Unterrock, der eine Spur zu weit heraushing, mit ihrem breiten Ring und dem vierzehnkarätigen Speckbauch, mit ihren schlecht sitzenden Haarspangen, war Lola ein Farbfernsehgerät. Was aber auch nicht begreiflicher machte, warum Sarge sie gutfand, ein Mann, der durchaus nicht wie ein Trottel wirkte, der, wenn auch kein smarter Film- oder Fernsehheld, durchaus nicht schlampig war, der, wenn auch ein wenig träge und langweilig, weder dumm noch, auf den ersten Blick, vollkommen abgebrannt war, der in fast jeder Hinsicht den anderen Hausbewohnern überlegen war, auch wenn er sich ab und zu einen runterholte. Es war schwer zu begreifen, was er an Lola attraktiv finden konnte, es sei denn, sein letztes Mal war wirklich schon so lange her.

»Vielleicht solltest du mal mit ihr ausgehen«, empfahl Mickey, der schon bereute, daß er sein taktloses Maul aufgemacht hatte.

Sarge rümpfte die Nase, zog ein unverkennbar entrüstetes Gesicht, trank seinen Kaffee aus und ging fort, ohne sich mit Mickey für morgen zum Rebote zu verabreden.

Das hätte, wären sie normale Hausbewohner gewesen, die letzte Unterhaltung der beiden sein können. Frauen waren im YMCA ein überaus heikles Thema, und das brachte es für die Bewohner geradezu zwangsläufig mit sich, oder jedenfalls schien es so, daß Frauen sich von ihnen fernhielten, wenn sie das Haus verließen und sich in der Außenwelt umsahen. Die Hausbewohner glaubten sich für ihre Lage rechtfertigen zu müssen, denn Männer und Frauen, die nicht im YMCA lebten, pflegten die Frage: »Sie wohnen im YMCA?« oftmals mit leicht schiefer Miene zu stellen, als hätten sie eine Fliege verschluckt und wollten das verheimlichen. YMCA bedeutete nichts Gutes, da stimmte etwas nicht. Im YMCA zu wohnen, war eine Krankheit, ein Eingeständnis davon. Ein schmachvolles Manko, und im Haus wurde oft darüber debattiert, wann und wie man dieses Thema, falls sich einmal Gelegenheit ergebe, mit einer Frau zu reden, zur Sprache bringen sollte – direkt und unverblümt, ehrlich und unbefangen, oder beiläufig und arglos? Oder selbstbewußt, als zeuge das von besonderem Mut? Oder sollte man es, wie ein Ehemann seiner Frau, verschweigen und erst dann damit herausrücken, wenn die Sache weit genug gediehen war? Das

Ganze war natürlich nur ein hypothetisches Problem, denn in Anbetracht all der damit verbundenen Sorgen, in Anbetracht der diesen Sorgen zugrundeliegenden Wahrheiten, in Anbetracht der Tatsache, daß man dort wohnen mußte oder sich jedenfalls dafür entschieden hatte, waren die Chancen, mehr als zehn gleichgültige, nicht einmal andeutungsweise sexuell gefärbte Worte mit einer Frau zu wechseln, ziemlich gering und fast nicht vorhanden.

Mickey hätte also wegen seiner Kritik an Sarges Lola-Träumen durchaus ein bißchen ein schlechtes Gewissen haben können. Und Sarge hätte ihm das lange nachtragen können. Vor gar nicht langer Zeit hatte Sarge Frau und Kinder verloren – die Einzelheiten waren nicht besonders ungewöhnlich, fand Mickey, bloß die übliche traurige Geschichte eines Mannes, den man abgeschoben hatte –, verloren an ein abgesägtes schmales Haus in der Nähe von San Antonio und einen Mann aus dieser Stadt, die mehr zu bieten hatte als El Paso, und der außerdem mehr Haare auf dem Kopf hatte. Aber Mickey hatte wegen Sarge kein schlechtes Gewissen. Mit so etwas hatte man rechnen können, für ihn war ein solches Ergebnis abzusehen gewesen. Der Beweis schlurfte in abgelatschten Pantoffeln durch die Linoleumflure. Mickey meinte, Sarge könnte doch eigentlich von Glück reden, daß er so lange unbehelligt geblieben war, daß er aus dieser Ehe ausgestiegen war – oder ausgestoßen, das spielte keine Rolle –, bevor er jetzt nur noch im Pyjama herumlief. Und Sarge blieb auch nicht eingeschnappt. Sogar im Gegenteil. Irgendein Rädchen drehte sich in ihm, und er wurde neugieriger. Er zeigte sich besorgt, was Mickey und sein Schicksal anbetraf.

Oder vielleicht war Sarge auch einfach nur nett. Dennoch war Mickey argwöhnisch. Weil er Typen wie Sarge kannte.

Weil er, sagte er, eine Menge andere Dinge im Kopf hatte und es für ihn nicht einfach war, geradlinig zu denken. Weil er sich, wie er sagte, auf seinen letzten Partner auf dieser Erde verließ – das war der, von dem er Post erwartete – und nicht wußte, ob das richtig war. Die Welt, in die Mickey sich noch nie leicht hatte fügen können, die ihm ständig und fortwährend immer komplizierter und komplexer vorkam, war mit Menschen bevölkert, die jeder für sich eine eigene Zivilisation und Kultur darstellten, mit Sprachen, Religionen, Traditionen und zu vielen Geheimnissen. Und er meinte, daß es, so wie in anderen Ländern und zu anderen Zeiten andere Möglichkeiten existierten als der Eine Gott mit seinem Einzigen Sohn und dem Heiligen Geist, womit er aufgewachsen war, dort draußen womöglich gar noch größere, ältere Mächte geben könnte: Götter wie Wind und Sonne und Mond und Erde. Einfach so. Und oder Mächte des Schicksals, des Bluts, und vielleicht brachte ja irgendwie jeder sein Leben im Tumult dieser Mächte hin... und auch das einfach so. Neben seinen Sorgen und ein wenig Verwirrung im Detail war auch dies ein Grund zur Beunruhigung: Daß er womöglich ein altes Stück aufführte; und er gab sich Mühe, es sich ins Gedächtnis zurückzurufen. Ständig suchte er daher nach Hinweisen und Botschaften und geheimen Nachrichten, um noch vor dem Ende den Schluß zu entdecken. Irgendeine Andeutung. Und gerade als er behauptete, an seinem letzten Freund zu zweifeln, an seiner letzten Verbindung zu dem, was er in der Vergangenheit gewesen war und getan hatte, mußte hier dieser spießige steife Soldat auftauchen, der seine dünnen langen Haare glatt zurückkämmte und mit dem weitgezähnten Kamm Tres-Mares-Haaröl-Furchen hineinzog, und der nun in dieses Geheimnis Mickeys eindringen wollte. Und das alles anscheinend nur, weil Mickey sich mit einiger Gewißheit über eine Frau, über Lola geäußert hatte – was in einer Welt voller Sprachloser schon etwas Schwerwiegendes ist – und ihm beim Rebote hoffnungslos überlegen war.

Zum Beispiel auf dem Weg zu McDonald's, Sarges Lieblingslokal. Mickey glaubte nicht, daß Sarge nur wegen der Gutscheine, die er aus der Zeitung ausschnitt, so gern dort hinging, sondern vor allem wegen des Essens und der Atmosphäre. Meist fuhren sie gegen drei Uhr nachmittags los, um, wie Sarge es nannte, die große Tagesmahlzeit einzunehmen. Er betonte dies gern, um von seiner Knickrigkeit abzulenken, um seine geregelte Lebensweise, wie er das nannte, hervorzuheben.

Sarge besaß einen silbernen viertürigen Mercury mit feudalen, marineblauen Plüschsitzen und dicken Fußmatten. Mit Hilfe einiger Schalter auf der Fahrerseite sorgte er dafür, daß die Fenster bei jedem Wetter geschlossen waren. Er benutzte lieber die regulierbare Klimaanlage beziehungsweise die Heizung, denn das hielt den Schmutz draußen. Front- und Hecklautsprecher sorgten für den harmonischen Klang des Senders, den er einstellte: KESY, ein Sender für »leichte« Musik zum leisen Hören, dieselben einlullenden Melodien wie beim Zahnarzt. Und es beruhigte ihn ungemein. Er fuhr linkshändig, den rechten Arm locker auf der Lehne des Beifahrersitzes, die Hand so lässig, so ruhig, als versuchte sie, einem dieser Discjockeys nachzueifern. Und Sarge selbst saß hinters Steuer gelümmelt, als nähme er ein Sonnenbad. Er fuhr tadellos. Vor der Windschutzscheibe bremsten Autos, bogen ab, schwebten vorbei, still und leise wie Luftspiegelungen, und jenseits davon entrollte sich El Paso, die staubig braune Stadt aus harten Steinmauern, dornigen Ocotillos und ledrigen Agaven, behaglich, entspannt und friedlich.

Mickey sagte, er könne sich nichts anderes denken als das,

was er gerade mache. Er erklärte Sarge, sicher, wie er das sehe, biete das Leben durchaus Möglichkeiten. Man könne, durch Einsatz verschiedener Körperteile, eine betriebliche, beamtliche oder militärische Leiter emporsteigen. Maßgeblich für den Erfolg sei natürlich die Geschicklichkeit des benutzten oder von einem anderen Körperteil höherer Ordnung für nützlich gehaltenen Körperteils. Die Besten, wie man sie nenne, seien diejenigen mit der größten Gewandtheit in diesen körperlichen Dingen. Sie seien unaufdringlich und wahre Meister darin, verstünden, ihre Absichten durch hollywoodreife Auftritte und Vorspiegelungen als deren genaues Gegenteil erscheinen zu lassen. Die Schlechtesten glichen eher schlampigen bisexuellen Handelsreisenden, denen zwar das Faktum, aber nicht die Methode bekannt sei, die nie dahinterkämen, wann sie welchen Körperteil zu benutzen hätten, wann sie geben oder nehmen müßten. Sie machten das einfach auf gut Glück, und dieses planlose Verfahren habe einigen wenigen von ihnen sogar zu Ruhm und Wohlstand verholfen. Andere wiederum seien vom Fernsehen so benebelt, daß sie von all dem gar nichts mehr mitbekämen. Sodann gebe es die Bösartigen, Herzlosen und Sadisten, die sich ebenfalls mit Körperteilen befaßten, aber auch andere Gegenstände und Techniken zum Einsatz brächten. Häufig stürben sie bei diesen Versuchen. Die Kinder der Überlebenden seien die geborenen Reichen, genau wie die bereits erwähnten Geschickten oder Glücklichen. Wer mit all dem wenig zu tun haben wolle, könne ins Kloster gehen. Dies sei ja wohl Gottes Betrieb, Amt oder Armee. Andere landeten vielleicht im Gefängnis oder in einer Sackgasse. Oder arbeiteten für Lohn. Niedrigen Lohn, weil jeglicher Aufstieg ein Auftreten wie das oben erwähnte erfordere. Falls der Betreffende immer lächelte. Falls er eingestellt würde. Falls es Arbeit gebe.

»Das ist doch nicht dein Ernst, oder?« bemerkte Sarge. Er drehte das Steuer mit einer Hand. Ansonsten regte sich nichts an ihm. Der Wagen hielt sanft zwischen den Linien eines Parkplatzes.

»Nee. Bloß ein Witz.«

Bei McDonald's schätzte man denselben Sender wie Sarge, diese Musik klang für Mickey inzwischen wie bumperndes Discogekreisch. Doch er beklagte sich nicht. Wenn jemand anders fuhr und auch noch Gutscheine hatte, war Mickey klug genug, den Mund zu halten.

Sarge nahm zwei Big Macs zum Preis von einem und eine Portion Fritten. Mickey war auf dem Gesundheitstrip und nahm zwei Fischburger, aber auch zweimal Fritten.

»Also ehrlich.« Sarge war noch immer bei dem Thema.

»Wie im Wilden Westen, Sarge. Die Guten und die Bösen. Ich versuche zu überleben. Wie denkst du dir das?«

Sarge musterte ihn, als ob er dachte, er sei nicht ganz beieinander, er habe irgendeine Fehlschaltung im Gehirn. »Die Guten und die Bösen«, äffte er ihn nach. Er verstand das nicht und ließ es für einige Sekunden dabei. »Es gibt gute Arbeit und schlechte Arbeit, gute Jobs und schlechte Jobs. Ich habe den Eindruck, du könntest einen brauchen.«

»Noch bin ich nicht pleite. Du bist nur auf meine Freiheit neidisch.«

»Im Y wohnen und hungern, das nennst du Freiheit?«

»Red keinen Unsinn, Mann. Dein Zimmer sieht genauso aus wie meins.«

»Ich muß drei Kinder ernähren und eine Scheidung durchziehen.«

»Sag ich doch. Und deshalb wohnst du im Y.«

Sarge kapierte zwar nicht, was das heißen sollte, wollte aber nicht mehr weiterreden. Mickey wußte eigentlich auch nicht, was er da sagte. Er hatte weder Argumente noch ein ausgearbeitetes Konzept. Genau das war sein Problem, daß er die Diskussion trotzdem irgendwie weiterführen konnte. Der Unterschied zwischen Mickey und Sarge war der, daß Mickey wußte, daß er nicht wußte, wie es weitergehen würde, während Sarge meinte, Mickey wüßte es. Daß er das wirklich glaubte. Für Sarge zählte im Leben nur eins: anständig bleiben und hart arbeiten – Mickey hätte am liebsten das Thema »Deine Frau hat dich verlassen« fortgeführt und ein wenig über nächtliche Samenergüsse hinzugefügt, dann würde Sarge nie mehr von Selbstbeherrschung predigen. Mickey fragte sich sogar, was da sonst noch wäre, was zum Beispiel die Ehefrau dazu beitrug, denn seiner Erfahrung nach war dies eine Quelle echter Wahrheit und Peinlichkeit. Andererseits bewunderte er Sarge für seinen Bekennermut, der, dumm oder naiv, ziemlich unschlagbar war.

»Wie geht's Ema?« fragte geschickt und diplomatisch Sarge über dem zweiten Hamburger, ein neues, weniger provozierendes Thema anschneidend. »Hast du sie drüben mal wieder besucht?«

Weil Mickey ihn, auch wenn er sich gar nicht sehr anstrengte, regelmäßig im Rebote schlug, blieb Sarge ihm gegenüber stets höflich und respektvoll. Sarge vergab seine Toleranz und Leichtgläubigkeit nach Maßgabe von Siegen und Niederlagen und deren Punktverteilung, und es gefiel ihm kein bißchen, daß er über das ganze Feld rennen mußte, während Mickey einfach herumstand und nicht einmal ins Schwitzen geriet. Sarges Niederlagen fielen so hoch aus, daß er sich geradezu minderwertig vorkam, was seine Gesprächsbeiträge oft ziemlich beeinträchtigte – er war nahezu unfähig, sich zu unterhalten. Also mußte Mickey die Lücken ausfüllen. Das heißt, Mickey konnte ihm, da Sarge so empfänglich dafür war, allen möglichen Unsinn erzählen, den Sarge aufgrund seiner »Unterlegenheit« als plausibel durchgehen ließ. Das heißt, daß Mickey, selbst auch nicht so vollkommen, einiges über Ema und ihre aufkeimende Beziehung erfunden hatte. Mickey meinte, Typen wie Sarge gäben sich wahrscheinlich damit zufrieden, nachts allein zu sein, ohne sich dabei komisch vorzukommen, aber bei ihm war das anders. Und Mickey wollte von Sarge nicht zu hören bekommen, er habe keine Frau gefunden, mit der er schlafen könne – ihm war ein Sieg in diesem Spiel viel wichtiger als im Rebote. Um den Schein zu wahren, sagte Mickey, habe er die Sache weiterverfolgen müssen. Für *wen* er das machte, wurde nicht so deutlich. Teils war es für Typen wie Sarge gedacht, teils half es ihm, Zeit totzuschlagen und große Reden zu schwingen, teils konnte er sich auf diese Weise, wenn schon nicht über den Durchschnitt erheben, so doch als nicht ganz so verschroben darstellen wie die anderen im Y.

»Ich war seit einer Woche nicht mehr drüben«, sagte Mickey.

»Ich geh da überhaupt nicht mehr hin«, erklärte Sarge. »Zu unsicher. Zu schmutzig, und praktisch alle da drüben sind Diebe und neidisch auf alles an einem, was amerikanisch ist.«

»Findest du?«

»Allerdings.«

»Willst du damit sagen, auch deine Eltern sind schmutzige Diebe und Hungerleider?«

»Alle meine Großeltern stammen aus Texas, meine Eltern kommen beide aus San Antonio, und beide halten nicht allzuviel von Mexiko. Diese Leute kommen hier rüber und nehmen uns die Jobs weg. Die sollten dableiben und erstmal bei sich zu Hause aufräumen. Was natürliche Ressourcen betrifft, ist Mexiko eins der reichsten Länder der Welt. Wenn die nur mal etwas Disziplin und Kraft aufbringen könnten, würden beide unsere Länder davon profitieren,.«

»Für einen Chicano bist du ganz schön empfindlich, Sarge.«

»Und du? Verknallst dich drüben in eine scharfe Braut und meinst dann gleich, wir sollten die Grenze aufmachen.«

»So ist das bei uns Kindern von Bettlern und Verbrechern. Komplett unfähig, vernünftig zu denken.« Mickey hatte die letzten Fritten in einen Klecks Ketchup getunkt. »Aber wer weiß, wenn ich weiter dieses gute saubere McDonald's-Zeug zu mir nehme, komm ich vielleicht noch auf den richigen Weg. Qué no, Elias?«

Einmal zog Mickey nachmittags nach ihrem Big Mac die Vorhänge zu, stellte das Radio an und versuchte zwecks Weiterbildung irgendeine Polka aus einem Sender in Juárez anzuhören. Nach einer Weile fand er das ungefähr so entspannend wie Zahnarztmusik, die aber wenigstens nicht von dieser schrillen Werbung unterbrochen wurde. Also gestand er sich seine Verdorbenheit ein und wechselte kurz zur Hitparade, dann konnte er ausmachen. Daß diese Musik ihm hinterher im Kopf herumschwirrte, störte ihn nicht so sehr.

Mickey wollte das hier mit möglichst wenig Aufwand hinter sich bringen. Er wollte keine falschen Schritte unternehmen. Das YMCA war für ihn trotz gewisser Begleiterscheinungen vorläufig am günstigsten. Und immerhin war sein leicht nervöses und fahriges Fühlen und Handeln hier nichts Ungewöhnliches.

Jemand klopfte an seine Tür. Wieder mal das Zimmermädchen. Mickey machte auf, ohne sich sonderlich umzublicken.

»Sie heißen Isabel, stimmt's?« fragte er.
Sie lächelte ihn an. »Ja.«
»Mickey«, frischte er ihr Gedächtnis auf. Eigentlich sah sie gar nicht so schlecht aus; etwa in Mickeys Alter, plus minus ein oder zwei Jahre. Ja, sie sah richtig gut aus. Viel besser als Lola zum Beispiel. Sie lächelte noch immer, als sich, jenseits des Flurs, hinter geschlossener Tür, der alte Mann mit einem Furz bemerkbar machte. Mickey mußte das Gesicht von ihr abwenden.
»Ich bin heute etwas spät mit Ihrem Zimmer dran«, bemerkte sie. Mickey hätte schwören können, daß sie jetzt nicht nur das Gefluche des anderen Alten belächelte, sondern vor allem ihn selbst, als sei er derjenige mit den Darmproblemen. Und er schämte sich, als sei es tatsächlich so.
Mickey hing die ganze Zeit auf seinem Schreibtischstuhl und fand einfach nichts, worüber er mit dieser Isabel reden konnte, selbst dann nicht, als sie die sauberen Bettlaken an allen Ecken feststeckte. Er war verwirrt, das stand fest.
Sie gab ihm ein sauberes Handtuch.
»Danke«, sagte er.
»Keine Ursache.«

Nachts, wenn er nichts Besseres zu tun hatte, begann Mickey auch den anderen etwas vorzuflüstern. Keine Geschichten, die er sich selbst weisgemacht und von denen er vergessen hatte, daß sie erfunden waren – da versuchte er nichts durcheinanderzubringen. Die erste, die erste Ungeheuerlichkeit, ein Dokumentarbericht zum Thema Ema, war ein glattes und leicht zu behaltendes Märchen, und Mickey wußte es, er täuschte sich damit nicht für einen Augenblick.

»Sie liegt auf dem Rücken, die Beine gespreizt, leicht angewinkelt, genau richtig. Seht ihr die Falte zwischen ihren schönen runden Hüften? Meine Finger treffen sich dort, ich lege die Hände auf diese zart-festen Arschbacken. Ich blicke nach oben und sehe ihre Brüste. Was für herrliche Brüste! Ihr versteht schon, wovon ich rede. Ich bin zwischen ihren Knien. Eine Frau ist Himmel und Erde, das Beste, was das Leben zu bieten hat. Ihr wißt, was ich meine, ja? Daß Wonne und Schmerz dasselbe sind, und was für eine Wonne ist dieser Schmerz! Eine Frau! Wenn ich will, kann ich einfach dort hinfassen! Dunkel und feucht sind diese Lippen, das Fleisch darin so warm und rosig, daß man sich drin verkriechen will. Ich kann danach greifen, es fühlt sich an wie Seide. Oder ist es umgekehrt? Fühlt Seide sich so an? Ich kann auch mit geschlossenen Augen da hineinsehen. Aber ich will nicht die Augen schließen, ich will sehen, wie ich diesen Knochen, diesen Pelz anfasse und streichle. Ich habe das so nötig wie Essen und Trinken, wie die Luft zum Atmen. Ich lege beide Hände auf ihre Brüste. Ich gleite mit den Händen aus der Babyhaut ihrer Schenkel, streiche ihr über die Hüften, den Bauch, die Taille, und die Haut dort ist so, wie nur eine Frau sie haben kann. Ich taste mit den Fingern herum, dort wo keine Knochen sind, nur Fleisch, umfasse diese Brüste und hebe sie zusammen hoch. Brustwarzen. Ich kann nicht mehr an mich halten. Kommt ihr noch mit? Ihr wißt doch, wie es dann weitergeht. Sie liegt auf dem Rücken, und sie läßt mich, sie will mich. Seht ihr ihr Gesicht? Ihre Lippen, ihre Augen, ihre Wimpern, ihr Haar, und ich spüre, sie sieht mir zu, wie ich sie ansehe. Mein Gott, ich berühre sie, ich betrachte sie, besitze sie, und will eigentlich gar nicht in sie eindringen, denn ich weiß, dann ist es bald vorbei, aber ich tu's trotzdem. Ich kann mir nicht helfen.«

Das war effektvoll, speziell vielleicht deshalb, weil die anderen Bewohner des YMCA schon so lange keine Frau mehr gesehen hatten, falls überhaupt je, aber vielleicht lag es auch an Mickey selbst. Mickey war ein überzeugender Aufschneider. Viele Leute mochten ihm Glauben schenken, nicht nur YMCA-Bewohner. Da Mickey nicht wie ein Angeber wirkte, unterstellte man ihm auch nicht, daß er reine Lügen auftischte. Und abgesehen von dem, was er über Frauen in seiner Vergangenheit andeutete, sah er aus und hörte sich an wie einer, der mit den Ladies gut zurechtkam.

Und daher erstickte, wenn er mit dieser Ema-Geschichte fertig war, ein lebhaftes, unzeitiges Schweigen, so beunruhigend wie die Drohung mit einem Messer, jeden Kommentar. Sarge zum Beispiel wechselte bei den meisten anderen Unterhaltungen fast nie den Gesichtsausdruck; er hörte zu, war aber in Gedanken bei mindestens noch einem anderen Thema, analysierte und kategorisierte, während das Gespräch weiterlief. Diesmal jedoch war selbst seine Aufmerksamkeit ungeteilt gewesen. Er war nachdenklich geworden.

»Ich an deiner Stelle würde zu ihr gehen«, bemerkte er ein paar Tage später.

Mickey nickte. Es war ja nicht so, als ob er nicht wünschte, an seinem Gequatsche wäre etwas dran.

»Und warum tust du's dann nicht?« fragte Sarge gereizt.

»Weil ich zur Zeit kein Geld habe.«

Mickey aß jeden zweiten Tag mit Sarge bei McDonald's, zur Abwechslung manchmal aber auch bei Chico's Tacos, wo Mickey sich Sarge anschloß und exakt zwei Portionen gerollte Tacos verzehrte. An den anderen Tagen aß er noch immer Brot, trockene Salami, den auf mexikanische Art »scharf« gewürzten Käse mit der lachenden Kuh und gelegentlich einen Schokoriegel aus dem Automaten unten.

Wenn er richtig Hunger hatte, sprang er in den Pool und schwamm so lange, bis das unangenehme Gefühl verschwunden war. Er verließ das Haus jetzt nur noch, wenn er mit Sarge wegfuhr oder zu Fuß und ohne Umwege zum Lebensmittelladen an der Ecke ging. Täglich sah er in seinem Fach nach der Post und erkundigte sich für alle Fälle mindestens noch einmal zusätzlich beim Empfang danach. Er spielte noch immer Rebote mit Sarge, blieb immer am Aufschlag, geriet dabei aber nur deshalb ein wenig ins Schwitzen, weil die weißen, mit schwarzen Ballabdrücken übersäten Wände die Hitze im Raum hielten. Sarge wollte unbedingt einmal ein Spiel gewinnen, ganz zu schweigen von einem Satz über drei Spiele, und Mickey konnte sich eigentlich nicht denken, warum er dazu nicht imstande sein sollte. Als einzige Erklärung dafür fiel ihm ein, daß er den Vorteil des Aufschlagenden hatte und Sarge hin und her und vor und zurück jagen konnte, und je mehr er Sarges Turnschuhe zum Quietschen brachte, je stärker Sarge sich verausgabte, desto bequemer konnte er ihn ausspielen. Außerdem hatte Sarge keinen Aufschlag, der Mickey Mühe bereitet hätte. Selbst die knappen Spiele waren niemals wirklich knapp. Trotzdem bekundete Mickey außerhalb der Halle niemals Schadenfreude, mit keinem Wort.

»Warum suchst du dir dann keinen *Job*?« japste Sarge. Eigentlich war er sauer, daß er das Spiel verlor, tat aber so, als habe seine Wut nichts mit dieser Niederlage zu tun. »Ich verstehe dich nicht! Worauf *wartest* du denn?«

»Man muß Geduld haben, Elias. Nicht die Beherrschung verlieren. Langsam drücken. Das hast du bestimmt schon mal gehört, richtig?«

Sarge bedachte ihn mit einem scharfen Blick, als wollte er klarstellen, daß er das nicht nur schon mal gehört hatte, sondern daß es geradezu von ihm stammen könnte. »Du denkst wie ein Kind. Werd endlich erwachsen.« Er schien es zu genießen, Mickey einmal offen die Meinung zu sagen. »Wenn du dieses Mädchen magst, such dir einen Job. Vielleicht kannst du dir dann ein Zimmer mieten, wo du manchmal mit ihr hingehen kannst. Oder sogar ein Auto kaufen, um sie dort hinzufahren.«

»Du redest schon wieder vom Heiraten, Elias. Ich denke, wenn du mal erwachsen bist, solltest du Ladenbesitzer werden. Zum Barbesitzer bist du nämlich nicht geschaffen. Der geht zwar in Deckung, wenn es Randale gibt, sieht aber trotzdem gern mit einem Auge zu. Du würdest bloß die Türen schließen und nach Hause gehen, bis die Schießerei vorbei ist. Wahrscheinlich würdest du nicht mal fragen, wer gewonnen hat. Bloß nachsehen, ob dir nicht irgendwelche Querschläger die Fenster oder deine schönen Auslagen zersiebt haben. Mann, und wenn eine einsame ausgehungerte Frau in deinen Laden stolziert käme, ich wette, du würdest sie dir durch die Lappen gehen lassen. Weil du längst wieder verheiratet wärst, und ihr verheirateten Ladenbesitzer kommt nicht mal im Traum auf solche schmutzigen Gedanken. Hab ich recht?«

Sarge schüttelte den Kopf und zog eine Grimasse, Bewegungen, die so anmutig und natürlich ineinander übergingen wie diese McDonald's-Musik. »Ich versuche offen mit dir zu reden, und ich weiß, daß du mich verstehst. Wen willst du eigentlich zum Narren halten?«

Eine Frage wie diese mochte in vieler Hinsicht nicht übel sein, nur daß Mickey ihn tatsächlich zum Narren hielt. Jedenfalls war sich Mickey da ziemlich sicher. Abgesehen davon, daß er ihn nach Strich und Faden im Rebote schlug, war er ganz passabel, verlor nie die Beherrschung, und soweit er das beurteilen konnte, wirkte er nach außen hin wie jemand, der alles unter Kontrolle hatte. Niemand mißtraute ihm, sagte er, niemand dachte darüber nach, was er *wirklich* im Y zu suchen hatte, aus welchem Grund er wirklich auf die Post wartete. Niemand fragte ihn allzu neugierig aus oder erkundigte sich nach seinen früheren Verbindungen und Aktivitäten oder warum er in El Paso war. Niemand ahnte etwas von seinen Befürchtungen, daß Schlimmes passieren würde, falls die Dinge nicht richtig liefen. Mickey wünschte, er könnte sich ausrechnen, welche Form genau das annehmen würde, denn er wollte darauf vorbereitet sein, aber es gab einfach zu viele Möglichkeiten. Nicht daß es ihm an ein paar guten Ideen gemangelt hätte. Aber andererseits konnte es ja auch gut ausgehen. Er mußte Geduld haben. Die Sache lag nicht in seiner Hand. Er stemmte Gewichte. Er versuchte seine Leistung im Schwimmen zu steigern, manchmal zweimal am Tag, immer so lange wie er konnte. Er machte sich bereit.

Für Sarge war die Welt in Ordnung, Belohnung und Strafe wurden fair und anständig zugemessen. Tut man das, geschieht dies. Tut man dies... usw. Dabei war er es, der gesagt hatte, er habe sein ganzes Leben lang regelmäßig Rebote gespielt. Falls Sarge da nicht übertrieben hatte. Aber Mickey gewann auch in anderen Dingen. Zum Beispiel im Tischtennis. Abends spielte er mit den Leuten, die über den Medizingestank im Fernsehzimmer stöhnten, wo die älteren Hausbewohner sich vor dem unscharfen grauen Bildschirm drängten, wo durch die trüben Fenster hoch oben in dem kellerartigen Raum ein mattgrünes Licht einfiel, das noch eine Spur dunkler war als die gebohnerten Bodenfliesen in allen Zimmern und Gängen, wo im Halbkreis metallene Klappstühle standen – daneben meist ein voller Aschenbecher, aus dem wurmförmig aggressive Rauchschwaden aufstiegen –, wo die hölzerne Fernsehtruhe so viel Staub inhalierte, daß man hätte meinen können, die krächzende Stimme im Lautsprecher, Mund trocken und Nase verstopft, würde jeden Augenblick zu niesen anfangen. Gelegentlich forderten die Jüngeren lautstark irgendeine bestimmte Sendung, und manchmal wurde dem auch stattgegeben, aber wie auch immer Bild und Ton sein mochten, beides landete dünn und fadenscheinig an der hohen hallenden Zimmerdecke, so daß die Illusion einer Außenwelt, die Ablenkung, der dieses Fernsehzimmer dienen sollte, für die Alten eine postoperative Qualität bekam.

Also machten sich die Jüngeren ihr eigenes Programm im Tischtennisraum. Dort war es heller, es gab breite Fenster, und an der Decke summten Neonröhren. Ein Plastikgummibaum schmückte eine Ecke mit etwas Grün. Während zwei Männer spielten, saßen die fünf bis zehn anderen johlend und gähnend auf einer zerfetzten Plastikcouch oder einem aus dem Fernsehzimmer transferierten Klappstuhl, oder sie standen, hockten oder lagen auf dem Fußboden. Einige tranken verstohlen aus ihren Flachmännern oder Aludosen, die stets in zerknitterten braunen Tüten steckten. Andere verzogen sich nach draußen, wenn auch nicht weit weg, hinter ein Auto auf dem Parkplatz vielleicht, und zogen sich einen Joint rein. Wieder andere starrten nur vor sich hin, schlugen die Zeit tot, besessen von ihren eigenen Fragen nach Sinn und Zweck. Im Gegensatz zur Mehrheit verfolgten nur wenige die Spiele wie echte Fans, so, als ob Tischtennis abends im Y ein Sport für Starathleten wäre.

Zum Beispiel Butch, den Mickey in diesem Raum kennenlernte. Er hatte nur einmal gegen Mickey gespielt, aber haushoch verloren und seitdem niemals mehr zum Schläger gegriffen. Mickey erzählte lachend herum, er habe seit seiner Kindheit kein einziges Match mehr ausgetragen, und dann machte er gleich nach Butch zwei weitere Gegner nieder und setzte sich auch noch gegen Charles Towne durch – Charles Towne, der monatelang als Tischtennismeister des Y gegolten hatte. Es war Mickeys schwerstes Spiel, es lief von Anfang bis Ende sehr eng, aber er gewann. Und er gewann auch die nächsten beiden. Er verlor gegen niemanden. Sein Ansehen wuchs. Butch schien ihn zu bewundern, er hielt sich ständig in seiner Nähe.

»Charles ist stinksauer«, flüsterte Butch. »Er verliert nicht gern beim Tischtennis.«

Mickey hatte davon nichts mitbekommen. Er meinte, Charles Towne mochte zwar gewisse Probleme im sozialen Umgang haben, sei aber dennoch so leicht zu durchschauen wie ein Kind im Eissalon. Er fand, Charles absolvierte jedes Spiel gutgelaunt; er trat an, um zu gewinnen, zeigte aber, wenn er verlor, freundlich die Vorderzähne. Abend für Abend schien er sich nie über das Ergebnis zu ärgern. Im übrigen fiel es Mickey schwer zu glauben, daß jemand Tischtennis so ernst nehmen konnte. Obwohl, wenn er darüber nachdachte, mußte er zugeben, daß er selbst am späten Abend auch lieber als Sieger auf Zimmer 412 zurückkehrte und, wenn er die Tür zugemacht hatte, die Siegesfeier, das Jubelgeschrei der Zuschauer mit Vergnügen noch einmal nachschmeckte. Andererseits, wenn er jeden Abend solche Prügel bezöge, wäre er, als Verlierer, wahrscheinlich der erste, der kein Verständnis für die Zufriedenheit des Siegers haben würde, so still und bescheiden, wie er den Kampfplatz zu verlassen suchte. Verlierer befassen sich, ähnlich wie arme Leute, ständig mit den Einzelheiten, mit den kleinen Veränderungen der Einstellung und Persönlichkeit. Vielleicht, überlegte Mickey, sah Charles Towne aus seiner Sicht ja etwas, das ihm, Mickey, entging.

»Me dijo«, fuhr Butch fort, »und den andern hat er's auch gesagt.«

»Was denn?« fragte Mickey. »Daß er stinksauer ist? Daß er mich nicht mehr riechen kann?«

»Es nomás que er hat einen Haufen Mist geredet«, sagte Butch und setzte etwas auf, das er für ein Lächeln hielt. »Está verrückt, aquel mayate.«

»Jetzt erzähl mir endlich, was er gesagt hat.« Mickey hätte beinahe geschrien, als brauchte er einen Ausgleich für Butchs Stimme, die so schwach war, daß Mickey ihm ständig sagen mußte, er solle lauter sprechen.

Butchs Grinsen wurde breiter. »Ya sabes como habla el vato. Sagt Zeug wie: ‹Dieserr Scheißkerl, dauerrnd gewinnt dieserr Scheißkerrl.›« Butch schien kurz davor, laut loszulachen über seinen Versuch, Charles Towne nachzuäffen, und es klang auch wirklich komisch, wenn man bedachte, wie verschieden die beiden waren. »Es ist nicht lo que dice, Bruder. Sondern wie man es sagt.«

»Verstehe.«

Das gehörte zum Wohnen im Y dazu, so waren die Leute hier eben. Eines Tages zum Beispiel traf Mickey im Aufzug einen mit einem Kofferradio. Mickey hätte schwören können, daß er ihn schon mal woanders gesehen hatte, irgendwann bevor er selbst ins Y gezogen war, irgendwo auf der Straße, in der Stadt, da war er sich sicher, nur daß er nicht sagen konnte, wo. Der Junge war keinesfalls ein Hippietyp, trotz seiner langen Haare, die ihm fast auf die Schultern hingen, trotz der bestickten Lederweste und der Omabrille. Er und Mickey fuhren gemeinsam mit dem Aufzug nach oben, und er fuhr nicht allzu schnell, als Mickey mit »Na, wie geht's?« ein Gespräch anfangen wollte. Oder eigentlich nicht einmal das – er sagte einfach etwas, weil er nicht schweigen wollte. Aber anstatt zurückzuschweigen, zuckte der Junge zusammen und zog in erbärmlicher Panik das Radio an die Brust. Vielleicht hatte er Mickeys Gesicht gesehen, als der sich arglos an ihn zu erinnern versuchte, und den falschen Schluß gezogen. »Okay«, kam es schließlich, einige Sekunden später, aus ihm heraus, und etwa so schnell, wie man diese zwei Silben nur ausstoßen konnte. Er quetschte sich in eine Ecke des Aufzugs, um wenigstens körperlich die Distanz einzunehmen, die er geistig nicht einnehmen konnte, und schien zu zittern. In der Zwischenzeit hatte Mickey vergessen, den Knopf für seine Etage zu drücken, und als sie daran – an der vierten – vorbeikamen, sagte er das, er machte irgendeine Bemerkung dazu. Er sagte es nicht so, als ob es ihm etwas ausmachte, auch wenn dabei das Wort »Scheiße« fiel, aber nicht lauter als er sonst auch sprach. Und Mickey hätte nicht einmal das gesagt, wenn der andere ihm nicht so ein unbehagliches Gefühl eingeflößt hätte. Aber er hat es gesagt, das steht fest, und der Junge flippte aus. Nicht daß er irgendeinen Ton von sich gab, und er rührte sich auch kein bißchen – das konnte er gar nicht, so wie er in dem Winkel eingeklemmt war. Aber Mickey sah es seinen Augen an, daß er ihm einen Orgasmus des Schreckens eingejagt hatte. Dann glitten die Türen auf seiner Etage auseinander. Das Radio fiel ihm genau auf die Metallschwelle des Aufzugs. Da es aus Plastik war und mit einer Kante auftraf, zerbarst das Ding, und die Batterien flogen in alle Richtungen, in den Aufzug zurück und in den Gang hinein. Mit einem langen gequälten Stöhnen stürzte der Junge den Batterien nach, als ob es 20-Dollar-Scheine wären und er Angst hätte, Mickey wollte sie für sich behalten. Mickey wußte nicht, was er tun oder lassen sollte, reichte ihm aber eine Batterie, die ihm vor die Füße gerollt war. Sie wurde ihm aus der Hand gerissen, gerade als die Türen wieder zuglitten. Der Junge, noch immer drinnen gefangen, stieß eine Hand dazwischen und stemmte sich, das Gesicht völlig verkrampft, offenbar mit ganzer Kraft dagegen, aber die Tür wollte nicht aufgehen. Mickey mußte auf den Tür-auf-Knopf drücken, damit er hinauskonnte.

Mickey betonte, an Neurotiker habe er sich in seinem Leben längst gewöhnt, und inzwischen sogar an die Bewohner des YMCA. Das Leben war komplex, was aber für Mickey bedeutete, daß, so seltsam und weggetreten Menschen wie dieser Jammerlappen auch sein mochten, sie dies keineswegs in größerem Ausmaße waren als jemand, der jeden Morgen beim Klingeln des Weckers – einem angenehmen oder kreischenden, es spielte keine Rolle, ob ihm das Geräusch gefiel oder nicht – aufstand, den Hemdkragen zuknöpfte, jenes nur auf eine Weise gebundene Gewebe aus Polyester oder ähnlichem festzurrte und dann mit Armen und Beinen in seine Uniform fuhr, eine Uniform, die niemand mehr als solche erkannte, die so wenig beachtet wurde, daß abweichende Farben und abweichende Textur und abweichender Stoff tatsächlich schon als Abweichung galten, eine Uniform, die als »liberal« bezeichnet wurde, wenn Hose und Jackett von unterschiedlicher Beschaffenheit waren, und als »konservativ«, wenn sie zueinander paßten. Ein solcher Mensch, der allmorgendlich nach dem Aufstehen diese Komponenten – sogar die Schuhe – vor dem Schrankspiegel richtete, so mittelalterlich gekleidet wie ein Stierkämpfer, konnte oder sollte jedenfalls angesichts eines Fremden, der im Aufzug etwas sagte, nicht weniger in Angst und Schrecken geraten als irgendein Pseudohippie mit einem Radio im Arm.

Mickeys Einstellung mochte erklären, warum Butch, wie Sarge, dort im Y mit Mickey Freundschaft schloß, während zur gleichen Zeit andere an anderen Orten womöglich nicht einmal wußten, daß Butch am Leben war oder, falls sie es wußten, mit ihm einverstanden waren.

Butch hatte kurzes schwarzes Kraushaar auf seinem dunkelbraunen Kopf. Er trug immerzu dieselbe Marke weißer T-Shirts, dieselbe Marke beiger Baumwollhosen, dieselben rohledernen hellbraunen Cowboystiefel. In einer Hand mußte er ständig ein Bier halten, oder seine Füße waren unterwegs zu einem, oder ihm zitterten beide Hände. Butch schmuggelte auch kühle Dosen an seinen Arbeitsplatz im gläsernen Kassenhaus einer SB-Tankstelle – ein Job, der ihm nicht nur aus diesem Grund behagte, sondern vor allem, da die Leute sich immer über seine Stimme beklagten, wegen des Mikrophons.

Butch lachte nicht. Zumindest hörte ihn niemand dabei. Er grinste, ein paar Silberkronen funkelten auf, sein Kopf bewegte sich lautlos, fast unmerklich, auf seinem Gesicht zuckten lange verwitterte Furchen. Butch hatte viele solcher Furchen in seinem fast schwarzen Gesicht, viel mehr, als man hätte erwarten können. Vielleicht kam es daher, daß er in Presidio aufgewachsen war, wo die Sonne aufdringlicher und intensiver schien als irgendwo sonst in Texas. Aber die meisten glaubten, schuld daran sei seine Frau Lydia, die ihn verlassen hatte. Man kannte ihren Namen, weil er in großen blauen Buchstaben auf die Innenseite von Butchs linkem Unterarm tätowiert war, bedeckt von einem verwundeten, blutroten Herzen. Butch hatte noch mehr Tätowierungen. Schwarze Witwen und Spinnennetze, ein Geier, die heilige Jungfrau. Die meisten stammten aus seiner Gefängniszeit. Es war kaum zu glauben, daß dieser Butch irgend etwas so

Schlimmes getan haben sollte, daß er dafür hatte sitzen müssen, schwer vorstellbar, daß er so viele Jahre als Sträfling verbracht hatte. Das war die einzige bekannte Tatsache – ansonsten konnte man nur mutmaßen. Die einzige akzeptable Theorie war die, daß es mit dieser Frau zu tun hatte.

Wenn er nicht arbeitete, hielt Butch sich an Mickey. Weshalb, war nicht leicht zu erklären. Zu sagen hatten sie einander nicht viel, denn beide hüteten ihre privaten Geheimnisse, aber das war bei den anderen Bewohnern des Y auch nicht anders. Sie tranken Bier zusammen – Butch kaufte ein Sechserpack, Mickey wechselte von Schokoriegeln auf Literflaschen. Aber während Butch sich mit wenigen Worten und dem Bedürfnis, nicht ständig allein zu sein, zu begnügen schien, konnte Mickey allzu langes Schweigen nicht ausstehen.

Mickey konnte wahre Geschichten erzählen, oder er konnte sich welche ausdenken. Nach einer Weile hatte Butch die mit Ema und ihre Variationen ein paarmal gehört, also erzählte ihm Mickey Geschichten von alten Freundinnen, wahr oder ausgedacht oder irgendwo dazwischen. Manchmal erzählte Mickey, was wirklich passiert war, manchmal erfand er Einzelheiten und Aktivitäten, die ihm unterhaltsamer vorkamen. Er erzählte von ihrem Verschwinden, wie er sie verlassen hatte oder sie ihn, was er getan und nicht getan hatte, was sie getan und nicht getan hatten, wie seine Affären aufgeblüht und verwelkt waren.

Zum Beispiel:

»Ich bin herumgekommen, habe die Welt gesehen. Ich liebe die Abwechslung, was zur Zeit eines meiner Probleme ist. Jedenfalls komme ich nach Albuquerque und gerate in so eine Bar, wo man zur Happy Hour umsonst essen kann. Und zwar jede Menge, nicht bloß Nachos, sondern gigantische Baguette-Sandwiches und Frijoles und Tortillas. Und zwei Drinks zum Preis von einem. Das war so ein Country & Western-Nachtclub, mit einer riesigen Tanzfläche und vielen Tischen drum herum, und als ich da hinkomme, sind bereits fünf Kellnerinnen da, aber noch ziemlich wenig Kundschaft, und die Konservenmusik kommt nur aus einem Lautsprecher, während auf der Bühne ein paar als Cowboy verkleidete Typen eine Anlage aufbauen. War schön, bei der Hitze in diesem klimatisierten Laden zu sein und ein ordentliches Bier zu trinken. Ich war richtig gut drauf. Und rede als erstes mit meiner Kellnerin, sehe ihren Namen auf dem Namensschildchen und erzähle ihr, meine erste Freundin habe auch so geheißen – das erste Mädchen, erzähle ich ihr, mit dem ich Sex gehabt habe. Sie lächelt und lacht und hört mir zu, denn sie hat noch keinen anderen Gast zu bedienen. Ich sitze ziemlich weit hinten in einem dunklen Winkel des Ladens, wo sich sonst wahrscheinlich niemand hinsetzen würde. Sie erzählt mir, diesen Bereich habe man ihr zugewiesen, weil sie noch neu sei, erst kürzlich von Las Cruces hierhergezogen, nun müsse sie also erst mal hier hinten arbeiten, aber es werde schon besser, denn die Leute hier geben gutes Trinkgeld, sagt sie, wenn auch nicht in dieser Schicht, die sie zweimal die Woche zu machen habe. Ich muß über ihre positive Einstellung lachen und sage, sie bekomme deswegen so gutes Trinkgeld, weil sie wunderschön aussehe und das Trinkgeld von Männern kommt, stimmt's? Ja, sagt sie, meistens. Und ich sage, das tun sie, weil sie Sex mit Ihnen haben wollen, und das wissen Sie auch, oder? Aber, sage ich, Entschuldigung, aber denken Sie das nicht von mir, ich meine, denken Sie nicht, also denken Sie nicht, daß ich Ihnen ein dickes Trinkgeld gebe, denn das werde ich nicht tun, ich bin nämlich nur hier, weil ich umsonst essen und billig trinken will. Womit ich nicht sage, daß ich nicht gern Sex mit Ihnen hätte. Das will ich nicht gesagt haben, daß ich nicht mit Ihnen schlafen will. Sie weiß genau, was ich damit sagen will, denn ich stottere wirklich *echt* und versuche aufrichtig, ihr die Wahrheit über sie und mich zu sagen, und weil das ziemlich komisch ist, müssen wir beide lachen, wie Freunde. Wenig später kommen die ersten Kunden, wir kichern und albern ein bißchen über sie herum, und dann meint sie, sie kann mir ein Bier vom Faß besorgen, und zwischendurch gehe ich ein paarmal zum Telefon und versuche einen Freund anzurufen, der aber nicht rangeht. Als sie dann Feierabend hat, bitte ich sie, noch ein Weilchen zu bleiben, bis mein Freund nach Hause kommt, aber sie lädt mich gleich zu sich ein, und zwar, sagt sie, weil sie genug von diesem Laden hat und, sagt sie, weil sie mich für vertrauenswürdig und ungefährlich hält, meinen Freund könne ich auch von ihrer Wohnung aus anrufen.

Da hatte sie recht, denn so hab ich sie auch eingeschätzt. Ich will sie ja nicht ausnutzen, und dazu bin ich noch weniger aufgelegt, als wir zu ihrem Haus kommen, einem dieser häßlichen Kästen, wo sämtliche Eingänge zur Straße zeigen. So was trübseliges, einsam und gedrückt, vor jedem Fenster ein altes Auto geparkt, und an dem schmiedeeisernen Gitter im ersten Stock hängt Wäsche. Sie wohnt hier, weil sie unbedingt von dort wegwollte, wo sie vorher war, in Cruces, wo jeder jeden kennt und es so langweilig ist, daß sie einfach nicht dort enden wollte, sagte sie, und einmal war sie mit einer Freundin in Albuquerque, und da hatten sie sich ganz großartig amüsiert, und deshalb ist sie schließlich dorthingegangen. Sie beneide mich, sagte sie, weil sie eine Frau sei und nicht wie ich herumziehen und all diese Orte besuchen und so viel unternehmen könnte. Sie wünschte, sagte sie, sie könnte auch einfach alles tun, was sie wollte, irgendwohin gehen, Frauen sollten genauso frei sein wie Männer. Sie sagte, sie beneide mich, und dann kam so ein Blick in ihre Augen. Als ob wir uns schon lange kennen würden.

Dann wurden wir beide still, das weiß ich noch. Es wurde immer später, und mein Freund ging nie ans Telefon. Also verabschiedete ich mich und dankte ihr, aber wenn sie nichts dagegen hätte, würde ich morgen noch mal vorbeikommen oder vielleicht auch in die Bar. Sie wußte, daß ich kein Geld für ein Motel hatte, und fragte, wo ich denn hinwollte, aber bevor ich antworten konnte, sagte sie, ich könnte ebensogut die Nacht bei ihr verbringen und auf dem Sofa schlafen. Sie brachte mir ein rosa Laken und ein weiches Kopfkissen. Ich fand, das hatte was. Ein rosa Laken und ein weiches Kopfkissen. Sie wußte, daß ich in wenigen Tagen weiterziehen würde, und das (so hat sie es mir erklärt) machte sie irgendwie sicherer, nicht unsicherer. Als das Licht aus war, mußte ich weiter an sie denken ... nette, freundliche Gedanken, als wäre ich ihr Alter, der nur ihr Wohl im Sinne hatte. Du kannst dir denken, was dann passiert ist. Wir waren drei Tage zusammen, einmal hat sie sogar die Arbeit geschwänzt. Ich könnte dir Einzelheiten schildern, aber deswegen erzähle ich das alles nicht, darum geht es nicht. Sondern darum, was da eigentlich mit uns passiert ist, und wie es passiert ist. Das ist schwer zu erklären, aber jedenfalls waren wir verliebt. Wir waren verliebt, und das hatte damit zu tun, daß ich nicht bleiben würde, daß ich weiterziehen würde. Das war das Entscheidende, das hat die Sache ins Rollen gebracht. Wir hatten uns gern, weil wir uns nie wiedersehen würden. Sicher, ich kannte ihre Adresse und hatte ihre Telefonnummer, aber wir wußten beide, ich würde niemals mehr zu ihr kommen, und sie zu mir auch nicht. Weil ich die Fahrt (ich hatte damals ein Auto) nach Albuquerque einfach nur so unternommen hatte, wie ich auch anderswohin fuhr, und nun war ich eben bei ihr, und dann wäre ich wieder weg. Und weil wir so wenig Zeit hatten, taten wir eben alles, was man tun konnte. Du verstehst doch, was ich meine, ja? Denn dann verstehst du auch, warum ich dauernd an sie denken muß. Ich denke, wahrscheinlich war sie die Frau, mit der ich jetzt noch zusammensein sollte, und ich wette, sie denkt auch das gleiche von mir. Ich sehe sie genau vor mir, sämtliche Einzelheiten unseres Zusammenseins, all diese kleinen Details ihres Körpers, ihrer Stimme, wie sie aussah, wenn sie schlief, wie ihr Haar sich anfühlte. Ich erinnere mich an den Plastikwecker neben ihrem Bett, sein grünes Leuchten, das Kreisen des Sekundenzeigers.«

Etwa zu der Zeit, als Mickey diese Geschichten erzählte, begann noch etwas anderes mit ihm zu passieren. Vielleicht lag es daran, daß er zu wenig aß oder daß er immer nur wartete – die Post, nach der er ständig Ausschau hielt, war immer noch nicht gekommen – und sich um die Folgen dieses Ausbleibens seiner Post Sorgen machte oder daß er zuviel Sport trieb und einfach überanstrengt war. Wie auch immer, allmählich hatte er nicht mehr das geringste Bedürfnis, aus dem Haus zu gehen, den YMCA zu verlassen, und wenn er es doch einmal tat, meist mit Sarge in dessen Mercury, bedrängt von diesem seichten Gedudel, oder zu Fuß den kurzen Weg zum Lebensmittelladen, allein, um Essen, oder mit Butch, um Bier zu holen, selbst dann hatte er das Gefühl, im Haus zu bleiben. Anders gesagt, sein Verstand machte keine klaren Unterscheidungen. Zum Beispiel diese Geschichte von dem Mädchen in Albuquerque. Das war, sagte er, eine wahre Geschichte. Und er war überzeugt davon, daß sie stimmte. Nur, warum war er *überzeugt* davon? Wenn er sich überzeugen mußte, sein Gedächtnis sorgfältig prüfen mußte, bedeutete das nicht, daß sie gar nicht hundertprozentig stimmen konnte? Und wenn *er* sich nicht sicher war, wenn der Wahrheitsgehalt irgendeiner Geschichte selbst ihm zweifelhaft war...

Mickey wollte Butch davon überzeugen, daß diese eine *wirklich* stimmte. Er wollte Butch überreden, ihm zu glauben, obwohl er keinen Grund zu der Annahme hatte, daß Butch ihm diese oder irgendwelche anderen Geschichten nicht glaubte, zum Beispiel die über Ema, die er mehr oder weniger erfunden hatte. Wie konnte Mickey das erklären? Wie, ohne zu verraten, daß einige der anderen geflunkert waren? Und wie hätte er dann beweisen können, daß die eine Geschichte erfunden war und die andere nicht?

Und noch ein Zweifel. Was war mit Butch? Er wirkte recht freundlich, und Mickey mochte ihn, aber andererseits hatte Butch gesessen und sagte nicht wofür, wieso und weshalb. Wozu ihm Glauben schenken, wenn er seine Geschichte erzählte? Auch daß Butch hier wohnte und das typische Funkeln der YMCA-Bewohner in den Augen hatte, machte ihn nicht vertrauenswürdiger. Wenn er normal war, gesund, geheilt, rehabilitiert, warum war er dann hier? Die Krankheit war das, was jemand schon mitbrachte oder hier erwarb – so oder so, die Krankheit nahm zu. Schlimmer noch, Mickey verstand nicht, was ihm daran so wichtig war – wer ihm glaubte und wer nicht, was stimmte und was nicht. Wenn er das nicht auseinanderhalten konnte, was kümmerte es ihn? Wenn die anderen es nicht konnten, was kümmerte es ihn? Und so weiter.

Und dieser Wurm saß auch nicht nur in seinem Hirn. Dazu kam noch dieses »Gewinnen«, diese Spiele da *draußen*. Abgesehen davon, daß er dem großen Spiel – das, worauf er wartete – anscheinend immer noch gewachsen war, gewann er auch die kleinen – Rebote, Tischtennis –, auch wenn er's gar nicht verdient hatte. Da konnte er nicht »gut« sein, da durfte er nicht besser sein als die anderen – die trainierten, die engagierten sich –, die in diesen Dingen wirklich gut sein wollten. Das ergab keinen Sinn. Zu vieles ergab bereits keinen Sinn mehr.

Was Mickey mit Bewußtsein wollte, war nur, daß der ganze Mist ruhig weiterlief, daß die Zeit verging, während er seine Warterei erduldete. Er trainierte mit Gewichten und schwamm, weil es ihm half, die Zeit zu vertreiben, weil es ihm half, Lust auf anderes zu vergessen. Er spielte Rebote, weil Sarge es wollte. Er spielte Tischtennis, weil es nichts anderes zu tun gab. Und er erzählte diese Geschichten, die ihn als Helden darstellten, so siegreich, wie er in Rebote und Tischtennis war. Es waren ziemlich gute Geschichten, das konnte er nicht abstreiten. Geschichten, die Leute wie Butch oder Sarge und auch so ziemlich alle anderen im Haus am liebsten selbst erlebt hätten. Sie hörten Mickey gerne zu.

»Sie war meine Kusine«, fing Mickey etwa an. Oder: »Sie war ziemlich reich, mit glatten langen Haaren und zwei Zöpfen, in die Lederbändchen geflochten waren.« Oder: »Sie war aus Chihuahua, und ich habe ihr ein neues Paar Schuhe gekauft.« Butch hörte am aufmerksamsten zu. Manchmal, spät abends im Dunkeln, saßen sie an die Pflanzenkübel gelehnt draußen vor der gläsernen Eingangstür, ab und zu waren auch noch ein oder zwei andere dabei, gelegentlich sogar Sarge, wenn auch nur für wenige Minuten, sie tranken Bier oder rauchten einen Joint, sahen sich um, hielten die Augen offen nach jemand, nach etwas, verfolgten starren Blicks vorbeifahrende Autos, Lastwagen und Motorräder, oder stierten einfach den Betonbürgersteig zu ihren Füßen an. Butch meinte – flüsternd, wie er immer sprach –, sie könnten in eine Bar gehen, in ein Striplokal, oder nach Juárez, wo es beides gebe. Mickey sagte, da sei er gerade gewesen, er habe kürzlich erst Ema besucht, er sei müde, er sei nicht in der Stimmung, er sei abgebrannt. Eins davon – stets nur eins – mochte wahr sein, aber auch nicht so ganz. Trotzdem, Butch stieß sich nie daran. Butch nahm kritiklos hin, was Mickey sagte, oder jedenfalls schien es so.

Je mehr seine Übertreibungen sich, und stets allzu vorteilhaft, mit der Wahrheit vermengten, desto häufiger geriet Mickey durcheinander. Nur die offensichtlichen, kleinen Tatsachen behielt er im Griff. Nummer eins war die Sache mit dem Geld. Wahrscheinlich, gab er zu, werde er wieder losziehen und sich einen anderen Job besorgen müssen, wie auch immer der bezahlt wäre. Einen Job. Er brauchte einen Job. Wie kam er an einen Job? Einen Job. Er konnte nicht. Er konnte es einfach nicht. Was ließ sich machen? überlegte er. Er versuchte es. Er bekam keinen Job. Er versuchte es. Er behielt keinen Job. Niemand gab ihm einen Job. Es gab keine Jobs, nichts Richtiges. Und warum sollte er irgendeinen Scheißjob machen? Cowboys und Betriebsberater. Also redete er sich weiter ein, daß diese Sache jederzeit enden konnte und er von hier weggehen würde. Durchhalten. Er hätte in Panik geraten können, er spürte das dringende Bedürfnis danach, aber er ließ es nicht zu. Er war cool wie ein Freund, ruhig wie ein Killer. Es würde schon werden. Er malte sich andere Zeiten aus, die Zukunft. Ein eigenes Auto. Nichts Besonderes, aber auch kein häßliches Sparmodell. Er würde wegfahren, das hier wäre vorbei, Jahre wären vergangen, und Grand und YMCA würden aus seinem Gedächtnis verschwinden. Die Zeit hier wäre vergessen, und er wäre sozusagen jemand anderer, ein neuer Mensch, dem all diese unangenehmen Dinge gar nicht passiert wären. Oder falls er sich doch daran erinnern würde – dann wäre er jedenfalls der *einzige*, und er konnte die Erinnerung abwerfen oder nach Belieben umarbeiten – die Geschichte auf *seine* Art erzählen ... Er könnte *das* als Geschichte erzählen.

Er verschloß die schwere Tür von Zimmer 412, zog die Vorhänge zu, knipste das Licht an der Wand über seiner Matratze an. Von seinen Jeans trennte er sich nicht, Hemd und Stiefel und Socken aber zog er aus, bevor er sich zwischen die sauberen weißen YMCA- Laken legte. Er hatte den Western langsam gelesen. Vielleicht war er ihm deswegen so wirklich geworden, so sehr seiner Lage entsprechend: Jake verbarg sich, während diese Apachen die hinreißend dralle Consuela hatten. Jake hatte eine Höhle gefunden, von wo aus er sie beobachten konnte. Eigentlich keine richtige Höhle, sondern ein dunkles unbekanntes Loch, in das er gerade so eben hineinpaßte. Jake wußte, diese Indianer hatten Consuela *benutzt*, und die Vorstellung machte ihn ganz konfus. Mickey hätte wetten können, daß es Jake aber auch stimulierte, so wie es ihn selbst stimulierte. Wie hätte er sich ihre Brüste nicht in seinen Händen, in seinem Mund, vorstellen können? Als Jake im Morgengrauen die Augen aufschlug, erblickte er zu seinen Füßen eine zusammengerollte Diamantklapperschlange. Er durfte sich nicht bewegen. Er durfte sie nicht töten, weil jedes Geräusch in diesem Felsencanyon widerhallte. Er mußte absolut reglos bleiben, ausharren und nichts tun, während er seine Consuela aus der Ferne beobachtete.

Mickey hatte oft Hunger. Und eins der günstigeren Resultate seiner Bekanntschaft mit Sarge bestand darin, daß er abends mit ihm Tortilla-Chips essen konnte. An manchen Abenden tat er zwar so, als sei er nicht auf seinem Zimmer, wenn Sarge oder sein fetter Freund – er hieß Philip – bei ihm anklopften und ihn zu sich einluden, aber meistens nahm er die Einladung dankbar an. Er schleppte den Stuhl aus seinem Zimmer mit, und dann saßen er und Sarge, oder er und Sarge und Philip, einmal auch Butch anstelle von Philip, mampfend und kauend zusammen, während im Hintergrund Sarges Radio dudelte. Sie sprachen nicht viel, weil sie den Mund voll hatten, und ganz bestimmt nicht, weil die den Äther quälende weichgespülte Version von »Michelle« so ekstatisch gewesen wäre, daß es sie sprachlos gemacht hätte. Butch redete ohnehin nicht viel, und Sarge und Mickey sprachen auch nicht mehr unverkrampft miteinander. Denn erstens war Sarge über sein Unvermögen, Mickey im Rebote zu schlagen, so frustriert und wütend, daß er ganz schmale Lippen bekommen hatte, und zweitens übte er inzwischen offene Kritik an Mickeys Verhalten und seiner Untätigkeit. Sarge war gereizt und streitsüchtig geworden.

Mickey konnte das nicht ganz nachvollziehen und hatte daher weder an ihm noch an seiner Musik etwas auszusetzen, und mißmutig oder nicht, Sarge übte an Mickey gute Werke und würde dafür wahrscheinlich in den Himmel kommen. Außerdem hatte Mickey am Nachmittag mit Sarge bereits einen Big Mac ausgewickelt und leerte jetzt am Abend gemeinsam mit ihm eine große Tüte Tortilla-Chips. Er mochte ihn, diesen Sergeant Elias Saucedo. Trotzdem gefiel es ihm nicht, so lange stumm herumzusitzen. Also fragte er ihn, was er von dem Alten hielt, der dauernd laut vor sich hin fluchte.

»Das ist eine Krankheit«, erklärte er Mickey und Butch. Womit für Sarge die Diskussion beendet war. Sarge befand sich in einer miesen, militaristischen Stimmung und mußte ein wenig aufgemuntert werden.

»Krankheit, ach ja?« sagte Mickey. Er kicherte zu Butch hinüber, der auf dem Bett saß – oder eigentlich saß er nicht, sondern war zusammengesackt, mit schuldbewußt hängenden Schultern, als ob er was falsch gemacht hätte. »Entzündung des Fluchhirns«, sagte Mickey zu Butch. »Das Scheiße!-Schrei-Syndrom.« Was immerhin Butchs Kronen aufglänzen ließ. »Der muß auf irgendwas stinksauer sein, und sonst gar nichts.«

»Ich hab mal was darüber gelesen«, bemerkte Sarge nach einer demonstrativen Pause, womit bewiesen war, daß er Mickey hinlänglich ignoriert hatte. »Wie man das nennt, habe ich vergessen. Aber es hat was mit einer Degeneration der Nerven zu tun.«

Das wäre nun eigentlich das ernste Ende dieses Themas gewesen, hätte der Alte gegenüber nicht seiner eigenen Version von Degeneriertheit Ausdruck verliehen. Worauf die drei in Gelächter ausbrachen – Butch konnte man nicht hören, aber man sah ihm an, daß auch er das für gutes Timing hielt. Das Lachen schien Sarges kaltes Herz so sehr aufzutauen, daß Mickey eine Chance witterte und – in der Hoffnung, sein Sarkasmus möge ein paar der geschmacklosen, musikalisch tauben Zellen in seinen Ohren wegätzen – den Vorschlag machte, Sarge solle das Radio lauter stellen.

Aber plötzlich hämmerte jemand an die Tür. Sehr laut, so aggressiv, daß es ihre neugefundene gute Laune erstickte. Was Sarge nicht zu einem glücklichen Menschen machte.

»Wer da?« bellte er im besten Kasernenhofton.

»Öffnen Sie sofort die Tür«, sagte eine tiefe Stimme. »Hier ist die Polizei.«

Ziemlich unwahrscheinlich, daß dort wirklich die Polizei war, aber Sarge sprang auf. »*Wer* ist da?« fragte er ängstlich.

»Öffnen Sie auf der Stelle die Tür!« brüllte die Stimme von der anderen Seite der Tür zurück. Und wieder trommelte jemand so hektisch dagegen, daß sie im Schloß ratterte.

Mickey sah Butch an, Butch sah Mickey an. Beide hatten bis jetzt weder Zeit noch Grund gehabt, sich Sorgen zu machen, wenngleich Butchs Augen ein wenig weiter aufgingen und seine Hände sich um die Bierdose verkrampften, während Mickey nicht bereit war, dies einfach als schlechten Scherz durchgehen zu lassen. Aber Sarge wurde mit einemmal melodramatisch und ernst zugleich, fuhr mit der Hand in einen Koffer, den er auf dem Boden stehen hatte, und zog eine Tüte mit Marihuana und weißen Tabletten hervor. Schwer vorstellbar, daß Sarge ein Grasraucher war, unmögliche Vorstellung, daß er Amphetamine schluckte. Die Verblüffung zerrte Mickeys Muskeln in ein breites Grinsen, als Sarge ihn nach seiner Meinung fragte.

»Keine Ahnung«, sagte Mickey, der so heftig grinsen mußte, daß er seinen Mund und die übrige Motorik kaum unter Kontrolle bekam. »Wirklich keine Ahnung, Elias.«

Als Mickey antwortete, hatte Sarge sich bereits entschlossen zum Fenster gewendet, das sich ihm reibungslos öffnete. Er schüttete den Inhalt der Tüte in die Luft und auf den Bürgersteig und die Pflanzkübel vier Etagen tiefer, und dann ließ er auch die belastende Tüte selbst fliegen. Für Bruchteile von Sekunden sah er ihr wehmütig nach, als sie wie eine Luftblase nach unten schwebte, fast schien es, als wollte er noch länger dort trauern, schritt dann aber, entschlossen wie er war, zur Tür.

»Was treibt ihr denn so?« fragte Philip, Sarges fetter Kumpel. Er hatte übrigens am Junior-College als Hauptfach Kriminologie studiert.

Sarge gab keinen Ton von sich und zog auch kein finsteres Gesicht. Ihm sank nur der Kopf auf die Brust, und dann setzte er sich wieder an seinen YMCA-Schreibtisch, ohne mit Mickey oder Butch Blickkontakt aufzunehmen. Im Radio lief die gedämpfte Version einer allzu harten Henri-Mancini-Nummer, und Philip begab sich ein wenig verwirrt zu der Tüte mit den Tortilla-Chips.

»Schluß aus mit Mantovani«, sagte Mickey. »Keine Energie zum Pfeifen mehr.«

»Is was?« fragte Philip, an Sarge gewandt. Er griff sich mit der Linken ein paar verbogene Dreiecke, nahm eins mit der Rechten aus der Linken und schob es sich in den Mund, während er sich über Sarges Schweigen Gedanken machte. »Weil ich ein bißchen Polizei gespielt habe?« fragte er mit Maissplittern zwischen den Zähnen. »Was habt ihr denn getrieben?« meinte er plötzlich leicht mißtrauisch, obwohl, bei so vollem Mund, im großen ganzen zufrieden. »Ich dachte, ihr wüßtet, daß ich es bin«, erklärte er Sarge.

Sarge brachte noch immer kein Wort heraus, drehte aber ein wenig den Kopf.

»Hier, falls du etwas Dip brauchst«, sagte Mickey und reichte Philip die weiche Plastiktube aus dem Supermarkt. »Sarge wollte mit uns feiern, da hat er was springen lassen.«

»Toll«, sagte Philip. »Ihr macht also ne Party, was?«

Endlich gelang Sarge ein schiefes Lächeln. »Wo hast du denn gesteckt?« fragte er.

»Ich hab meine Großmutter im Lower Valley besucht. Die hat vielleicht eine Nachbarin. Geschieden. So was von heiß. Eigentlich wollte ich gleich dableiben, aber sie hat Kinder, und bei meiner Oma im Haus kann man auch nichts machen.

Und ich glaube nicht, daß sie sich von mir hier reinschmuggeln lassen würde.«

»Wohl kaum«, sagte Sarge, sarkastisch, zynisch – stinksauer.

»He, hört euch das an«, sagte Philip. »Da gibt es so ein Restaurant – sehr gute *Rellenos* –, aber Anglos müssen andere Preise zahlen. Soll man das für möglich halten?«

»Woher willst du das denn wissen?« fragte Sarge. Er strotzte vor Autorität.

»Ich hab dort gegessen.«

»Aber wie kannst du wissen, daß sie dir mehr abknöpfen als den anderen?« forschte Sarge weiter.

»Weil sie zwei Speisekarten mit verschiedenen Preisen haben.«

»Quatsch«, sagte Mickey.

»Warum nicht«, sagte Sarge. Sein Wettkampfgeist erwachte.

»Quatsch«, sagte Mickey. »So ein blöder Quatsch.«

»Ich halte das für möglich«, sagte Sarge. Er wollte geradezu, daß es stimmte, er wollte es Mickey einstampfen. »Hast du die Speisekarten verglichen?« wandte Sarge sich an Philip. Er wollte dieses kleine Scharmützel unbedingt gewinnen.

»Da gab es nichts zu vergleichen«, fuhr Mickey dazwischen, »weil die sowas nicht machen. Und falls doch, falls es doch unterschiedliche Preise gibt, dann wäre es für die Anglos billiger und für die Eingeborenen teurer. Wenn ein Restaurantbesitzer hier in der Gegend so dumm wäre, würde seine Dummheit jedenfalls in diese Richtung laufen.«

»Nehmen wir zur Belebung der Diskussion einmal an, es wäre möglich«, sagte Sarge. »Was würdest du dann als Beweis akzeptieren, wenn du es nicht selbst nachprüfen kannst?«

»Vielleicht ein Detail, das mich überzeugt.«

Der Alte von gegenüber ließ einen fahren.

Mickey war beinahe ernst geworden. »Man kann sich kaum einer Sache sicher sein, aber man muß sich entscheiden. So wie du eben.«

»Woran erkennst du, wem du glauben kannst?«

Mickey schüttelte den Kopf. »Das ist doch der ganze Ärger mit der Welt, stimmt's? So viele Leute, die was glauben, das nicht stimmt. Besonders an Orten wie diesem.«

»Sie könnten aber recht haben.«

»Könnten.«

»Hast du die beiden Speisekarten gesehen?« fragte Sarge Philip.

»Das brauchte ich nicht«, sagte Philip ausweichend.

Mickey lachte Sarge an. Spiel, Satz.

Butch hatte sein Bier ausgetrunken, stand auf und flüsterte, er wolle sich noch eins holen.

Am nächsten Morgen fuhren Mickey und Sarge auf dem Weg zum Fitnessraum zusammen mit dem Aufzug nach unten ins Foyer.

»Ich hätte nie gedacht, daß du auf Drogen stehst, Sarge. Du verblüffst mich immer wieder.«

»Ehe ich's vergesse«, sagte Sarge, ohne auf ihn einzugehen. »Die suchen hier einen für den Empfang. Du solltest das machen. Du solltest dir einen Job besorgen.«

Eine Sekunde lang glaubte Mickey, das Spielchen ginge noch weiter. »Brauchst du jemand, der dir Nachschub besorgt? Ich habe Conectas.«

Sarge ging noch immer nicht darauf ein.

»Ich werde dich nie mehr als den großen Saubermann betrachten. Jetzt weiß ich Bescheid über dich, aber ich verrat's bestimmt keinem.«

»Ich brauch das nicht für mich«, sagte Sarge. »Ich hab das Zeug nur so da ...«

»Nur so da? Nur so *da*? Was soll das *heißen*?«

Sarge reckte das Kinn und sah streng weg.

Jetzt *wollte* Mickey das Thema wechseln, und der in Aussicht gestellte Job drängte sich vor.

Hinterm Schalter arbeitete Fred. »Stimmt das?« fragte ihn Mickey. Oscar, an die Resopaltheke gelehnt, studierte sein Gesicht und lauschte viel zu aufmerksam.

»Ich muß hier vier Überstunden machen, damit der Laden läuft«, sagte Fred; er saß auf seinem Hocker und bewegte keinen einzigen Muskel. »Und ich habe bestimmt nicht darum gebeten.«

»Meinst du, die würden mich nehmen?«

Fred antwortete nicht. Er zuckte mit keiner Wimper. Mit ihm zu reden war so ähnlich wie mit Butch zu reden, nur daß Freds Stimme, wenn er den Mund aufmachte, sehr vernehmlich war – sogar um die Ecke, in der Cafeteria.

»Was meinst du?« fragte Mickey noch einmal.

»Woher zum Teufel soll ich das wissen?!« Fred meinte das völlig ernst.

Auch Oscar verweigerte seine Meinung, aber immerhin wandte er sich entschieden um und schlug auf die Theke.

»An die Arbeit«, sagte Fred.

Es wäre entweder eine sehr gute oder eine sehr schlechte Wahl, Mickey war sich da nicht sicher. Es kam darauf an, wie er seine Arbeit am Empfang verrichtete, ganz allein darauf kam es an. Er glaubte es. Er *wußte* es nicht, aber er glaubte es, er glaubte es wirklich.

III

Mickey machte sich nicht viel aus Lolas Meinung. Weil er keinen Grund sehen konnte, warum er den Job nicht bekommen haben sollte. Zumal in Anbetracht seiner großen Erfahrung und Geschicklichkeit. Eigentlich war es unter seiner Würde, für einen so niedrigen Lohn zu arbeiten. Irgendein Scheißjob, für den man am Ende des Tages bar auf die Hand bezahlt wurde, war eine Sache; eine andere war es, für so wenig Geld regelmäßig täglich zu arbeiten – so wie sie, hätte er ihr erklären können. Andererseits war es ihm ziemlich gleichgültig, was eine wie Lola dachte, und was er an Ärger darüber empfand, war zu gering, um sich darüber zu beschweren – aber ganz durchgehen lassen wollte er es auch nicht.

»Meinst du, die warten für den Empfangsjob auf einen mit Collegeabschluß?« fragte er sie. »Ich habe gehört, die suchen dringend jemand mit mehr Erfahrung im Tischabwischen. Du solltest dich für die nächste freie Stelle bewerben.«

Lola antwortete nicht, weil sie nicht begriff, weshalb Mickey sich so aufregte. Wie jeden Tag war sie mehr davon in Anspruch genommen, Mr. Crockett zuzureden, seine Suppe auszulöffeln, bevor sie kalt wurde. So genau hatte sie gar nicht darauf geachtet, was sie zu Mickey gesagt hatte.

»Hab dich mal nicht so, Hone-ney«, sagte sie freundlich, obwohl noch immer wegen Mr. Crockett gereizt. »Ich finde das nur komisch.« Sie wischte etwas Kaffee weg, den Mickey verkleckert hatte. »Ich kann mir einfach nicht vorstellen, wie du mit dem muffigen Schlappohr darüber verhandelst.«

Mickey wußte noch nicht, daß Mr. Fuller Schlappohr genannt wurde, also hatte er nicht mehr viel hinzuzufügen.

»Hier«, sagte sie, um ihn noch mehr zu versöhnen, »ich geb dir noch einen Kaffee auf Kosten des Hauses.«

Schlappohr war der Spitzname des Verantwortlichen hier am Y – eigentlich war er nur der zweite Mann, trat aber als Chef am stärksten in Erscheinung, da er die Angestellten anheuerte und feuerte und Anweisungen erteilte. Sarge hatte Mickey erzählt, er habe mit Fuller, Mr. Joseph P. Fuller, darüber gesprochen, daß Mickey diesen Job brauche und intelligent genug dazu sei. Hatte Mickey gesagt, er solle den Mann in seinem Büro aufsuchen. Mickey verstand nicht, warum Sarge sich seinetwegen solche Mühe machte. Vielleicht, weil ihn die Vorstellung, dort zu arbeiten, mit bösen Ahnungen erfüllte – Befürchtungen wegen irgendwelcher noch unbekannter, böser Folgen dieser Tätigkeit. Wäre er damit nicht zu exponiert, womöglich gar eine allzu sichtbare Zielscheibe? Wenn er wirklich einen Job brauchte, wäre es dann nicht klüger, sich irgendwo draußen, nicht dort, wo er wohnte, einen zu suchen? Oder wäre es ein Vorteil, hier im Y zu arbeiten, wo er gewissermaßen Dinge sehen konnte, bevor sie sich ereigneten? Es ärgerte Mickey ungeheuer, daß er den Job überhaupt brauchte. Das durfte gar nicht sein. Wieso mußte er in irgendeinem YMCA herumhängen, sein Essen rationieren und sogar noch den kleinen finanziellen Vorteil erwägen, den er als Angestellter für sein Zimmer 412 bekommen würde? Was, zankte er unablässig mit sich, war da eigentlich schiefgelaufen? Aber er hatte sich all diese voreiligen Gedanken aus dem Schädel geschlagen und war in Mr. Fullers Büro gegangen. Er war fest entschlossen, den Job nicht anzunehmen, falls dieser Fuller zu viele Fragen stellen oder ihm zu viele Formulare zum Ausfüllen geben würde. Oder falls er Mickey nicht mit ausgesuchtester Höflichkeit und Achtung begegnete – scheiß drauf, er hatte diesen Empfangsjob nicht nötig.

Mr. Fuller sprach freundlich, vernünftig, ohne Neugier, ohne jedes unziemliche Interesse – Mr. Fuller hatte tatsächlich große Ohren, sein Haar war vorne schon ziemlich gelichtet und an den Schläfen grau, er trug einen grauen Anzug mit blauer Krawatte – und er sagte Mickey, er solle sich von Fred in die Bedienung der Kasse einweisen lassen. Bedingungen, denen Mickey zustimmen konnte.

»Das kann so ziemlich jeder schaffen«, brummte Mickey Lola an. »Wenn du weiter nett zu mir bist, bring ich's dir eines Tages vielleicht mal bei.«

»Was meinst du, Lolita?« fragte der große ältere Mann aus Michigan, der ihm am anderen Ende der hufeisenförmigen Theke gegenübersaß; er ließ seine Zeitung sinken und nahm die Brille von den Ohren. »Meinst du, du könntest das große Geld machen?« Er lachte völlig unverhältnismäßig, Lola hörte ihm aus den Augenwinkeln zu und wischte sich die Hände an der fleckigen Latzschürze ab, die ihre weiße Dienstkleidung schützte. Lola sah die Dinge auf ihre Weise, auch wenn sie nicht immer recht hatte. Sie arbeitete schon lange im Y, kannte eine Menge Leute, die wie Mickey von Woche zu Woche zahlten, und auch nicht wenige, die wie der Mann aus Michigan von Monat zu Monat zahlten, und hatte gelernt, auf oberflächliche Gespräche nichts zu geben, selbst wenn sie so nie erfuhr, was dahintersteckte. Sie sah diesen Mann aus Michigan seit sieben Jahren, plus minus, jeden Nachmittag an der Theke sitzen – immer an dem gleichen Lieblingsplatz, falls er nicht besetzt war; ob im Haus die Heizung oder die Klimaanlage lief, stets trug er ein zugeknöpftes warmes rotes Flanellhemd – drei verschiedene Versionen hatte sie gezählt –, las die Nachmittagszeitung von El Paso, verglich sie mißfällig mit den Zeitungen, die er aus Michigan kannte, und ließ sich dann ausführlich über Michigan und das Leben in

Michigan und die Leute in Michigan aus, wie es dort früher war und wie es jetzt hier sein sollte. Wenn er schwitzte, war es zu heiß, war die Heizung zu weit aufgedreht oder die Klimaanlage taugte nichts. Wenn es ihm zu kalt war: warum konnten sie nicht die Heizung aufdrehen?

Wie konnte also irgend jemand von Lola erwarten, daß sie nicht alle über den gleichen Kamm scherte? Da war, um ein anderes Beispiel zu nehmen, der neue junge Bewohner, der neben Mickey saß. Ein schlaksiger, gesund aussehender Mann, der einen dunkelbraunen Cowboyhut trug und auf den Namen John Hooper hörte. Auch er kam nachmittags regelmäßig in die Cafeteria, bevor er seine Spätschicht als Versandfahrer antrat. Ein guter, geregelter Job. Das Y, hörte sie ihn eines Nachmittags zu Mickey sagen, sei der billigste anständige Laden in der Stadt, und hier zu leben helfe ihm sparen. John Hooper mochte sich vernünftig, solide, ja normal anhören, aber während Lola auch ihm gegenüber mißtrauisch war, sahen Leute wie Mickey womöglich lange Zeit nichts Verdächtiges an ihm.

»Aber die alten Säcke können einen wütend machen«, sagte John Hooper und nickte zu dem Mann aus Michigan hinüber. »Gehen einem richtig auf die Nerven. Du verstehst mich, ja?«

»Altwerden ist wohl wirklich nicht sehr angenehm«, stimmte Mickey zu.

»Das liegt nicht nur am Altwerden. Hat auch irgendwie damit zu tun, hierbleiben zu wollen. Besonders diese Yankees.« Diesmal schnitt er dem Mann aus Michigan eine Grimasse.

»Ich dachte, es gefällt dir hier«, sagte Mickey. »Ich dachte, das stört dich nicht.«

»Ich benutze nur das Bett, sonst nichts.« John Hooper sagte das logisch, intelligent. »Und weshalb bist du hier?«

»Ich bin bloß knapp bei Kasse. Kleine Pechsträhne.« Mickey sah ihn an, um festzustellen, ob diese Auskunft reichte. »Besser als ein mieses Hotel. Finde ich jedenfalls.«

»Hier kommen viele durch«, sagte John Hooper. »Viele davon sind nicht ganz dicht, manche sind schwul, andere sind pervers.«

Das ließ Mickey aufhorchen. John Hooper sah zwar weder homosexuell noch pervers aus, aber Mickey hatte gelernt, auf die Worte, die jemand gebrauchte, achtzugeben, gleichgültig, ob sie positiv oder negativ gemeint waren. »Na ja, solange mich keiner anquatscht«, meinte Mickey.

»Wenn mich einer anquatscht, den hau ich zusammen«, bellte John Hooper zurück, er schwang die Worte wie Fäuste.

»Bist du schon mal angequatscht worden?« Mickey hatte dieses Problem bis jetzt noch nicht gehabt, aber schon oft genug davon gehört, daß es im Haus so etwas gab.

»Nein. Denen geb ich erst gar keine Gelegenheit. Die wissen, daß ich sie zusammenschlage, wenn sie's versuchen würden.« Er tippte wie salutierend an die Krempe seines Cowboyhuts. »Jedenfalls hab ich die Tür zu, wenn ich hier bin. Ansonsten bin ich nicht hier.«

John Hooper war eine völlig durchschnittliche Erscheinung, mit offenbar durchschnittlichen Gefühlen und Reaktionen. Und das fand außer Lola so ziemlich jeder, auch Mickey war da keine Ausnahme. Andererseits hielt Mickey sich selbst für eher ungewöhnlich. Nicht daß er meinte, etwas stimme nicht mit ihm, aber da er nicht das Übliche war, war ihm nicht wohl dabei, Dinge zu kritisieren, über die andere, durchschnittliche Leute wie John Hooper ohne weiteres herziehen mochten. Als zum Beispiel an diesem Tag Blind Jimmy ins Restaurant getänzelt kam, drückte sich John Hooper mit mißbilligendem Stöhnen den Hut tief in die Stirn, während Mickey lächelte. John Hooper stolzierte hinaus, und Mickey machte es sich gemütlich. Kurz vor seinem Abflug bemerkte John Hooper noch: »Siehst du, was ich meine? Ein Haufen Perverser.« Im Gegensatz dazu bat Mickey Lola, ihm etwas Kaffee nachzuschenken, er hatte noch ein paar Minuten, bevor er wieder zum Empfang mußte.

Blind Jimmy war bleich und dünn wie eine Neonröhre, einmal abgesehen von den knallrot aufgekratzten Pickeln, die seine Wangen färbten. Das dünne gelbe Haar stand ihm von der Stirn ab wie eine Zirkusperücke, in strängigen, mopähnlichen Fransen, alle gleich lang, die man einzeln zählen konnte. Doch als er da glücklich mit seinem weißen Stock hereingetappt kam, wirkte nichts von all dem, nicht einmal seine rollenden blutunterlaufenen Augen, so seltsam wie das rosa Rüschenkleid, das er anhatte. Ein rosa Kleid und ein Paar braune, unpolierte Slipper, aus denen – oben sauber eingerollt – weiße Strümpfe ragten.

Der Anblick brachte Lola für keine Sekunde zum Lächeln. Vielmehr blieb ihr vor Schreck die Luft weg, und sie bestand auf einer Erklärung für das, was er da tat, wieso er ein Mädchenkleid anhatte. Jimmy, der sogar eine andere Stimme anhatte, erzählte ihr, er sehne sich danach, ein Mädchen zu sein, ein großes kleines Mädchen, er wolle ein kleines achtjähriges Mädchen sein. Lola nahm Jimmys Ambitionen nicht gut auf, sie gab ihm ein Glas Eiswasser. Wie manche anderen Anwesenden fand Oscar das unterhaltsam, bis Lola ihn zum Büro scheuchte, wo er irgendwen veranlassen sollte, jemanden anzurufen, der auf solche Störungen Einfluß hatte. Darauf begann Jimmy ein Lied zu singen. »*Swing low, sweet chariot, coming for to carry me home.*« Er war so glücklich, er war überglücklich. Er sang fröhlich und ausgelassen, was den Mann aus Michigan so verwirrte, daß er seine

Zeitung zusammenfaltete und sich unter die Achselhöhle schob, während Mr. Crockett mit sabbernder Konzentration auf seinem Stuhl herumschaukelte. Mickey hielt die musikalische Darbietung für sensationell, für brillant, ob das nun die Stimme eines kleinen Mädchens war oder nicht. Nur Lola regte sich darüber auf, und sie wurde sogar auf Oscar wütend, weil er nicht mehr dagegen unternahm, selbst nachdem er zurückgekommen war und gesagt hatte, er habe Fred Bescheid gesagt, und Fred wisse nicht, was er da tun könne, und Fred wolle auch sonst nichts denken.

Wenig später jedoch kam ein Herr herein, blauer Anzug und sanfte Stimme. Jimmy, noch immer auf dem Hocker an die Theke der Cafeteria gedrückt, war inzwischen fast mit dem nächsten Lied fertig, »*The Whole World in His Hands*«, wurde aber unterbrochen, bevor er es zu einem glücklichen Ende führen konnte. Er war nicht enttäuscht, daß dieser Mann seinetwegen gekommen war, und der Mann räumte ein, er glaube Jimmy, daß er in ein kleines Mädchen verwandelt werden möchte, daß er eine Operation haben wolle – woran Jimmy ihn immer wieder mit hoher Stimme erinnerte –, und der Mann sagte, das wisse er, ja das wisse er, ja, ist gut, gehen wir, das wisse er. Der Mann folgte Jimmys winzigen Schritten, ließ sich auf zahlreiche Versprechungen ein, und Jimmy, den nackten Arm in den Anzugärmel des Mannes gehakt, den weißen Stock fest an sein rosa Chiffonkleid gedrückt, glaubte anscheinend aufrichtig, was er da hörte.

Mickeys zweiter Tag am Empfang.

»Macht einen irgendwie traurig, stimmt's?« fragte er Fred.

Fred drehte seine Oklahoma-indianischen Augen direkt zu ihm hoch. »Der Chef sagt, du hast gestern an der Kasse

Mist gebaut«, teilte er Mickey sachlich mit, nicht geneigt, auf ihn einzugehen. »Ich erklär's dir noch mal.«

»Das heißt also, du findest es gar nicht so traurig, hä, Fred?«

Fred erklärte ihm von neuem die verschiedenen Bedeutungen der Buchstabentasten, die man vor den Geldbeträgen eintippen mußte, um der Maschine zu sagen, wofür das Geld bestimmt sei. Er machte das langsam und geduldig, nicht rechthaberisch. »Alles verstanden?«

»Jetzt hab ich sie im Griff, Fred, ehrlich«, sagte Mickey leicht gekränkt, daß ihm das zweimal erklärt werden mußte, selbst wenn er am Abend zuvor ein paar Beträge falsch eingegeben hatte. »Mit anderen Worten, du findest es nicht traurig, so einen blinden jungen Mann, der ein kleines achtjähriges Mädchen werden will?«

»Ich habe im Lauf der Jahre eine Menge Leute kommen und gehen sehen.« Fred schnappte sich eine Jeansjacke und ließ die hüfthohe Schwingtür quietschen. »Falls du noch Schwierigkeiten hast, vergiß nicht, morgen noch mal nachzufragen.«

So war das bei Leuten wie Fred, die konnten einfach so durchs Leben gehen, es irgendwie erfolgreich gestalten, die konnten machen, was... na ja, was sie eben machten, und waren selbstbewußt genug, ihren Weg weiterzugehen, ohne anzuhalten oder Mist zu bauen.

Weswegen Mickey sie beneidete. Denn das einzige, was er sich wirklich wünschte, war so etwas wie ein klarer, unverschmutzter Verstand. Klar? Vielleicht gar noch mehr als das. Mickey wartete gespannt auf einen heiligen Fingerzeig Gottes oder Seines Äquivalents. Ein Strauch. Ein spezielles Zwinkern am Himmel. Ein stimmenähnliches Beben unter den Füßen. Irgendwas in dieser Richtung. Mickey verlangte es nicht nach Erlösertum, Prophetentum, Heiligkeit. In dieser Hinsicht war Mickey unkompliziert: Er wünschte sich eine einzige Wahrheit, die zumindest wahr war. Die könnte ihn gesund machen. Wie Aspirin gegen Kopfschmerzen, Alka Seltzer für den Magen, Strümpfe für kalte Füße.

Mickey wurde gequält von Zweifeln, Unentschlossenheit und Untätigkeit. Warum war er nicht wie Blind Jimmy, der in einem rosa Kleidchen in der Cafeteria sang und sein Geschlecht und sein Alter umwandeln wollte? Warum nicht wie Fred, der bis zur Rente für vierzig oder mehr die Woche in die Tasten haute? Es war, folgerte er, eins oder das andere, eine Sache des Umschauhaltens, nicht des Stehenbleibens. Das eine akzeptierte Wesen wird versorgt, das andere sorgt für sich selbst. Beide waren echt und überzeugend. Mickey sah sich selbst in keinem dieser Extreme – oder in beiden.

Mickey wollte Gott die Entscheidung überlassen. Weil er selbst nicht sagen konnte, er habe richtig oder falsch gehandelt. Er hatte nur getan, was er glaubte tun zu müssen, eins nach dem anderen, und jetzt war er hier im YMCA.

Männer, die nicht im Haus wohnten, zogen ordentlich gekämmt, sauber und nüchtern gekleidet, auf dem Weg zum Rebote-Platz, zur Sauna, zum Pool oder zur Kraftmaschine in unabgetretenen Laufschuhen und unzerknitterten Shorts oder mit Sporttaschen, in denen sie die Schuhe und oder Shorts transportierten, unscharf an Mickey vorbei. Sie baten ihn um Kleingeld, er tippte die Buchstaben- und Zifferntasten; sie zahlten ihre monatlichen Mitgliedsbeiträge, Mickey tippte die Buchstaben- und Zifferntasten.

»Das ist der Wilde Westen, Oscar«, sagte Mickey. »Da führt kein Weg dran vorbei. Man weiß nie, was durch diese Tür hereinkommen kann.« Mr. Crockett saß drüben an der Glastür, den Stuhl zu nah herangeschoben, den Stock zwischen den Beinen vor sich hingestreckt, er schaukelte und ließ sich die Sonne in die Augen scheinen. Mickey lehnte von innen auf der Theke, gespannt auf weitere Geschäfte. Er fand, er machte sich gut in dieser neuen Karriere.

Oscar, die graue Uniform, Hemd und Hose, so frisch und gebügelt wie immer, das graue pomadisierte Haar zu einem peniblen Entenschwanz gekämmt, sprach nur wenig mit Mickey. Er fand vieles von dem, was Mickey sagte, nicht normal für einen Empfangsangestellten. Manchmal fragte sich Oscar, ob das nicht an seinem Englisch oder Mickeys Spanisch liegen könnte.

»Na, wie sieht's aus, Oscar?« fragte Mickey. »Vielleicht weißt du es nicht, aber wenn du hier wohnen willst, bekommst du Angestelltenrabatt. Laß mir noch etwas Zeit, wenn ich das ganze System erst mal durchschaut habe, kann ich dir wahrscheinlich was Besseres rausschlagen.«

»Te gusta?« fragte Oscar unvermittelt; ohne auf Mickeys Angebot einzugehen, kam er auf ein Thema zu sprechen, an dem sie beide interessiert waren. »Gefällt's dir?«

Mickey wußte nicht, wovon Oscar redete.

»Atrás. En la oficina.«

Im Büro, wo Mrs. Schweitz, eine korpulente, ergrauende Deutsche, die Buchhaltung besorgte, stand eine jüngere Frau hinter ihr. Diese junge Frau war dunkel, eine morena, glatte schwarze Haare, zwei glänzende Silberreifen an den Ohrläppchen. Ob sie gut aussah oder nicht, war schwer zu sagen, denn ihr Kleid war nahezu ein Duplikat des Kleides von Mrs. Schweitz, die, um es höflich zu formulieren, matronenhaft gebaut war; das Kleid hing so weit um die junge Frau herum, daß man ihre Figur nicht erkennen konnte.

»Sie spricht kein Spanisch«, teilte Oscar ihm verschwörerisch mit. Mickey war sich nicht sicher, was Oscar damit sagen wollte, ob das nun schlecht war oder gut. Es beunruhigte ihn, daß er sie bis dahin gar nicht bemerkt hatte. Sie war kaum drei Meter von ihm entfernt gewesen. »Y cómo quieres pasar el tiempo con esa?« fragte er Oscar. »Meinst du, sie hilft dir eines Tages den Boden fegen?«

Oscar lachte laut auf, obwohl auch er sich nicht ganz sicher war. »Du magst die Frauen?« fragte er auf englisch.

Darauf hätte Mickey gekränkt reagieren können, jedoch vermutete er, daß es sich nur um ein Übersetzungsproblem handelte. »Nein, nicht beide. Ich sag dir was, du nimmst die Kluge, ich nehme die Dumme.«

Oscar war ganz schön beeindruckt von Mickeys Witz.

»Ich kenne dich, Oscar«, sagte Mickey. »Du magst die Dicke wegen ...«, und er wölbte, stattliche Brüste andeutend, die Hände vor der Brust.

»Lieber ihre Tochter«, sagte Oscar vertraulicher. »Ihre Tochter spricht ein wenig Spanisch.«

Mickey schüttelte mit gespieltem Tadel den Kopf. »Qué pues, hombre?!«

»Mária«, sagte sie, mit Betonung auf der ersten Silbe, als Mickey sie nach ihrem Namen fragte. Mickey wollte herausfinden, ob sie unter all dem Stoff, den sie trug, eine üppige Figur hatte. Beine, Arme. Er kam sich vor wie verliebt.

»Mickey«, sagte er und hielt ihr die Hand hin.

Mickey trat oft von seinem Schalter nach hinten und sprach mit Mária, und Mária, deren Job es war, Mrs.

Schweitz bei der Arbeit zu helfen, was auch immer das sein mochte – irgendwelche Papiere durchsehen –, sprach oft mit ihm und wurde dabei so selten beanstandet, daß man bei oberflächlicher Betrachtung hätte meinen können, mit Mickey zu reden sei eine ihrer festgelegten Aufgaben. Mehr als einmal erhob sich Mrs. Schweitz von ihrem Stuhl und entschuldigte sich höflich. Entweder weil sie angesichts der Schönheit jugendlicher Liebe ein weiches Herz bekam, oder weil sie wirklich auf die Toilette mußte. Oder vielleicht auch, wie Mickey gerüchteweise vernahm, um sich im Büro weiter hinten im Flur zu beschweren.

Mickey war die Arbeit am Empfang tatsächlich ein wenig aus dem Blick geraten. Die Leute setzten ihm zu mit Fragen nach der Kasse, der Post, nach Nachrichten oder Informationen zu sportlichen Angelegenheiten. Oder es klingelte das Telefon, und man erwartete von Mickey, daß er ranging. Nach wenigen Tagen schon fielen ihm diese kleineren Aufgaben so leicht, daß er sie ärgerlicher und verwirrender fand als alles andere. Da war es besser, mit María zu reden, die manchmal lange blieb und ihm erzählte, was sie in der Schule lernte. Sie ging aufs College, das Junior College, und das hier war ihr erster Teilzeitjob. Beides Themen, die Mickey interessierten, und er schlug vor, sie sollten sich öfter unterhalten, aber sie wollte ihm weder ihre Adresse noch ihre private Telefonnummer geben. Sie ließ Mickey nicht einmal nah genug heran, daß er sie anfassen konnte. Außer einmal. Einmal ließ sie sich von Mickey küssen, als er mit ihr nach draußen ging und sie ein Stück weit die Straße hinunter begleitete. Er schwor, er werde ihr bis nach Hause folgen, wenn sie ihn nicht ließe. Es war nur ein einziger Kuß, aber ihre Lippen waren feucht wie Oliven, zart wie Blütenblätter. Zuvor, als er losging, hatte Mickey Mrs. Schweitz gebeten, für eine Minute das Telefon zu übernehmen, wozu sie sich großmütig bereit erklärt hatte, und als Mickey zum Empfang zurückkehrte, sah er einen neuen Sinn in seinem Leben. Weshalb ihm der Auftritt der beiden Männer, typische Dachjogger, die ungeduldig auf ihn gewartet hatten, ganz und gar nicht gefiel.

»Da bin ich!« sagte Mickey zu dem Größeren. »Worüber zum Teufel beschweren Sie sich?«

»Was fällt Ihnen ein, mich zu beschimpfen?«

»Beschimpfen? Was soll das heißen? Ich hab Sie nicht beschimpft!«

»Mann, wo gibt's denn sowas«, sagte der Größere zu seinem Freund.

»Hier gibt es sowas«, entgegnete Mickey. »Hier und jetzt.«

Der Größere war wütend, setzte aber nicht nach. Mickey knallte triumphierend die richtigen Schlüssel hin und gab Wechselgeld heraus.

Auch Charles Towne wartete. »Hast du Post für mich?«

Es gehörte zu Mickeys Job, die Post zu sortieren, wenn das Bündel während seiner Schicht abgeliefert wurde. Post für die Bewohner legte er in ihre Brieffächer, der Rest kam in einen Drahtkorb auf Mrs. Schweitz' Schreibtisch.

»Schätze, die ist heute schon durch, Charles.«

»Bist du sicher?« Er sah Mickey finster an, nicht gewillt, ihm zu glauben.

»Wie gesagt, Charles, ich glaube, die ist heute schon durch. Ich habe auch in meinem Fach nachgesehen.«

»Ich mag es nicht, wenn man sich in meine Post einmischt. Ich brauche meine Post.«

»Charles, ich versteh dich hundertprozentig.«

Charles Towne blieb vor Wut sekundenlang die Luft weg. »Ich will meine Post, wenn sie kommt.«

Dazu fiel Mickey nichts mehr ein. »Ich gebe dir mein Wort darauf.«

Schließlich gab Mária ihre Telefonnummer heraus. Das Bürotelefon hatte eine lange Verlängerungsschnur, die bis zum Hocker an der Kasse reichte, und an den Nachmittagen der beiden Wochentage, an denen Mária nicht ins Haus kam – sie kam nur montags, mittwochs und donnerstags für jeweils drei Stunden –, benutzte Mickey dieses Telefon während der Dienstzeit bei jeder Gelegenheit, bis Fred einmal beim Schichtwechsel bemerkte, das müsse aufhören, Fuller sehe das nicht gern. Um Entgegenkommen zu zeigen, verlegte Mickey seine Anrufe auf die Zeit nach Sonnenuntergang, nach neun Uhr abends, wenn der Sportbereich geschlossen war. Das war so viel einfacher, daß Mickey sich fragte, warum er nicht schon früher darauf gekommen war.

Mickey sah mit Freude und Zuversicht, wie gut sich die Sache zwischen ihm und Mária entwickelte, bis sie anfing, von ihrer Religion zu reden. Je mehr er davon erfuhr – daß Gott und Jesus sehr vertraute Freunde von ihr seien, daß sie es nicht mehr nötig habe, mit Priestern über Sünden und Vergebung zu sprechen –, desto mehr schrumpfte sein Glücksgefühl. Er versuchte, Geduld mit ihr zu üben. Er versuchte, vernünftig mit ihr zu reden. Er verhieß ihr die Hoffnung auf Liebe, auf reine und keusche Liebe. Er erklärte, wie Körper und Geist zuweilen auf geheimen Wegen eins würden. Er erzählte, auch er liebe Gott und Jesus, und sagte mit geschlossenen Augen, er labe sich immer mehr an der Schönheit ihres einen kleinen Küßchens. Auch ihr habe das gefallen, das wisse er. Wie könne sie das vergessen haben? Wie könne sie das bestreiten? Warum sollten Jesus oder Gott ihr ein so menschliches Vergnügen versagen, warum sollten die beiden etwas dagegen haben, daß *sie beide* die schlichten und alltäglichen Freuden entdecken, die dieses kurze Leben zu bieten habe?

Und dann kam Mária ihrerseits mit einer Geschichte. Sie sagte, früher habe sie das genauso gesehen wie er, aber dafür habe sie leiden müssen. Sie habe einen schlechten Mann geliebt, und sie sei tief, abgrundtief gefallen, sie habe in alles eingewilligt, was er von ihr verlangt habe, bis sie nicht mehr zwischen Liebe und Angst habe unterscheiden können.

»Ich war so verängstigt und deprimiert, daß ich nicht mehr wußte, was ich tun sollte, und da bin ich, um Hilfe in meiner Not zu suchen, in eine einfache weiße Kirche gegangen. Dort war es so schön, Musik und freundliche, einfühlsame Menschen, auch wenn ich das vor lauter Sorgen noch gar nicht wahrnehmen konnte. Ich war so müde von meiner Last. Und ich fing an zu beten, um mich davon zu befreien. Ich kniete nieder, schloß die Augen. Und plötzlich wurde ich aus dem Kirchengebäude gehoben und fand mich auf einer Wolke. Über mir schien die Sonne, und die Wolke war so weich, und ich sah mich, und Gott war da, und ich erkannte ihn. Ich war so glücklich! Ich wollte ihm meinen ganzen Kummer erzählen, alles, und so fing ich an zu reden und redete immer weiter. Er pflückte Blumen in allen Farben und legte sie in einen Strohkorb. Ich gab mir so viel Mühe, ihm von meinen Sorgen zu erzählen, aber er gab mir kein Wort zurück. Dann hob er seine Hand, und ich begriff, daß er mich nicht zu hören brauchte. Er pflückte noch mehr Blumen und legte sie in den Korb und stellte dann den Korb neben mich. In diesem Augenblick erkannte ich, warum er mir nicht antwortete. Er gab mir den Blumenkorb als Geschenk, aber auch, um mich daran zu erinnern, daß er für alles sorgte, daß er mir und uns alles geben würde, was wir brauchen, und zwar dann, wenn wir es brauchen, nicht früher, nicht später. Genau dann, wenn wir es brauchen. Ich begriff, daß nichts ohne Absicht geschieht und daß wir Gottes Werkzeuge sind, und das erfüllte mich mit so viel Frieden. Einen solchen Frieden hatte ich noch nie empfunden. Alles wurde langsamer. Ich hatte kein Zeitgefühl mehr. Ich fühlte mich wie Gottes Lächeln. Ich hörte liebliche Musik, wie von Gitarren, und ich schwebte, als ob ich mich in die Wolke verwandelt hätte. Nach und nach war ich dann wieder in der Kirche und hörte den Prediger und hörte wieder Menschenstimmen und Menschenmusik. Ich hatte diese Vision wirklich. Ich hatte ihn mit eigenen Augen gesehen. Nichts geschieht ohne Absicht. Jetzt sind *wir* uns begegnet. Auch das geschah nicht ohne Absicht. Siehst du das, verstehst du das? Jetzt habe ich's dir gesagt.«

Selbst wenn es in Zimmer 412 am dunkelsten war, das Licht ausgeschaltet, Mond und Sterne und Straßenlaternen von Regenwolken beschnitten, glühten die Vorhänge gelb. Von diesem Gelb blieb etwas in Mickey zurück, auch wenn er die Augen geschlossen hatte. Die Farbe Gelb hatte im Dunkeln eine Bedeutung. Die Farbe Gelb bedeutete einschlafen zu wollen.

Mickey sagte, auf andere Weise habe er nicht einschlafen können. Es gefiel ihm nicht, aber es funktionierte: Ball im Korb oder Netz oder gefangen oder geschlagen. Ball in der Luft, dann nicht, dann in der Luft, dann nicht.

»Es ist kaum zu glauben«, sagt eine Stimme, »kaum zu glauben. Es gibt keine *geborenen* Talente. Jedenfalls gefällt mir diese Vorstellung nicht. Übung, es hat nur mit Übung zu tun. Und mit Entschlossenheit, Willenskraft.«

Ball fällt.

»Aber nicht jeder kommt auf dieselbe Weise nach oben«, sagt eine andere Stimme. »Es gibt eine Vergangenheit, die man nicht sieht, von der man nichts weiß. Und dann zeigt sich einfach das Talent. Solchen Leuten, nun ja, denen gibt man Spielraum.«

»Wie sehen Sie das?« fragt ihn eine der Stimmen.

»Ich gebe beim Spiel mein Bestes. Will mich entspannen, mich amüsieren. Ich bemühe mich, immer besser zu werden, arbeite an meinen Schwächen. Ich habe in der Vorsaison viel trainiert. Früher habe ich am meisten an der Verteidigung gearbeitet, mich dann aber immer mehr dem Angriffsspiel gewidmet, und das scheint sich jetzt auszuzahlen.«

»Das kann man wohl sagen!«

»Ich bin noch nicht zufrieden. Ich kann bestimmt noch besser werden. Ich werde auch weiter mein Bestes geben.«

Bild von einem Ball im Loch oder Netz oder gefangen oder geschlagen. Ball in der Luft, dann nicht, dann in der Luft, dann nicht. Dann nicht. Dann nicht.

Mickey, körperlich ohnehin schon stark, nahm täglich an Kräften zu, aber sein Gehirn trainierte nicht mit und geriet außer Atem. Mária, sagte er, habe ihm nicht die persönliche Botschaft von Gott gebracht, nach der er suchte – ihre Geschichte, das stand für Mickey fest, konnte nicht stimmen, weil die Schilderung so schmalzig und klischeehaft war. Ein Mensch, der Gott gesehen hat, würde ein ungewöhnlicheres Bild von ihm zeichnen, mehr Adjektive, Substantive und Verben verwenden. Außerdem wollte er *direkte* Bestätigung, keine benebelte Zeugin. Er war kein einfältiger Gläubiger. Dennoch zermürbte es ihn, daß ihre Beschreibung sich teilweise mit seinem eigenen Gemurmel deckte – suche nach dem Sinn, suche nach dem Plan und Zweck, halte die Augen offen. Und ihre Botschaft *war* schon praktisch: Nichts geschieht ohne Absicht. Weder daß er Oscar, Fred, Mr. Crockett, Ema, Lola und Mrs. Schweitz kennengelernt hatte, noch daß er Blind Jimmy gesehen hatte, noch daß er dem Mann aus Michigan beim Reden und Sarge beim Wichsen und Butch mit seinem struppigen braunen Kopf und der ewigen Bierdose beim Schlürfen und Flüstern zugehört hatte, noch daß Charles Towne auf die Post wartete, *ganz genau wie er selbst*.

War damit nicht auch Mickey erklärt? Er mußte. Er war *verpflichtet*, diese Typen mit Übertreibungen zu beeindrucken. Das war beabsichtigt, notwendig aus Gründen, deren er sich selbst nicht bewußt sein konnte. Keine andere Erklärung paßte so genau.

»Und die Alte hat dich rangelassen?« fragte Omar. Omar Gonzalez war ein neuer Hausbewohner, der Mickey über Butch kennengelernt hatte.

Mickey hatte noch gar nichts in dieser Richtung erzählt, weder Butch noch Sarge. Aber das gehörte zur Situation dazu: Selbst wenn er keinen Ton sagte, herrschte eine solche Erwartung, daß Schweigen auch schon eine Aussage war.

»Das habe ich nie gesagt«, erwiderte Mickey. »Ich kenne sie ja kaum.«

Mickey sagte also nicht ja, er sagte aber auch nicht nein. Hielten sie ihn jetzt für bescheiden? Denn Omar und Butch schienen noch beeindruckter. Am meisten Omar. Butch war immer beeindruckt – irgendwie immer gleich.

»Du mußt mir bei meiner Frau helfen«, bat Omar Mickey. »Ich brauch schwer Hilfe von einem wie dir.« Bei Omar war es so, daß er sich einerseits anhörte, als sei es ihm ernst, andererseits aber auch nicht.

Omar war nicht allzu groß und leicht übergewichtig. Er hatte eine helle Haut und dunkelbraunes Haar, das ihm nicht nur als Bart das Gesicht, sondern auch Brust und Rücken bedeckte; und weil es starr und drahtig war, ließ es sich kaum bändigen – genau wie Omar selbst. Omar war eine gemischte Metapher. Blaue Tätowierungen – *Born to Die* und *x13x PoR VidA* – auf der Mitte seines Trizeps deuteten auf Sorgen und Angst, nicht aber die irre Mixtur aus marineblauer Polyesterhose, nagelneuem, sehr weißem Pullunder und alten Tennisschuhen. Und dann seine Art zu reden. Omar artikulierte gerade so viel, daß seine Stimme einen kindlichen Klang bekam, der, zusammen mit seiner Erscheinung, jede seiner Äußerungen gleichzeitig bewußt und unbewußt, spöttisch und naiv erscheinen ließ.

Omars Zimmer lag im zweiten Stock, und als Mickey mit seiner Schicht fertig war, gingen er und Butch ihn besuchen. Omar war Putzmaurer und hatte einen gutbezahlten Job bei einem staatlichen Bauprojekt gefunden. Er selbst fand die Bezahlung nicht so gut. Er kam aus L.A. und war folglich in der Gewerkschaft, weshalb er nur halb so viel bekam, wie er und jeder andere fähige Putzmaurer seiner Meinung nach verdient hätte. Weder Butch noch Mickey konnten dafür Verständnis aufbringen, weil beide noch nie einen ähnlich gut bezahlten Job gehabt hatten.

»Ein vato braucht mehr Knete, um an die richtig scharfen Weiber ranzukommen«, sagte er. »Er muß ihnen einen Strauß flores lindas kaufen können. Dann muß er ihnen ein feines Essen spendieren, sie auf ein paar tragitos in teure dunkle Bars einladen, in *exklusive* Nachtclubs, ihnen *gepflegte* Musik muy linda y suave vorspielen, auf einer *erst-*

klassigen Stereoanlage...Wie soll er sich den ganzen Mist leisten können, wenn er nur mit Pesos bezahlt wird?«

»Das hat María auch gesagt«, warf Mickey ein. »Sie hat erzählt, Gott habe ihr schöne Blumen geschenkt und dann so was wie ein Tischtuch ausgebreitet und ihr französisches Essen serviert. Keine Getränke, aber immerhin.« Er schüttelte den Kopf.

Omar sah ihn groß an – und grinste irgendwo zwischen affektiert und höhnisch. »Und die Alte hat es dir gemacht?« fragte er noch einmal.

»Davon hab ich nichts gesagt.«

»Schon gut, du brauchst überhaupt nichts zu sagen«, sagte Omar. »Das hör ich immer wieder, ihr Typen aus Chuco seid nun mal so.« Der Blick, mit dem er Butch bedachte, konnte ein Zwinkern sein.

Butch, eine kalte Bierdose in der Hand, gab von sich, was bei ihm ein Lachen war. Omar goß allen noch etwas Whiskey in die Plastikbecher und kippte seinen. Mickey tat es ihm nach. Er und Omar, die sich einen Liter Bier teilten, spülten den Schnaps mit einem Schluck aus der braunen Flasche runter. Butch schlürfte Whiskey mit der gleichen Seelenruhe wie Bier.

Omar erklärte, er habe den Bus von San Fernando nach El Paso genommen, weil Lucy, nachdem sie ihn verlassen habe, mit dem Bus dorthin gefahren sei. Er würde sie finden, und dann würde sie ihm nicht noch einmal entwischen. Er *würde* sie finden, er *würde* sie zurückbekommen, sagte er. Anflehen werde er sie. Ihr alles kaufen, mit ihr ausgehen und alles tun, was sie verlangte – *alles*, gab er Mickey und Butch vielsagend zu verstehen. Omar ließ andere gern an seiner Kenntnis ihres üppigen Körpers teilhaben. »Mein Gott!« verkündete er schmerzlich, dann stand er auf, schenkte sich einen Schluck

Whiskey nach, stürzte ihn runter und sprang zum Fenster, das er verzweifelt öffnete. Sein Zimmer lag zur Straßenseite, wie die von Mickey und Sarge, und kaum war das Fenster auf, hörten sie Autos und kalten Wind, der die gelben Vorhänge schüttelte. Omar zog seinen Schreibtischstuhl rüber und stieg darauf, dann schob er seinen dicken Oberkörper in die Fensteröffnung, packte mit beiden Händen das Alufenstersims, beugte sich weit in die Dunkelheit hinaus und schrie mit seiner eigenartig singenden Stimme so laut er konnte:

»Lucy! Scheiß-Lucy! Lucy, du Miststück, du Scheißnutte! Lucy, wo bist du, Scheiße, wo bist du?! Lucy, mit welchem Scheißkerl treibst du's gerade, verdammte Scheiße?!«

Jeden Tag, redete Mickey sich immer wieder zu. Jeden Tag konnte es vorbei sein, es würde sich regeln. Er wußte, bald wäre es soweit. Er spürte es in den *Knochen*. Es erreichte ihn wie eine Botschaft, wie der sechste Sinn. Wie Intuition. Der er vertraute. Er *wußte* es.

Während der Arbeit kontrollierte Mickey bei jeder Gelegenheit die Brieffächer, jedes einzelne, nur um sich zu vergewissern, daß nicht ein Brief für ihn versehentlich im falschen Schlitz gelandet war. Oder er erkundigte sich vor Beginn seiner Schicht bei Fred nach der Post – Mickey war überzeugt davon, daß sein Interesse nichts Zwanghaftes an sich hatte. Überlaß sie mir, wenn du willst, bot er Fred an, ich mach das gern. Verschafft mir etwas Abwechslung. Aber nur wenn du willst, sagte er zu Fred, sich betont lässig gebend. Aber Fred ließ die Post nie unsortiert liegen, wenn sie bei ihm abgeliefert wurde. Fred blätterte die Umschläge durch, methodisch, gleichgültig. Mickey, bemüht, möglichst wenig aufzufallen, ließ Fred nicht aus den Augen, wenn er in seiner Nähe war. Fred nahm das mit einem Gummi umspannte Briefbündel und ordnete es auf zwei lose Haufen, einen für die Hausbewohner und einen für das Büro des YMCA. Fred unterbrach sich sogar dabei, wenn jemand an den Schalter kam und irgend etwas wollte – Mickey überlegte, ob er übernehmen sollte, tat es aber nie. Fred ließ drei Stapel – zwei sortierte und einen unsortierten – auf der Resopaltheke liegen, unbeobachtet und ungeschützt, und ging nach hinten ins Büro. Es fiel Mickey schwer, auf Freds Rückkehr zu warten.

»Ist was für mich dabei heute?« fragte er Fred.

»Bis jetzt nichts.« Fred hatte die Lesebrille auf der Nase und blickte nicht auf.

»Verdammt, Fred. Ich erwarte nämlich wirklich einen Scheck mit vielen Nullen.« Mickey dachte, nun müßten doch wenigstens seine Augen zucken, aber Fred brachte nichts aus der Ruhe. »Sag mal, kommt Charles eigentlich auch immer und fragt dich nach der Post?«

Fred reagierte nicht sofort. »Wer?«

»Charles. Towne.«

Er nickte kaum merklich. »Der Schwarze, trägt ne Baseballmütze.«

»Ja, der.«

»Fragt täglich ungefähr zweimal, an manchen Tagen auch drei- oder viermal.«

»Hat's wohl sehr nötig, wie?«

»Die Leute, die hier wohnen«, sagte Fred, indem er es sich auf dem Hocker bequem machte und sein Westernhemd zurechtzupfte, »stellen alle möglichen Fragen.«

»Du wohnst schon immer hier?«

Fred seufzte, kicherte, reckte sich auf dem Hocker, als hätte er jetzt Feierabend. »Von wegen.«

»Laß mich das für dich machen. Gib mir während der

Arbeit was zu tun. Ich will dir helfen.« Mickey konnte nicht damit aufhören.

Fred pflegte anderen nicht in die Augen zu sehen, ob aus Schüchternheit oder Verachtung, war schwer zu sagen. Aber jetzt starrte er Mickey an. »Du kannst wirklich *etwas* für mich tun.«

»Klar. Sag was.« Mickey war voller Hoffnung.

»Aber du darfst es keinem verraten.«

Fred tat sonst nie geheimnisvoll oder vertraulich, und das machte Mickey sehr neugierig.

»Kein Problem. Es bleibt unter uns.«

Fred dachte noch einmal kurz nach, dann zog er eine Lederbörse aus der Gesäßtasche und nahm einen Schein heraus. »Eine Flasche Wodka.«

Mickey verkniff sich mit Mühe eine blöde Bemerkung über Indianer und Feuerwasser. Alles konnte er aber nicht bei sich behalten, und er fragte, ohne eine Miene zu verziehen: »Keinen Whiskey?«

»Wodka«, sagte Fred noch einmal mit leiserer Stimme als gewöhnlich.

»Wer ist da?!« Mickey hatte tief geschlafen und fuhr zusammen, als hätte er irgendein Unrecht getan.

»Zimmermädchen. Isabel.«

Mickey blinzelte in das gelbe Dunkel des Zimmers. Er konnte nicht benennen, was ihn beunruhigte oder warum er sich Sorgen machte. Er hatte ewig gebraucht, bis er eingeschlafen war. Stundenlang imaginäre Interviews und Vernehmungen über das Gute und das Böse, stundenlange Sportveranstaltungen und Interviews mit den Stars. Er war aufgestanden und hatte Liegestütz und Sit-ups gemacht.

Nichts hatte funktioniert, nur daß er doch eingeschlafen sein mußte, wenn ihm jetzt jemand sagte, er müsse aufwachen.

»Ich muß das Bettzeug wechseln«, sagte Isabel von der anderen Seite der Tür.

Mickey wollte nicht, daß sie hereinkam. Er hatte keine Lust auf Gesellschaft. Trotzdem stand er auf, drehte den Schlüssel und öffnete die Tür.

Isabel zögerte, da Mickey nichts als seine Jeans anhatte und mit zerzausten Haaren und glasigen Augen vor ihr stand. Es war ein Uhr mittags.

Mickey saß daneben, während sie das Bettzeug wechselte. Er überlegte, was er zu ihr sagen könnte. Etwas Nettes. Ein Gespräch anfangen. Er malte sich aus, mit ihr im Bett zu liegen, wie sie ohne Kleider aussehen würde, ob ihr Übergewicht sie ihm mehr oder weniger begehrenswert machte. Er stellte sich vor, sie zu fragen, ob sie mit ihm ausgehen wolle. Ob sie verheiratet sei. Mit ihr zu scherzen, sie solle ja sagen, auch wenn sie verheiratet wäre. Er konnte mit den Menschen reden. Er konnte mit Frauen reden. Mit dieser Isabel. Wie damals, als er Ema angesprochen hatte. Weißt du noch? Er küßte sie, sie ließ ihn. Sie wollte mit ihm ausgehen. Ihre Mutter hatte was dagegen. Warum sollte Isabel ihn nicht auch mögen? Und Mária. *Das* war wirklich. Das war wirklich passiert.

Wortlos tauschte Isabel die schmutzigen und zerknitterten Bezüge gegen saubere und gebügelte aus, steckte Laken und Decke sauber und ordentlich unter der Matratze fest, schüttelte das kleine Kopfkissen auf und legte es genau in die Mitte ans Kopfende des Betts. Mickey verharrte auf seinem Schreibtischstuhl und sagte erst dann etwas, als sie gerade gehen wollte. Danke, sagte er. Sie schloß die Tür hinter sich, sah dann noch einmal zu Mickey zurück, wie sie auch jeden anderen im Flur ansehen mochte.

»Was meinen Sie, wieso hat er meine Stunden gekürzt?« fragte Mickey Mrs. Schweitz. Nach dem neuen Dienstplan mußten Fred und ein Wochenendangestellter je einen Tag zusätzlich einlegen, was Mickeys Arbeitszeit von fünf auf drei Tage die Woche reduzierte.

Mickey glaubte noch immer, daß Mrs. Schweitz viel heißblütiger war als der blauäugige Blick, mit dem sie ihre Schreibarbeit vereiste, daß sich ein sanftes Wesen hinter der Fassade der schroffen Gestalt verbarg, die ihren Bürostuhl bändigte. Bis jetzt war sie weder heiß noch sanft in diesem von Mickey geführten Gespräch, sondern einfach außerstande, ihn zum Schweigen zu bringen.

»Ich weiß es nicht, ehrlich, ich weiß es nicht«, sagte sie.

»Meinen Sie, ich sollte mal mit ihm reden?«

»Wenn Sie wollen.« Sie wandte sich schuldbewußt der Arbeit auf ihrem Schreibtisch zu, um ihr mangelndes Interesse nicht allzu deutlich werden zu lassen.

Mickey empfing ihre Signale nicht. »Ich finde, er ist mir eine Erklärung schuldig. Meinen Sie nicht auch?«

»Ich weiß es nicht.« Sie schob einige Papiere hin und her.

»Meinen Sie, es hat irgendwas mit mir und Mária zu tun?«

»Nicht daß ich wüßte.« Sie setzte ihren fülligen Körper auf dem Bürostuhl zurecht und streckte die Halsmuskeln.

»Warum hat er dann Mária gehen lassen?«

Mrs. Schweitz schüttelte den Kopf in seine Richtung, zeigte ihren Schmerz so unverhohlen, wie es ohne zu stöhnen nur möglich war.

»Pinche hijo la chingada«, schimpfte Mickey.

Mrs. Schweitz richtete die Nase wieder auf ihren Papierkram und betete, er möge jetzt endlich fertig sein.

»Hat dieser Wichser ihr denn auch nichts erklärt?«

»Nicht viel«, sagte sie, nun vollends den Rückzug antretend, ganz auf Abwehr eingestellt. Er hatte schließlich ihren Chef beleidigt.

Mickey hatte den leisen Wink, den Tonfall ihrer Antwort nicht mitbekommen. »Das ist nicht fair. Das ist ungerecht.«

Er verließ den Bürobereich, weil jetzt Fred an der Kasse erschienen war.

»Dir hat er auch keine Erklärung gegeben?« fragte ihn Mickey.

Fred schien Mickey kaum wiederzuerkennen. Er zog die Brille aus dem Etui an der Hemdtasche, fuhr mit den Fingern über den Zeitplan und tippte auf die Kästchen mit den neuen Stunden, die er am Empfang arbeiten sollte. »Acht Überstunden soll ich machen.« Er schüttelte noch einmal den Kopf, zog eine Grimasse und nahm die Brille von Ohren und Nase. »Was soll man da machen«, sagte er resigniert.

»Du wolltest also keine zusätzlichen Stunden?«

»Ganz bestimmt nicht.«

»Das begreife ich nicht.«

Fred schwieg.

»Was meinst *du*?«

»Wozu?« fragte Fred.

Die Rebote-Matches mit Sarge waren inzwischen so verbissen und ernst, daß Mickey kaum noch Vergnügen daran hatte, aber trotzdem gewann er immer weiter. Er konnte gar nicht anders. Es war, als sei ihm das aus der Hand genommen, erzwungen von etwas außerhalb seiner selbst. Sarge tat ihm wirklich leid. Sarge hatte es dringend nötig, Sarge brauchte die Genugtuung eines Siegs. Aber Mickey beherrschte das Verlieren nicht, er konnte einfach nicht verlieren.

Aber einmal war es knapp. Es war das letzte Spiel in einem

Satz, Mickey führte 17:15, und Sarge holte sich den Aufschlag zurück. Mit einigen perfekten Schlägen gewann er schnell zwei Punkte. Sein nächster Aufschlag war ein hoher Lob auf Mickeys linke Hand, dicht an die Wand, in die Ecke gespielt. Als Mickey ausholte, stolperte er über seine Füße und krachte mit der Hand an die weiße Wand, während gleichzeitig der harte schwarze Ball ihn dicht unterm Handgelenk traf. Er schrie auf.

»Ich glaub, ich hab mir die Hand gebrochen, Elias!« kreischte er, sich auf dem Platz herumwindend. »Scheiße, tut das weh!«

Sarge, erhitzt und schwitzend, hatte sich verausgabt, als sei dies kein Spiel, sondern Krieg. Wütend pumpte sein rotes Blut ihm Violett in die dunkle Haut. »Willst du etwa *aufhören*?«

»Ich weiß nicht, ob ich weiterspielen kann«, sagte Mickey.

Sarge stapfte hin und her. »Das sieht dir ähnlich«, sagte er. »Und so was will ein *Mann* sein!«

»Was willst du damit sagen?«

»Das weißt du ganz genau!«

»Nein, wie sollte ich!«

»Du willst *aufhören*, genau jetzt, wo du meinst, du *verlierst*!«

»Das soll wohl ein Witz sein. Oder?«

Sarge wandte sich ab, stinksauer. »Typen wie du«, zischte er.

Mickey mußt über ihn lachen. »Pues, von mir aus, Chef! Laß mir nur eine Sekunde, nada más.« Er schlenkerte und rieb sich die Hand. Was beim Rebote immer am meisten weh tat, war ein Treffer des Balls ans Handgelenk – das nahm einem alle Energie, ähnlich wie ein Schlag in die Eier. Seine Finger waren nicht stärker geschwollen als in einem normalen Spiel, das beunruhigte ihn nicht.

Also spielten sie zu Ende, und Mickey gewann 21:19. Das machte ihm fast ein schlechtes Gewissen. Irgendwie hätte er lieber verloren. Aber kaum war er am Aufschlag, geriet es ihm außer Kontrolle. Andererseits war Sarge ein Arschloch – er wünschte, Schlappohr würde Rebote spielen – und hatte es verdient.

So verstimmt er war, wollte Sarge nach dem Spiel unbedingt in die Cafeteria. So verlangte es die Regel, und Sarge hielt sich streng an Regeln.

Lola schenkte ihnen brühheißen Kaffee ein. »Bitte sehr, ihr beiden.«

Mickey entspannte sich für einige allzu schweigsame Minuten. »Nichts für ungut, aber was wir brauchen, ist Consuela«, sagte Mickey, »nicht Lola.«

Sarge sah ihn finster an und versuchte dann mit verkniffenen Lippen an seinem Kaffee zu schlürfen.

»Weißt du, wer Consuela ist? Laß dich nicht davon verwirren, daß sie nicht, wie in Mexiko üblich, Consuelo heißt. Im Wilden Westen hat man den Namen so geschrieben.«

Sarge konnte nicht antworten, beim besten Willen nicht.

»Consuela, das ist die, die Big Jake vor den Apachen rettet«, erklärte Mickey.

Ihnen gegenüber an der hufeisenförmigen Theke saß der Mann aus Michigan, der so tat, als lese er die Zeitung, tatsächlich aber zuhörte.

»Paß auf, Big Jake vertreibt drüben in den Hueco Mountains, bei den Tanks, die Pferde der Apachen, schleicht sich rein und schneidet dem bei ihr als Wache zurückgelassenen Indio die Kehle durch. Big Jake hat auch Indianerblut in den Adern, nehme ich an, deshalb kann er sowas auch so gut.«

Als bekäme er eine Massage, lockerten sich die Muskeln

um Sarges Kinnpartie, und ebenso sank auch der Rest seines Körpers entspannt auf dem Pilzhocker zusammen.

»Du solltest diese Consuela mal sehen! Selbst nachdem sie von diesen Indianern zusammengeschlagen wurde, ist sie umwerfend – die Haut glatt und herrlich wie Gold, die Augen wie dunkle Schokolade.«

»Wovon *redest* du eigentlich?« fragte Sarge und zeigte so etwas wie ein Lächeln.

»Consuela. Sie wurde von aufständischen Indios entführt und vergewaltigt, also holt Jake sie da raus und reitet mit ihr weg. Und ... nun ja, er *pflegt* sie, in einer verlassenen Bergarbeiterhütte oben in den Franklin Mountains, wo im Boden überall diese Löcher von Präriehunden und Schlangen sind, und abends macht er Feuer aus getrockneten Feigenkakteen und Mesquitsträuchern, er brät sich Eselhasen und Klapperschlangen und hört die Kojoten den Mond anheulen.«

Sarge und der Mann aus Michigan richteten ihre Ohren wie Augen auf Mickey, der diese Geschichte mit beiläufiger Aufrichtigkeit erzählte.

»Nun ist Jake aber auch kein Engel, er liebt Consuela, wie es jeder von uns tun würde, einerseits wie ein Gentleman, aber auch auf die andere Weise. Doch hat er auch versprochen, sie auf ihre Hacienda zurückzubringen, wo sie hingehört, zurück zu dem Don, ihrem Vater, einem alten Kumpel von Jake, den der Don noch immer nur Jacob nennt, tut so, als wäre er ein ehrenwerter Mejicano, dabei hatte er sich benommen wie ein mieses Schwein.«

Mickey nahm einen Schluck Kaffee, und fast noch während er die Tasse abstellte, hatte Lola schon wieder nachgeschenkt.

»Schätze, Jake hat *mächtig* großen Ärger gekriegt«, teilte Mickey Sarge mit. »Wie ich dir immer sage. Man muß immer auf dem Posten sein. Wachsam bleiben und die schönen Frauen beschützen. Den alten Colt immer geölt und geladen bei sich haben. Man kann nie wissen, was für Gefahren ein Fremder bringt.«

Der Mann war mittleren Alters, trug einen grauen Anzug und Krawatte – die Sachen wirkten falsch, unpassend, als hätte sich ein Stadtmensch als Cowboy verkleidet – und erinnerte Mickey an den Mann, der damals wegen Blind Jimmy gekommen war. Vielleicht war er es tatsächlich, Mickey konnte es nicht genau beurteilen. Der jüngere Mann, mit dem er hereinkam, lächelte mit riesigen Schneidezähnen, und seine Augäpfel sahen aus wie in dickes Öl eingelegt, so geschwollen und glitschig und fremd lagen sie in ihren Höhlen. Er trug eine alte Jeans, die noch nicht an den Knien durchgescheuert, und ein Polohemd, das eine Nummer zu groß war, und er hatte einen eckigen Aktenkoffer dabei.

»Das ist Reverend Miller Johnson Holcombe der Dritte«, stellte der Mann im Anzug den anderen vor.

Mickey war sich nicht sicher, wie er eine solche Majestät empfangen sollte oder warum er überhaupt mit ihr bekannt gemacht wurde, also sagte er erst einmal gar nichts, bis er begriff, daß es nur dann weitergehen würde, wenn er jetzt etwas sagte. »Kann ich irgend etwas für Sie beide tun?«

»Wir brauchen ein Zimmer«, sagte der Mann im Anzug.

»Zimmer für zwei ist verboten«, erklärte Mickey und setzte sich auf seinem Hocker in Positur. »Nur eine Person pro Zimmer.«

»Nein, nein, so war das nicht gemeint.« Er lachte bekräftigend. »Der Reverend braucht das Zimmer, nicht ich.«

»In Ordnung«, sagte Mickey. Der Mann im Anzug erwartete noch einen Satz von ihm, aber Mickey war entschlossen, sich diesmal nicht alles gefallen zu lassen.

Reverend Miller stand aufrecht hinter der bevorstehenden Transaktion, stolz auf sich und seine Statur, gewichtig. »Kann er ein Zimmer bekommen?« fragte der Mann schließlich an seiner Stelle.

»Sicher kann er.«

Mickeys Verhalten war dem Mann unerklärlich. Es machte Mickey Spaß, schwierig zu sein.

»Haben Sie Zimmer frei?« fuhr der Mann fort.

»Mit oder ohne Bad?« sagte Mickey.

»Nun«, sagte der Mann und richtete, den Blick abwendend, seine Aufmerksamkeit für den Rest der Verhandlung auf den Reverend. Aber der half ihm nicht. Er strahlte würdevoll, beschäftigt mit einem anderen Thema, von dem nur er allein wußte. »Wo ist der Unterschied?«

»Scheißen und Duschen auf dem Zimmer privat, oder Scheißen und Duschen am Ende des Flurs mit allen anderen.« Mickey war sehr zufrieden mit sich, daß er die Gelegenheit genutzt hatte, das zu sagen.

»Der Preis«, sagte der Mann. »Ich meine den Unterschied bei den Übernachtungskosten.«

»Vier oder fünf-fünfzig pro Tag, vierundzwanzig oder dreiunddreißig die Woche.«

Der Mann im Anzug addierte und subtrahierte, ohne den Reverend anzusehen. Dann zog er ein Portemonnaie aus der Gesäßtasche und gab Mickey acht Dollar. »Also«, sagte er zu dem Reverend, »ich wünsche Ihnen alles Gute.« Er hielt ihm erleichtert eine schlaffe Hand hin, und der Reverend nahm sie und schüttelte sie bedeutsam.

»Gott segne Sie«, sprach Reverend Miller, womit er durchblicken ließ, er habe Einfluß in solchen Angelegenheiten.

Mickey und der Reverend warteten, bis der Mann im grauen Anzug durch die gläserne Eingangstür geschritten war, dann wandten sie sich einander zu.

»Falls Sie eine Woche bleiben wollen, haben Sie mit dem Bezahlen bis zum vierten Tag Zeit und bekommen dann den siebten Tag gratis«, erklärte Mickey dem Reverend und schob einen Anmeldeschein über die Resopaltheke. Er tippte die Ziffern und Buchstaben in die Kasse und legte das Geld hinein.

Der Reverend gab Mickey das Formular zurück. Ausgefüllt hatte er nur den Namen, Reverend Miller J. Holcombe III, und die Stadt, wo er zuerst El Paso hingeschrieben, dann aber wieder ausgestrichen hatte. Er beugte sich zu Mickey vor, zu nah heran, zu vertraulich, und sagte: »Ich kann doch hier meine Post bekommen, richtig? Ich erwarte überaus wichtige Post.« Er zwinkerte und lächelte, als hätten sie beide ein Vereinbarung. »Sehr wichtig.«

»Der Zimmerschlüssel hier«, sagte Mickey und hielt ihn hoch, »öffnet auch Ihr Brieffach dort drüben.«

Der Reverend zwinkerte noch einmal, dann sah er sich unsicher um.

»Der Aufzug ist hinter Ihnen«, erklärte Mickey.

Der Reverend zeigte Mickey dankbar seine faulenden Zähne und drückte, mit Feingefühl, ohne Aggressivität, den Aufwärts-Knopf.

Als Mickey in dieser Nacht Sarges Bett an die andere Seite seiner Wand schlagen hörte, hielt er es nicht aus; er stieß die Tür auf und bekam gerade noch mit, wie der Mann von gegenüber mal wieder einen fahren ließ. Mickey stampfte in seinen schmutzigen Socken – seitdem er hier war, hatte er sie einmal gewaschen – den Flur hinunter und trat die Tür zur Toilette auf. Diesmal stand ein anderer Bewohner der vierten Etage, ein Mr. Smith, bei laufendem Wasser am Becken und sah sich wie hypnotisiert im Spiegel an, ohne sich von Mickeys krachendem Eintritt im geringsten stören oder unterbrechen zu lassen. Mr. Smith wohnte seit langem im Haus und war im Y gut bekannt, weil er den armen Kindern aus der Nachbarschaft, die sich auf dem Basketballplatz herumtrieben, Geld schenkte, was zu unbestätigten Gerüchten über seine wahren Interessen führte. Mickey glaubte nichts davon, und zwar aus einem simplen Grund – der Mann war so häßlich und fett, daß kein Kind für noch so viel Geld mit ihm allein sein wollen würde.

Mickey war stehengeblieben, um sich zu beruhigen. Es war tief in der Nacht oder schon früh am Morgen – zwei Uhr. Mr. Smith drehte den Kopf zu Mickey herum und zeigte ein falsches Lächeln, höflich auf symbolische Art. Dann bewegte er noch einmal den Kopf und sagte zum Spiegel hallo. Mickey sagte auch hallo zu dem Mr. Smith im Spiegel.

Am Pissoir stehend, behielt Mickey den Mann für alle Fälle im Auge. Aber Mr. Smith spritzte sich nur noch ein paarmal, wie rituell, Wasser ins Gesicht, bewunderte dann das Bild im Spiegel und spritzte noch etwas Wasser. Er lächelte ununterbrochen.

Mickey ließ Mr. Smith stehen, ging auf sein Zimmer zurück und schloß sachte, resigniert, die Tür. Es war jetzt still, aber Mickey war noch immer verstört. Mickey sagte, darauf sei er durch den Flur zurückgegangen und habe ein R-Gespräch geführt. Er sagte das, und daß er bereits früher zweimal angerufen habe, aber da habe niemand abgenommen. Diesmal, sagte er, habe die Vermittlung ihm gesagt, der Anschluß sei abgestellt worden. Er fragte, ob sie auch richtig verstanden habe, und wiederholte die Nummer, und sie sagte, sie habe verstanden, versuchte es aber trotzdem noch einmal – wieder die Ansage, kein Anschluß mehr. Anschließend, sagte Mickey, sei er bei geschlossener Tür – ihn quälten Sorgen und Angst – in Gedanken das Ganze durchgegangen, bis er dort auf etwas anderes gestoßen sei, etwas in seinen Gedanken, dann über ihm, dann rings umher, unter und mitten in ihm. Schlimme Vorstellungen gingen ihm durch den Kopf: Kein Brief, keine Post. Kein Brief, kein Geld. Kein Geld ... Die Vision brach dunkel herein, dunkler als das Zimmer. Die Vision befiel ihn häßlich wie der Tod. Die Vision steigerte Mickeys Angst. Mickey versuchte sie zu formen, ein Bild zu zeichnen, es bunt auszumalen. Aber er sah immer nur Mr. Smith. Das kam wohl daher, daß er ihn eben im Bad gesehen hatte. Er sah aus wie Sarge. Mickey fing an, Liegestütze zu machen, und zählte hundertfünfundsiebzig. Dann machte er noch einmal hundert. Und noch mal hundertfünfzig. Als seine Arme nicht mehr konnten, machte er Sit-ups, und dabei stellten sich angenehme Vorstellungen ein: Bald wäre das alles vorbei, irgend etwas würde passieren, er würde nicht mehr lange in diesem Zimmer 412 im YMCA wohnen müssen.

»Was sagen Sie zu der Kritik, Sie seien im Grunde kein richtiger Mannschaftsspieler?«

»Ich verstehe nicht ganz, was Sie meinen.«

»Aber natürlich verstehen Sie. Sie sind nicht loyal gegenüber den anderen Spielern Ihrer Mannschaft. Sie schließen sich allzu oft aus.«

»Ich glaube nicht, daß das stimmt. Wir kommen miteinander aus.«

»Reicht das? Miteinander auszukommen?«

»Hören Sie, eins meiner Probleme besteht darin, daß ich

mit solchen Fragen bombardiert werde, nur weil ich besser spiele als andere Leute. Wie kann ich mich dazu äußern? Was soll ich dazu sagen?«

»Aber darf ein Spieler *zu* gut sein? Schwächt das nicht die Moral der Mannschaft?«

»Möglich, wenn er sich den anderen überlegen fühlt.«

»Und so schätzen Sie sich nicht ein?«

»Selbstverständlich nicht.«

»Sie sind aber besser.«

»Ich spiele besser. Ich gebe mein Bestes. Ich bin lieber allein, das ist alles. Dagegen ist doch wohl nichts einzuwenden, oder?«

Der Typ verzieht sich zum Aufwärmen vor dem Spiel. Fast alle mögen ihn, aber die anderen müssen herumwühlen, müssen ihn anmachen. Die sind nicht wie Fans. Er trainiert, er schlägt. Er weiß, wie das Spiel läuft. Solange er gewinnt, gewinnt er. Wenn er verliert, verliert er. Es geht ihm nicht um Gewinnen oder Verlieren, nur ums Spielen. Er kann nicht verlieren, wenn er nicht versucht zu gewinnen. Das ist seine Stärke. Das ist seine Stärke. Er schlägt den Ball. Den Ball, den Ball.

Mickey hatte Dienst, aber da sich nichts tat, rief er vom Schalter aus Mária an. Die meisten jungen Bewohner spielten Tischtennis, während die älteren bei zu laut eingestelltem Ton im Fernsehzimmer saßen. Mickey hatte seit Márias Vortrag, dessen Sinn für ihn nur darin bestand, eine intimere Beziehung gar nicht erst aufkommen zu lassen, nicht mehr viel mit ihr gesprochen. Jetzt wollte er die Einzelheiten erfahren, weshalb sie ihren Job verloren hatte.

»Wie geht's dir so?«

»Okay«, sagte sie beiläufig. Korrigierte sich dann. »Ganz prima.« Die Stimme positiver, optimistischer.

»Mich haben sie auch gekürzt«, sagte Mickey. »Meine Arbeitszeit. Haben mir zwei Tage weggenommen.«

»Ach ja?« Mickey wußte nicht, wie er mit ihr reden sollte. Er kannte sie noch lange nicht gut genug. Er nahm an, sie sei wütend über den Verlust ihres Jobs, wolle klagen und sich seine Klagen anhören und dann vergleichen, dann könnten sie vergleichen. Er nahm an, zumindest bei diesem Thema würde sie sich normal verhalten.

»Ja«, fuhr er fort. »Die haben mir nicht mal gesagt warum. Mister Schlappohr hat mir nicht mal eine Erklärung gegeben.« Er wartete, daß sie etwas dazu sagte, aber es kam nichts. »Und was ist mit dir?«

»Wenn es Gottes Wille ist«, sagte sie nach einer Pause. »Kein Grund, sich aufzuregen.«

Mickey wollte schon aufstöhnen. Dann erkannte er, daß er vielleicht doch etwas von *ihren* Gefühlen mitbekam.

»Aufregen? Worüber?« fragte er.

»Es ist mir egal, was sie reden«, sagte Mária.

»Worüber?« Mickey dachte, es ginge um Klatsch über ihn und sie, so was wie die Sachen, mit denen die Jungs, besonders Omar, ihn aufzogen.

»Ich habe die Post nicht angerührt, niemals«, sagte sie.

Mickey blieb die Luft weg. Er konnte nicht sprechen.

»Ich dachte, Mrs. Schweitz würde das wissen. Ich bin Christin, weißt du, und ich würde niemals etwas stehlen.«

Mickey konnte noch immer nicht schnell genug denken, um ihr zu antworten.

»Gott kennt mich«, fuhr sie fort, »und ich brauche niemand anderem gegenüber Rechenschaft abzulegen. Nur ihm, und ihm allein.«

»Ja«, bekam er heraus. »Ja.«
»Wir müssen Gottes Willen und Plan vertrauen«, sagte sie. »Du verstehst mich doch, oder?«
»Sicher«, sagte Mickey. Er mußte den Begeisterten spielen, um sie zu ermutigen, damit das Gespräch nicht abriß.
»Ja«, bekam er heraus, »ich hab davon gehört, daß Post verlorengegangen ist.«
»Nichts geschieht ohne Absicht«, erinnerte sie ihn.
Er konnte diesen Zusammenhang auf keine Weise nachvollziehen. »Du hast sie also nicht genommen, richtig?«
Er fühlte sich schwach. Gott und die Post. Was konnte das bedeuten? Die Luft war zu dünn, und Mickey hatte das überwältigende Gefühl, daß etwas passieren würde, und er hatte keine Ahnung, was er dagegen unternehmen konnte. Beweis war irgendwie schon ihr Tonfall, dieses Gespräch: nicht sein tatsächlicher Wahrheitsgehalt, sondern die Verbindung von Gegenständen, der Ton, der Austausch von Worten, das alles verschmolz zu einem monotonen Gesang, zu Hintergrundmusik.

Genau da kamen Omar und Butch um die Ecke aus dem Tischtennisraum.
»Willst du den Typ nicht reinlassen?« fragte Omar.
Mickey hatte den Mann nicht gehört, der draußen im Dunkeln an die Glastür hämmerte.
»Mária, ich muß aufhören«, sagte er und legte auf, bevor er hörte, was sie sagte, bevor er selbst wußte, was er tat.
»Mária, hä?« feixte Omar. »Treibst du's noch immer mit der Alten?«
Mickey schloß die Tür auf. Der Mann, der hereinkam, trug eine Jeansjacke und dazu passende Hosen. Er stampfte mit den Stiefeln auf die Linoleumfliesen, als ob es draußen schneite und er mit dem Zeug bedeckt sei. »Verdammt kalt!«

schnauzte er und rieb sich die Hände.»Und Sie quasseln und quasseln da ins Telefon!« Doch als er sich zum Empfangsschalter vorgedrängt hatte und Mickey durch die Schwingtür auf die andere Seite geschrammt war, hob der Mann sein Gesicht aus dem Kragen, den er bis zu den Ohren hochgeschlagen hatte, und ließ davon ab, seine Beschwerden über den ungehörigen Empfang fortzusetzen. »He, ich kenne Sie!« verkündete er Mickey mit freundlicherer Miene. »Ich kenne Sie!«

Omar und Butch warteten. Mickey, der den Mann nicht erkannte, wartete auch.

»Sie erinnern sich nicht?«

Mickey versuchte im Gesicht des Mannes etwas zu erkennen. Er sah runzlige, verwitterte Haut, er roch Alkohol, Whiskey, aus einem Flachmann wie dem, den er in einer Tüte in der Seitentasche seiner Jacke hatte.

»Sie erinnern sich wirklich nicht?« fragte er Mickey.

Mickey schüttelte den Kopf und zuckte die Schultern.

»Ich war dabei, als die Polizei Sie aus Denny's Restaurant geschmissen hat!«

Mickey hatte den Vorfall schon fast aus seinem Gedächtnis gelöscht.

Der Mann wandte sich zu Omar und Butch herum, stolz, die Erinnerung noch einmal zu durchleben. »Ich aß gerade am Tresen, da kommt er rein. Der Koch hatte Schulden bei ihm, und der Junge hier sagt, er soll ihm das Geld geben. Der Geschäftsführer steht auch dabei, und der Junge muß ihm erklären, wieso der Koch bei ihm Schulden hat, die er jetzt eintreiben will. Also, der Geschäftsführer, das ist so ein ziemlich großer Schwarzer, und er will nicht, daß dieser Mexikaner in seinem Restaurant so ein Theater macht. Aber der Junge läßt nicht locker. Statt dessen spricht er den Koch direkt an: Ich will die zwanzig Dollar, und zwar auf der Stelle.

Einfach so, *ich will das Geld*, sagt er. Der Schwarze schiebt den Jungen hier zur Tür, aber der schiebt ihn zurück und sagt, er soll ihn lieber loslassen. Inzwischen ist es totenstill in dem Laden. Kellnerinnen, Hilfskellner, die Leute an den Tischen, alles gafft mit offenem Mund. Er schreit noch einmal, rück die zwanzig Dollar raus. Steht einfach da, ganz ruhig, wartet bloß auf das Geld. Der Geschäftsführer will sich mit ihm einigen und redet jetzt ganz anders, denn inzwischen hat er wahrscheinlich Angst vor diesem verrückten Mexikaner und will ihn hinhalten, weil er einer Kellnerin gesagt hat, sie soll die Polizei holen, aber der Junge, der sieht immer nur den Koch an. Da sind übrigens zwei Köche, einer hat seine Arbeit unterbrochen und steht etwas abseits von dem anderen, der sich über irgend so eine Bratpfanne bückt, man sieht deutlich, daß er sich vor Angst geradezu in die Hose macht und am liebsten den ganzen Kopf unter seine weiße Kochmütze einziehen würde. Er kann es mit dem Jungen hier nicht aufnehmen, und er sagt, er sagt, er hat das Geld nicht, erst am Zahltag. Der Junge hier glaubt ihm aber nicht und schreit, er will seine zwanzig Dollar haben, vorher geht er hier nicht weg. Er versucht höflich zu bleiben. Er ist ganz ruhig, nur seine Stimme nicht, so daß jeder weiß, er ist gefährlich, gleich geht's hier einem ganz schön dreckig. Und dann tauchen die Bullen auf. Packen ihn jeder an einem Arm. Er wehrt sich nicht, geht aber auch nicht gerade freiwillig mit. Draußen reden sie, steigen dann in den Wagen und fahren weg.«

Die Männer warteten, daß Mickey den Rest erzählte, die Geschichte zum Abschluß brachte, aber er ließ nur verlegen den Kopf sinken.

»Du hattest Hunger«, meinte Omar. »Du hättest es dir in Fressalien auszahlen lassen sollen.«

»Es ging ums Prinzip«, sagte Mickey, und die drei Männer lachten, als hätte er einen Witz gemacht. Mickey lachte mit, als ihm aufging, daß sie recht haben könnten.

Der Mann füllte den Schein für ein Zimmer aus. Mickey hackte Buchstaben und Ziffern in die Kasse, suchte etwas Kleingeld heraus, gab ihm eine Quittung und einen Zimmerschlüssel und lehnte sich auf dem Stuhl zurück.

Mickey trainierte mit Hanteln und an der Schrägbank in dem engen billigen Raum, an den er sich gewöhnt hatte, als Charles Towne, wie er es häufig tat, hereinkam und ihn nervös und unruhig anstarrte. Vermutlich wollte er ihn gar nicht anstarren, aber er tat es, seine Augen wanderten mit eindeutigem Argwohn hin und her. Plötzlich bellte er Mickey eine Frage zu – auch das war bei Charles nichts Ungewöhnliches. Meist ging es darum, wieviel Mickey von dem, was er da gerade machte, geschafft hatte. Charles trug seine Straßenkleider, und Mickey dachte, das habe etwas zu bedeuten, also beendete er seine Übungen, legte die Hantel in das Eisengestell über seinem Kopf und richtete sich auf. Charles sagte noch etwas. Da Mickey vorher im Pool gewesen war, zeigte er und sagte: »Wasser in den Ohren, Charles«, obgleich er wohl eher nur deswegen nichts hörte, weil Charles mal wieder nur gemurmelt hatte.

»Oben die Maschine ist besser«, sagte Charles. Er winkte Mickey vorwärts.

Charles Towne führte Mickey zu der Universal-Kraftmaschine; sie war für die bessergestellten Mitglieder reserviert, die auch für Privatspinde bezahlten und andere, mit Teppichboden, nicht mit Linoleum ausgelegte Annehmlichkeiten eines Fitneßclubs genossen. In den nächsten Wochen kam Charles täglich, blieb in der Tür stehen und sah Mickey bei den verschiedenen Übungen an der Maschine zu. Mickey wußte nicht, was schlimmer war: Sich den Gebrauch dieser nicht für die Bewohner gedachten Maschine zu erschleichen oder jedesmal, wenn er aufblickte, Charles zu sehen, der dort mit schiefem Kopf und schrägem Blick herumstand, als müßte er ihn beaufsichtigen. Aber Mickey gewöhnte sich daran. Er gewöhnte sich auch an Charles und freute sich schließlich sogar über seine Gegenwart.

Charles trug ein Karohemd und ausgebeulte Hosen mit Hosenträgern und eine emblemlose, zu kleine Baseballmütze, die er sich schräg auf den Kopf setzte, ein wenig schief, ähnlich wie sein Blick. Aber da Charles selbst ein bißchen daneben war, kam er mit den meisten Leuten nicht besonders gut zurecht, und die anderen kamen mit ihm auch nicht besonders gut zurecht. Charles mache das nicht mit Absicht, sagte Mickey zu seiner Verteidigung, er verhalte sich nicht vorsätzlich so. Mickey hatte Charles an der Kraftmaschine kennengelernt, wo er ihm Gespräche aufzwang, die an anderer Stelle nie stattgefunden hätten, und auf diese Weise hatte er erfahren, daß Charles in New Orleans aufgewachsen war, nach dem Tod seiner Mutter – da war er noch sehr klein – bei diversen Verwandten und in Pflegeheimen gelebt hatte und erst vor kurzem nach El Paso gekommen war. Die Baptistenkirche unterstützte ihn. Die Baptistenkirche sorgte dafür, daß er einmal am Tag zu essen bekam, und er revanchierte sich mit verschiedenen Gegenleistungen. Charles Towne, der so alt aussah, war noch jung.

»Aber warum hier in El Paso, Charles?«

»Weil ich hier mal hinkommen sollte«, erzählte er Mickey.

»Zum Militär oder so was? Fort Bliss?« Mickey saß an der Maschine und stemmte Beingewichte.

»Nein, Sir.«

»Herrgott, Charles, du brauchst nicht Sir zu mir zu sagen. Klar?«

Es schien, als wollte Charles »Ja, Sir« sagen, er brachte aber kein Wort heraus.

»Also was machst du hier?« fragte Mickey weiter, hörte aber gar nicht genau hin, da er nebenher mitzuzählen versuchte. »Du hast doch nicht vor, ewig hier zu bleiben.«

»Ich kriege einen Job.«

»Ach ja?«

»Ja, Sir.«

Mickey ignorierte das. Er zählte noch immer. »Ist ja großartig, Charles.« Nach Abschluß der Trainingseinheit drehte er sich wieder zu Charles herum und setzte das Gespräch fort. »Was genau wirst du denn machen?«

Zum erstenmal verlagerte Charles das Gewicht auf seinen Beinen. Ähnlich wie Fred konnte Charles einem anderen nie sehr lange in die Augen sehen, aber diesmal wagte er den Blick nicht einmal auf Mickeys Kinn zu richten.

Mickey roch Blut. Was ihn wirklich interessierte, war der Grund für Charles' ständige Fragerei nach der Post.

»Sag schon, Charles. Was hast du vor?«

»Für die Regierung arbeiten«, sagte Charles widerstrebend. Er war schüchtern und zaghaft, unruhig.

»Damit kann ich nicht viel anfangen«, setzte Mickey ihm freundlich zu. »Ist es vielleicht was Geheimes?«

»Ja, Sir.« Charles verfiel ins Flüstern.

Mickey lachte, dann brach er ab. Für ihn war das alles ein Witz, aber nicht für Charles. »Was Geheimes, ja, Charles?«

»Ja...« Er zwang sich, nicht Sir zu sagen.

Mickeys Beine stemmten wieder Gewichte. »Was denn für eine geheime Arbeit, Charles? Als Geheimagent oder so was?«

Charles verlor beinahe das Gleichgewicht. »Ja, Sir, stimmt ganz genau.« Charles war aufgeregt. »Woher weißt du?«

Mickeys Beine pumpten weiter, er stieß das Lachen durch die Zehen aus. »Geheimagent.« Er dachte, wenn er das weitererzählte, würde ihm niemand glauben.

Charles konnte sich nicht bewegen, der Schock hatte ihn im Türrrahmen erstarren lassen. Mickey beendete die Übung und legte sich dann zum Bankdrücken hin. Er stellte gerade das Gewicht ein, als Mr. Fuller in einem nicht zugeknöpften blauen Anzug, dazu passender blauer Krawatte und weißem Hemd sich an Charles vorbeidrängte.

»Was machen *Sie* beide denn hier? Sie beide haben hier nichts zu suchen, also gehen Sie.« Mr. Fuller war aufgebracht, aber er gehörte zu denen, die das nicht groß zur Schau stellten, die fürchteten, sich allzu feindselig zu zeigen, selbst wenn sie damit nur ihre wahren Gefühle äußerten. Er heuchelte Höflichkeit. »Auf der Stelle.« Dann fiel ihm noch ein: »Bitte.«

»Vormittags ist doch hier sonst niemand!« platzte Mickey wütend heraus. »*Niemals!*«

»Das spielt keine Rolle. Sie müssen trotzdem gehen.«

»Wir tun doch nichts Schlimmes«, sagte Charles. »Ist ja sonst niemand da.«

»Sie müssen trotzdem gehen. Sofort.« Fuller sprach Mickey direkt an und verschwand, da nichts mehr zu sagen war, so lautlos, wie er gekommen war.

Ertappt und schuldbewußt, als wäre er auf der High School mit einer Zigarette erwischt worden, sprang Mickey von der schaumgepolsterten roten Bank. Er sah Charles an und zuckte verlegen die Schultern.

»Du hast nichts Schlimmes getan«, sagte Charles zu seiner Verteidigung. »So ein Quatsch.«

»Danke, Charles, ist schon gut.«

»So ein Quatsch. Der Kerl spielt sich bloß auf, der mag uns nicht. Der versteht gar nichts. Spielt sich nur auf.«
Mickey hörte zu.

***

Es war stürmisch an diesem Abend, und kalt, aber Omar ließ sein Fenster offen, und die gelben Vorhänge flatterten. Er war erst spät gekommen, brachte dafür aber ein Sechserpack mit, das er mit Butch und Mickey teilte. Omar sagte, er sei niedergeschlagen. Wie Butch sich fühlte, war nicht zu erkennen. Auf jeden Fall war es, abgesehen von dem Wind, zu still. Die drei Männer saßen in ihren leichten Jacken herum, keiner von ihnen kam auf die Idee, das Fenster zuzuschieben.

Also fing Mickey an zu reden, denn ihnen vertraute er mehr als allen anderen. Mickey wollte ihnen nicht alle Einzelheiten erzählen, bestimmt nicht, aber er erzählte von seiner Zeit an der Westküste und wie er da mit dieser Sache zu tun hatte, auch wenn er nicht genau sagen wollte, worum es da gegangen war, sie mußten ihm halt einfach glauben, weil das für sie alle am besten war. Er erzählte ihnen, wie er hierher zurückgekommen und im Y gelandet war und wie er jetzt wartete. Erzählte ihnen, am Anfang sei er zuversichtlich gewesen, daß die Sache klappen würde, jetzt aber, nach dieser langen Zeit, sei er sich nicht mehr so sicher. Jetzt fürchte er, es könnte etwas echt Schlimmes passieren, aber was, das wisse er nicht. Jedenfalls nicht genau. Nur, daß es was Schlimmes sei. Was *Ernstes*. Womöglich sei er jetzt das Problem, sagte er. Erzählte ihnen, es könnte demnächst einen großen Knall geben, und erst dann wäre die Sache vorbei. Das sei, sagte er, wie eine Vorahnung, aber eine begründete, die auf Erfahrung und Informationen basiere. Also entweder gute Neuigkeiten oder schlechte, auf jeden Fall Neuigkeiten, irgend etwas, und zwar bald. Es *werde* passieren. Zahlung, beziehungsweise Rückzahlung, sagte er, falls sie wüßten, was er meinte. Erzählte ihnen, er müsse sich hier verstecken und auf Nummer Sicher gehen. Er werde das bis zum Ende durchziehen, gewinnen oder verlieren. So jedenfalls stelle er sich das vor. Er wisse nichts Genaues, wolle aber nichts vermasseln, nachdem er so lange hier herumgehangen habe.

»Also was meint ihr?« fragte er zum Schluß. Es war, als ob er die Füße schleifen ließ, nervös mit den Fußspitzen über den Boden schlurrte, nur daß er auf einem Stuhl saß.

Omar schien mehr von seinen eigenen Problemen beunruhigt. Butch war nie etwas anzumerken.

»Wie würdet ihr euch verhalten?« fragte Mickey noch einmal, er flehte jetzt geradezu um eine Reaktion.

»Hört sich übel an«, bemerkte Omar schließlich. »Echt kriminell.«

Mickey sehnte sich nach Verständnis.

Butch nahm einen Schluck Bier.

Oscar lehnte seine graue, gestärkte und gebügelte Uniform an die Resopaltheke des Empfangsschalters. Mickey beugte sich von der anderen Seite zu ihm rüber, er wollte vertraulicher mit ihm werden.

»Das ist sie also, ja, Oscar?«

»Ja. Was ich sage.« Oscar zog die Augenbrauen hoch und zwinkerte wie der Schurke in einem schlechten Film. Er spielte auf die Größe ihrer Brüste an. »Und sie spricht auch etwas Spanisch.«

Mrs. Schweitz' Tochter Rosemary hatte Mária ersetzt. Rosemary war eine sehr große Frau, etwa einsachtzig, fast so groß wie Mickey. Und wenn auch nicht fett, so doch alles andere als schlank. Von weitem wirkte sie eher kultiviert als sexy, beides undeutlich durch ihr Kleid und ihre vornehme Erscheinung, die so gar nicht zum Y paßte, zumindest dort noch nie zu sehen gewesen war – ein hauchdünner geblümter Stoff und wildes, büscheliges, langes blondes Haar mit dunklen Wurzeln, das sich, nach beiden Seiten abfallend, nach vorn bog und ihr das Gesicht kitzelte

»Also was meinst du?« fragte Mickey Oscar. »Va a ser tu amor por vida? Deine *wahre* Liebe? Bei der letzten warst du ja auf dem Holzweg.«

»Quién sabe?« sagte Oscar mit altmodischer Trauer. »Quién sabe?« Oscar fuhr sich mit den Fingern durch das zu einem tadellosen Entenschwanz gekämmte, elegant ergraute Haar. Es hatte offenbar einmal eine Zeit gegeben, wo Oscar, selbst mit über fünfzig ein ansehnlicher Mann, ein gar noch ansehnlicherer junger Mann gewesen war.

Oscar richtete sich auf, machte einen Buckel und schlug dann kräftig auf die Resopaltheke.

Mickey ergriff die Chance sofort. »An die Arbeit!« Mickey liebte es, das sagen zu können.

Oscar zog los.

Mickey hatte sich so auf dem Empfangshocker plaziert, daß er Rosemary am Rand seines Blickfeldes hatte, und fing gerade an, sich in sie zu verlieben, als John Hooper mit der Faust so ziemlich auf dieselbe Stelle schlug, die sonst immer Oscar bearbeitete.

»Na, wie geht's?« sagte Mickey.

»Mal hierhin, mal dorthin«, sagte John Hooper und schob sich den Cowboyhut ein wenig aus der Stirn. »Immer noch hier.« Er gab Mickey eine Dollarnote, die er für den Getränke-Automaten gewechselt haben wollte. »Was Neues im Irrenhaus?«

Mickey vertrödelte zerstreut eine weitere Sekunde mit dem Versuch, dahinterzukommen, was das wohl bedeuten sollte. »Ah ja«, sagte er, als er kapiert hatte. »Ja, hm, du weißt schon. Was willst du machen? Immer noch besser als die Straße, besser als das Grand.«

»Deswegen bin ich hier«, sagte John Hooper und zog eine Grimasse. »Mit den anderen will ich möglichst wenig zu tun haben. Ich werd nicht ewig hier bleiben.«

Mickey gefiel die Härte dieses Mannes, seine schroffen Meinungsäußerungen. »Das sage ich mir auch immer wieder«, bemerkte er, und es klang beinahe wie ein Geständnis. »Würde mich fertigmachen, wenn ich nicht wüßte, daß ich bald von hier weggehe.«

John Hooper nickte wissend. »Laß dir Zeit mit ihr, Partner«, sagte er. Er ging, das Linoleum bebte unter seinen Stiefeln.

Gleich darauf verfolgte Mickey wieder die Konturen unter Rosemarys fast durchsichtigem Gewebe.

***

»Rosemary Schweitz«, sagte sie, als Mickey nach ihrem Namen fragte. Mickey war jetzt absolut sicher, daß sie einen knackigen Körper hatte, und ihr freilich von den Haaren in ihrem Gesicht verhüllter lüsterner Blick ließ die Hoffnung aufkommen, daß, selbst wenn sie fromm sein sollte, Enthaltsamkeit und Martern nicht zu den Forderungen ihrer Religion zählten.

»Mickey«, antwortete er, hielt ihr die Hand hin und drückte ihre nur ein bißchen mehr als nötig.

Sarge, den rechten Arm lässig auf dem Beifahrersitz seines Mercury, lenkte den Wagen mit dem linken Zeigefinger zwischen die weißen Linien auf dem Parkplatz von McDonald's. Es war drei Uhr nachmittags, der Parkplatz fast leer. Das musikfreie Wetter außerhalb des Wagens war genauso angenehm wie die Luft hinter den luftdichten Türen, nicht anders als das musikgeregelte Klima bei McDonald's. Sarge und Mickey bestellten das Übliche.

»Schöner Tag«, bemerkte Mickey, als sie in einer Nische mit Blick auf die Franklin Mountains Platz genommen hatten. »Blauer Himmel, warme Sonne. Braune Berge.« Mickey behielt die Spiegelbrille auf. »Also was ist mit dir und Mister Schlappohr?«

Sarge runzelte mißbilligend die Stirn.

»Hast du was gegen ihn in der Hand oder so?« fuhr Mickey fort.

»Was soll das heißen?«

»Ich habe dich nie gefragt, warum ich so leicht an diesen Job gekommen bin.«

»Weil Fuller jemand für den Empfang gebraucht hat.«

»Ja, aber wieso hat er ihn mir einfach *gegeben*? Wieso hat er keine Fragen gestellt?«

Sarge zögerte. Er biß in seinen Hamburger und kaute.

»Also woher kennst du ihn?«

Sarge schluckte, dann nahm er einen Schluck Sprudel. »Von der Armee.«

»Andale pues.«

Sarge mampfte weiter.

»Compadres, Kumpel, wie?« Mickey hatte den Eindruck, Sarge sei ein wenig *zu* geheimnisvoll. »Gute Freunde, stimmt's? Hab ich recht?«

»Stimmt«, sagte Sarge. »Größtenteils.«

Mickey machte sich an einen seiner Fischburger und ließ ihn wieder sinken. Sarge, das war nicht zu übersehen, war mit diesem Thema nicht einverstanden. »Und wieso hat er meine Arbeitszeit gekürzt? Weißt du warum?«

Sarge schüttelte den Kopf. »Vielleicht meint er, du trödelst zuviel herum.«

»Hat er dir das gesagt?«

»Nein. War nur so eine Vermutung.«

Mickey sah nicht ganz klar: War das nun Sarges eigene Meinung über ihn, oder war es die Insider-Einschätzung, die er und Fuller und wer weiß wer sonst noch von ihm hatten? »Niemand hat mir gesagt, daß ich rumtrödele. Und auch sonst hab ich keine Beschwerden gehört, verdammte Scheiße.«

Sarge sah die Gegend über Mickeys Augenbrauen an, mißbilligend und ungläubig. »Dann ist es das wahrscheinlich nicht. Könnte sein, daß er für die Kürzung deiner Arbeitszeit gute Gründe hatte, die nichts mit dir zu tun haben.«

»Glaub ich nicht«, sagte Mickey mürrisch. »Außerdem sollte er Manns genug sein, mir den Grund ins Gesicht zu sagen. Das kannst du ihm ruhig weitererzählen.«

Sarge schüttelte den Kopf, erschöpft, aber nachsichtig. »Besorg dir einen anderen Job. Du solltest dich sowieso nach einem richtigen Job umsehen. Den hier wirst du nicht ewig behalten, das sollte dir klar sein.« Er zwackte noch ein Stück aus seinem Hamburger. »Außerdem hab ich gedacht, du machst dir nichts aus diesem Job.«

»Tu ich auch nicht«, fauchte Mickey. Ihm fiel auf, daß sie beide sich eigentlich nicht besonders leiden konnten. Warum also ging Sarge immer wieder mit ihm aus und trieb sich auch sonst dauernd in seiner Nähe herum? Vielleicht nicht nur, weil sie zusammen Rebote spielten oder weil das Leben im Y so einsam war. Vielleicht hatte Mickey seine ursprünglichen Theorien über Sarges Interesse an ihm zu voreilig, zu leichtfertig aufgegeben.

»Butterweich und süß. Ruhig und benebelnd...« Mickey saß mit Butch auf dem Pflanzenkübel vor den gläsernen Eingangstüren des Y und wartete auf den Beginn seiner Schicht. Es war ein warmer Nachmittag. Autos fuhren vorbei, als hätten sie kein Ziel, als führen sie nur zu Mickeys und Butchs Unterhaltung. Mickey hatte sich eine Literflasche Bier gekauft, als er für Fred den Wodka geholt hatte. Er trank aus einem Wasserbecher, die Flasche hatte er hinter sich versteckt, unter dem dicken, fetten Blatt einer Agave, deren Blütenstiel drei Meter hoch aufgeschossen war. Butch trank aus einer kalten Dose, die in einer ungetarnten braunen Tüte steckte. Das Thema, Mickeys Thema, war Sarges Musik. Mickey dachte sich Discjockey-Sprüche für den Dudelsender aus. »... Lauwarm und lithiumgetränkt. Verwurstet und verweichlicht. Mit Thorazin und Thermojacke. Mit Valium und ... Hijolá, das ist schwierig!«

Butch sprach so selten, daß Mickey, wenn er es tat, meist noch einmal nachfragen mußte. »Macht mich schläfrig«, sagte Butch lauter, wenn auch immer noch nicht laut.

Mickey war sich nicht sicher, ob er von Bier sprach, von der Dudelmusik oder von seiner Aufzählung, wollte aber trotzdem gerade damit fortfahren, als er in der Ferne etwas anderes hörte. »Hör mal«, sagte er zu Butch.

Butch hatte die Augen geschlossen, öffnete sie dann aber so weit er konnte, was nicht sehr weit war, und nickte. Was sie da hörten, war das Glockenspiel eines sich nähernden Eiswagens: *Oh give me a home, where the buffalo roam, where the deer and the antelope play. Where seldom is heard, a discouraging word, and the sky is not cloudy all day.*

»Ist das nicht großartig?« schwärmte Mickey. Er meinte das völlig ernst. Es machte ihm wirklich gute Laune, mit Bier im Bauch vor dem Eingang des YMCA zu sitzen und diese Musik zu hören. »Ich sage nicht, das ist der tollste Song der ganzen Hemisphäre, aber paßt er zu einem Eiswagen nicht großartig?«

Butch zuckte meinungslos die Achseln.

»Das mit Paloma blanca, das man jetzt manchmal hört, gefällt mir inzwischen auch«, sagte Mickey.

»Du bist der Experte«, sagte Butch, diesmal laut genug.

Sarkasmus? Ironie? Normalerweise redete Butch nicht so einen Scheiß, und es brachte Mickey kurz aus dem Konzept. »Zugegeben, das ist nicht Chuck Berry oder Sam the Sham and the Pharaos. Oder Vicente Fernandez. Oder warum nicht die Stones? Oder Chris Montes oder James Brown oder Sir Doud oder die Platters oder Marvin Gaye oder die Four Tops...« Mickey hätte weitermachen können, unterbrach sich aber, da Butch ihm für eine weitere Aufzählung nicht empfänglich genug schien. »Aber dieser Song da, der ist für einen Eiswagen ziemlich perfekt.« Er goß sich den Rest des Liters in den Becher. »Findest du nicht?«

Butch sagte etwas.

»Ich kann dich nicht hören, Mann«, sagte Mickey.

»... glaube dir nicht«, sagte Butch.

»Was glaubst du mir nicht?«

»Omar auch nicht.«

Mickey wollte am liebsten Schluß machen. »Du mußt lauter sprechen, Compita.«

Auch Butch wollte am liebsten Schluß machen.

Die Eiswagenmusik kam näher, wurde lauter. »Gefällt dir dieser Scheiß wirklich nicht?« fragte Mickey. »Weil, Mann, ich find das *grauenhaft*. Da sind wir hier im Wilden Westen, unter dem weiten blauen Himmel – und was soll schon das bißchen Grau von der Luftverschmutzung? –, wo en otros tiempos vaqueros und bandidos und cherifes bestimmt keine vierrädrigen Wagen mit Pferdenamen durch die Gegend kutschiert haben. Verstehst du? Verstehst du, was ich meine, qué no?«

Später am Empfang erinnerte sich Mickey an das abgebrochene Gespräch und versuchte es zu lösen wie ein Puzzle.

»Omar glaubt mir nicht. Richtig?«

Butch nickte.

»Was glaubt Omar mir nicht?«

»Er glaubt dir gar nichts. Glaubt kein Wort von dem, was du sagst, Bruder.«

»Tischtennis, Rebote, Schwimmen?« Er unterbrach sich für eine Sekunde. »Was denn nun? Die Mädchen?« Er unterbrach sich noch einmal. »Mária? Die Sache mit Califas?«

»Er glaubt dir nicht, me dijo. Ich sag's dir nur.«

Mickey fühlte sich außer Atem. »Ich weiß das zu schätzen, das weißt du«, sagte er zu Butch.

IV

Omar kaufte sich einen 63er Chevy Nova, ursprünglich glänzend knallrot lackiert, ursprünglich mit mattblauer Innenausstattung. Ein bißchen Arbeit am Auspuff hätte den Sechszylindermotor genauso kräftig zum Tönen gebracht, wie er zu laufen schien. Der Wagen hatte einem Anstreicher gehört, für den Omar arbeitete, und so bekam er ihn billig.

»Aber warum nicht den mit den Speichenrädern, mit dem du so angegeben hast?« fragte Mickey, der neben ihm saß. Omar hatte große Töne von einem neueren Olds Toronado gespuckt, hatte ihnen erzählt, den werde er sich besorgen, um bei Lucy und ihrer Familie Eindruck zu schinden. Butch saß hinten mit einem Sechserpack kalter Dosen, von denen er eine aus der Plastikhalterung gerupft hatte und Omar hinhielt, der sie nahm, zwischen die Beine klemmte und aufzischen ließ. »Ich dachte, ich könnte endlich mal erster Klasse fahren«, setzte Mickey nach.

»Dafür hab ich diese Woche keine feria gekriegt«, erklärte Omar. Wie immer war Omar nicht anzumerken, ob er selbst glaubte, was er sagte, oder nicht. »Außerdem steht meine Kleine nicht auf Räder, sondern eher auf meinen Kolben.«

»Eso! Hast du das gehört, Butch?« Auch Mickey nahm von Butch seine Dose entgegen.

»Wartet's nur ab.« Omar hielt die Dose schräg und stürzte den größten Teil des Inhalts herunter, als habe er wirklich Durst. Er rülpste.

»Wirst ja einen schönen Eindruck auf deine Kleine machen«, sagte Mickey. »Mit einem knallenden Auspuff und deiner Rülpserei.«

»Sie liebt *mich*«, sagte Omar, nachdem er den Rest gekippt hatte. Er ließ die leere Dose fallen und zeigte auf seinen Hosenschlitz. »Und sie liebt *das*.«

»Das erzählst du uns andauernd«, sagte Mickey, »und ich sage dir, ich kann es kaum erwarten, sie kennenzulernen.«

Die Lower-Valley-Straße war zweispurig befestigt, aber Mickey sah das nicht so, das lag an dem Staub, der davon aufstieg, und den Steppenhexen, die wie bekiffte Hühner darüber hintaumelten: Sie befanden sich im Westen. Wo angeblich Billy the Kid gefangengehalten wurde, wo John Wesley Hardin die pistola um den Finger wirbelte und Karten austeilte, wo Pancho Villa ewig lebte und Pershing zu einer Straße im Stadtzentrum wurde. Und heute, beim Rauschen eines Sturms, der die untergehende Sonne jagte und Zweige und Schatten von den Pappeln und Strommasten riß, fuhren sie in der Abenddämmerung an diesen nach mexikanischer Art gebauten Lehmziegelhäusern von damals vorbei, die jetzt nicht mehr bewohnt waren – oder falls doch, wirkten sie auf jeden Fall nicht so – und Namen trugen wie Autoersatzteile und Spirituosen, Fereterias und Supermercados. Das Land war noch immer von einem faden, romantischen Braun, auf der einen Seite der Straße tanzte der hellhäutige Wüstensand um einzeln dastehende Ocotilos, Chollas oder Yuccas, der tiefer gepflügte Lehm auf der anderen Seite, in Reichweite des einst breiteren, fruchtbaren Rio Grande, war mit Baumwolle, Luzerne oder Chili bepflanzt.

Sie hielten an einem aus Stein und Holz gebauten Haus, das mit hellblauer Dachpappe gedeckt war, einem Anbau aus Schlackenstein von derselben Größe wie der Rest des Gebäudes, zu dem er gehörte, mit einer behaglichen Porch aus rot gestrichenem Beton und einem Lastwagen und einem Pkw – einem Cadillac ohne Räder – im kahlen Vorgarten.

Omar hatte gehupt, dann ging er zum Tor neben dem Haus, während gleichzeitig ein Mann in Jeans und Baumwollhemd von innen herantrat.

»Qué pasó, cuñado?!« begrüßte ihn Omar mit unverstellter Freude.

»Aquí nomás«, erwiderte der Mann weniger begeistert, aber freundlich genug, und öffnete das mit einer Kette verschlossene Tor. Er und Omar umarmten sich und klopften sich auf den Rücken.

Mickey und Butch folgten ihnen und hörten sich das Lange-nicht-mehr-gesehen-Gerede an.

»Ihr kommt gerade richtig«, sagte der Mann und hielt ihnen eine halbleere Flasche Tequila hin. »Drinnen hab ich auch noch ein paar Jacks, falls das hier uns nicht genug einheizt.«

Der Wind drosch unnatürlich hin und her. Sand schlug ihnen entweder in die Augen oder kam so nah, daß sie sie schließen mußten – was Omar nicht zu merken schien, oder es störte ihn nicht, während Fernie sich allenfalls über seine Mütze beschwerte, die ständig davonfliegen wollte und die er sich immer wieder fest auf den Kopf drücken mußte.

Das Gelände hinter dem Haus, etwa ein halber Hektar, war neu eingezäunt. Pappeln und Pecanobäume und ein paar Tamarisken am Bewässerungskanal hatten früher einmal als natürlichere Grenzlinie zwischen Fernies Anwesen und dem seines einzigen sichtbaren Nachbarn gedient, der größte Teil des anderen Landes in der Umgebung wurde bewirtschaftet. Der kahle Boden in der Mitte, innerhalb des Zauns, war meist nur mit blühendem Unkraut bewachsen, nur daß auf dem Boden selbstgebaute Käfige für Hähne standen, Kampfhähne. Ohne den Wind würde ihr Krähen jedes Geräusch außer Fernies und Omars Unterhaltung übertönt haben. Fernie, selbst gespreizt wie ein Gockel, führte Omar und Mickey und Butch herum, prahlte mit seinen Weißkopf- und Rotkopfhähnen, seinen Hatches und McLeans, erzählte von der Aufzucht jedes einzelnen dieser Vögel, von ihrer Schlag- und Sprungkraft und Ausdauer. Dieser neue Zaun, erzählte Fernie, sollte Diebe fernhalten, Kinder aus der Umgebung oder Mejicanos, deren Grenze etwa eine Meile von hier verlief.

Zwei andere Männer, ein großer und ein kleiner, beide im übrigen wie Fernie in Jeans und Baumwollhemden, kamen von irgendwo hinter Fernies Haus. Nachdem sie alle einander vorgestellt waren, kreiste die Flasche. Dann wählten Fernies Freunde einen der Vögel aus.

»Wie ich euch gesagt habe, ihr kommt gerade richtig«, sagte Fernie, dem schließlich doch die Mütze davonwehte.

Mickey rannte hinterher. Vorne drauf war ein Hahn mit braunem Kopf und glänzend grünem Gefieder, darüber die Worte EL MERO GALLERO, darunter Y LO MÁS CHINGÓN. Als Mickey ihm die Mütze zurückgab, sah er, daß Fernie hellblaue Augen hatte, genau solche, wie Omar sie Lucy zuschrieb.

Die Gruppe setzte sich in Bewegung, und Omar fragte Fernie nach Lucy.

»No sé, no sé, wie ich dir schon gesagt habe.« Das Thema war Fernie nicht recht, was auch der Wind nicht verbergen konnte. »Mach das mit meiner Mutter aus, wenn du willst, aber nicht mit mir.«

Omar sagte wieder etwas.

Fernie blieb stehen und baute sich vor Omar auf. »Hí que la chingada! Wie oft *muß* ich dir das noch sagen?«

Omar nickte traurig und ließ schuldbewußt die Schultern hängen.

Die beiden gingen weiter, auf eine verlassene, dachlose Lehmziegelhütte zu, eine Wand fehlte fast vollständig, davor lagen Klumpen von Stroh und Lehm, und auch aus den anderen Mauern waren oben Ziegel herausgebrochen. Drinnen standen alte gelbe Heuballen, die in der Mitte einen Kreis freiließen. Ein Hahn in einem Käfig war bereits da, ein weißer, an dessen natürlichen Spornen nahezu fingerlange, gebogene, spitze Stahlsporne befestigt waren. Fernie und der kleinere seiner Freunde, Roberto, paßten dem rotköpfigen Hahn, den sie von hinten mitgebracht hatten, ebensolche Stacheln an.

Omar und Mickey standen im Schatten einer Wand. Die Sonne lag auf dem Horizont und tauchte den Kampfplatz in theatralisches Licht. Butch setzte sich nicht weit von ihnen auf einen Heuballen.

»Pendejo cabrón«, flüsterte Omar Mickey zu.

Sofort verlor Mickey einiges von seiner Leidenschaft für diesen Hahnenkampf. Die Flasche gekühlten Tequilas war fast leer, und obwohl keiner von ihnen irgendwie gereizt war, konnte eine solche Bemerkung, von Omar eine Spur weniger höflich vorgebracht, die Situation schnell ändern.

»Was ist?« fragte Mickey verärgert.

»Nichts«, greinte Omar. »Nichts, Scheiße, absolut gar nichts.«

Mickey wünschte, das wäre wahr. »Immer mit der Ruhe.«

»Vámonos pues«, sagte Omar. »Ich will in diese Bar.«

»Was für eine Bar?«

»La de su tía, die von ihrer Tante«, sagte er. »Du wirst schon sehen. Gehen wir.«

Fernie gab Roberto seinen Hahn und zog ein Portemonnaie aus der Gesäßtasche. Er war betrunken, stärker als die anderen. »Wie wär's, wenn mein, äh, mein cuñado hier die

Bank hält?« fragte er Luther, den größeren, der den weißen Vogel festhielt. »Is das in Ordnung?« Luther, der Spanisch genauso gut wie Englisch sprach, nickte zustimmend und zog Geld aus der vorderen Hosentasche. »Hast doch nix dagegen?« fragte Fernie dann Omar. »Eine Wette unter Freunden, tú sabes.«

Omar nickte wenig begeistert, was Fernie aber nicht mitbekam. Die zwei Männer gaben Omar je fünf Geldscheine.

Fernie nahm von Roberto wieder seinen Vogel entgegen, und er und Luther standen da, Schulter an Schulter, hielten die Hähne an die Brust gedrückt, daß sie einander ansehen konnten, sich mit den Schnäbeln berühren konnten, erfahren konnten, wozu sie jetzt hier waren. Danach setzten die zwei Männer ihre Vögel auf den Boden, Fernies Freund Roberto rief »Los!«, und die Tiere wurden zu einem krähenden Knäuel aus Federn und klappernden Stahlspornen.

Als das Getümmel sich legte, war Fernies Vogel, der rote, oben, dem weißen stak ein Stahlsporn unterm Hals. Fernies Hahn zischte und blickte trotzig, als Fernie ihn von dem anderen wegzog, und als er ihn für die nächste Runde absetzte, blühten seine rostroten Nackenfedern steif auf wie eine Wüstenpflanze, und mit exotisch leuchtenden olivgrünen Schwanzfedern ließ er den rasch verwundeten Weißen, dessen stumpf weiße Nackenfedern längst welk waren, dessen schwarze Schwanzfedern im Schmutz herumflogen, als ein wenig zu klein erscheinen, wie einen Mittelgewichtler in einem Schwergewichtskampf. Fernies Roter übersprang und traf den Weißen ein zweites Mal mit einem Sporn, diesmal in die weiße Brust.

»Es ist vorbei, Mann«, sagte Mickey zu Omar.

Omar, der dasselbe dachte, griff in die vordere Hosentasche, um nach dem Geld zu sehen.

Die Vögel wurden wieder in Kampfstellung gebracht. Der Weiße hatte schon Probleme mit dem Gleichgewicht.

»Mira!« flüsterte Omar Mickey zu. Er hielt die Hand über einen der Scheine gewölbt.

»Was?« fragte Mickey.

»Que mires, vato!« sagte Omar.

Mickey erblickte Ulysses S. Grant auf dem Schein: ein Fünfziger.

Omar ließ die Hand verstohlen nach hinten gleiten, schob im Schutz des dämmrigen Lichts das ganze Geld ordentlich in den Schlitz seines Lederportemonnaies und ersetzte das anvertraute Geld durch sein eigenes.

Fernie und Luther ließen die Vögel so lange aufeinander los, bis Luther schließlich zugab, daß sein Weißer, wenn schon nicht ganz, so doch so gut wie tot war.

Zur Feier kippte Fernie den letzten Schluck Tequila. »Aiii!« kreischte er, dann rief er Luther zu: »Du darfst mich jederzeit reich machen!« Luther hustete ein Lachen hoch und schüttelte den Kopf.

Omar klappte sein Portemonnaie auf und gab Fernie das Geld, das dieser mit verschwommenem Blick zählte. Zweihundert Dollar, zehn Zwanziger.

»Wir gehn dann jetzt«, sagte er einem zufriedenen Fernie. »Wir wollen uns mal diese Bar ansehen, ob da...« Omar sprach den Satz nicht zu Ende.

»Andale pues«, sagte Fernie, den das nicht im geringsten interessierte.

Die Hideout Lounge war im spanischen Stil gebaut und lag in der Mitte dessen, was, von Mond und Sternen abgesehen, zu Wüstenfinsternis geworden war. Das einzige andere Licht kam aus zwei Fenstern, größtenteils gelöscht von himmelblau gestrichenen Läden, und von zwei Außenlampen, die auf das Schild über der Tür und zwischen die Fenster gerichtet waren. Omar parkte den Wagen auf dem überfüllten Schotterplatz. Der hyperventilierende Wind schob den unverwechselbaren Geruch von Pferdemist hin und her.

»Riecht das nicht wunderbar?« sagte Mickey, als sie hineingingen.

»Du bist ja krank, Cuñado«, sagte Omar und zog die Tür auf.

»Ich mein das ernst«, sagte Mickey zu Butch. »Ehrlich.«

Mickey und Butch suchten sich einen Platz in der Nähe des Billardtischs, Omar ging zielstrebig zur Bar. Relativ neu im Vergleich zu dem Gebäude, war die Bar dennoch alt, das schwarze Vinylpolster um die Kante war mit Isolierband geflickt, die Chromteile rostig. Ein vom Boden zur Decke reichender, hinten verspiegelter gläserner Spirituosenschrank war die Hauptattraktion. Omar war geradewegs zu der Frau gegangen, die auf einem Barhocker an der Ecke saß, neben ihr ein Aschenbecher, aus dem Zigarettenrauch aufkreiselte. Sie umarmten sich, und Omar begrüßte sie lautstark. Die Frau blieb unbewegt auf ihrem gepolsterten Hocker.

Bei einer Bardame, die zu ihnen rüberkam, bestellten Mickey und Butch Flaschenbier.

»Wir sollten heut abend vorsichtig sein«, sagte Mickey zu Butch.

Butch war so gesprächig wie immer.

»Weil nämlich Fernie dahinterkommen wird, daß er ese pinche Omar einen Fünfziger gegeben hat, keinen Zwanziger. Und er weiß, wo wir jetzt sind.«

»Omar ist schon zu besoffen«, flüsterte Butch.

»Ich auch«, sagte Mickey. »Spielen wir trotzdem auf die

Acht.« Mickey besorgte ein paar Vierteldollarmünzen für den kleinen Poolbillardtisch, nahm ein möglichst gutes Queue aus dem Wandhalter, bestäubte sich die Hände und kreidete die Spitze ein. »Listo jalisco«, sagte er. »Kopf oder Zahl?«

Sie fingen an, und es war dasselbe wie immer – Mickey konnte nicht verlieren, Mickey spielte, als ob er täglich stundenlang trainieren würde.

»Keine Ahnung, wie das kommt«, gestand Mickey Omar, der von der Frau, Lucys Tante, die nicht einmal ein Bein vom andern genommen hatte, zu ihnen rübergekommen war. Omar ließ sich auf einen Stuhl am Tisch fallen, schlaff und fertig. Er trank Bourbon mit Wasser. »Also weißt du jetzt, wo sie ist?« fragte Mickey schließlich.

»Miststück«, sagte Omar.

»No, en otras palabras«, sagte Mickey.

»Blödes Weib«, sagte Omar. »Scheißnutte.«

»Was hat ihre Tante denn gesagt?«

»Daß sie es nicht weiß, aber sie lügt«, sagte Omar, dessen kindliche Stimme jetzt betrunken und undeutlich klang.

Mickey versenkte wieder einmal die Acht und ließ sein Queue auf den Tisch rollen. »Entonces, wir sollten von hier verschwinden.«

»Ich muß was trinken«, sagte Omar, stand auf und taumelte zur Bar.

Butch, der zur Übung den Spielball herumgestoßen hatte, steckte noch einen Vierteldollar in den Münzschlitz, und die Kugeln kamen herausgepoltert.

»Du fängst an«, sagte Mickey; er war besorgt, weil Omar jetzt nicht weit von Lucys Tante auf zwei Männer einredete und das Gespräch nicht allzu freundlich wirkte. Die Bardame brachte zwei Bier, die Mickey und Butch nicht bestellt hatten.

Omar kam zurück, ein volles Glas mit frischen dicken Eiswürfeln in der Hand, neben ihm die beiden Männer. »Das hier ist Louie, Fernies Bruder«, stellte Omar ihnen nur den einen mit der Levi's-Jacke vor. Der andere trug eine braune Lederweste und ein Hemd mit langen Ärmeln. Mickey hob bestätigend ein wenig den Kopf und trat an den Tisch, da Butch beim Anstoß keine versenkt hatte.

»Hab ich die vollen?« fragte er Butch.

Butch schüttelte den Kopf. »Cualquiera.«

Louie legte einen Vierteldollar unweit des Münzeinwurfs auf den grünen Filz unter der Bande, um sich das nächste Spiel zu sichern.

»Wir werden vermutlich bald gehen«, sagte Mickey. »Dann habt ihr beide den Tisch für euch allein.«

»Wir können bleiben«, brüllte Omar.

»Wir können auch gehen«, gab Mickey zurück. »Das wäre besser.«

»Ich muß noch ein bißchen auf Lucy warten«, sagte Omar.

Niemand schien Omar zu hören, aber sie alle hörten ihn nur zu gut.

Mickey versenkte zwei hintereinander, dann hatte er einen Fehlstoß. Butch kam an die Reihe und versagte kläglich. So ging es ein paarmal hin und her, nicht weil Mickey so gut war, sondern vielleicht nur, weil er so viel besser war als Butch, daß er gar nicht verlieren konnte. Und er verlor auch nicht.

»Ich setze fünfzig Dollar auf meinen compadre«, rief Omar vom Tisch zu ihnen rüber, als Louie den Vierteldollar eingeworfen hatte und die Kugeln in das Dreieck legte.

Louie grinste.

»Ohne Quatsch«, sagte Omar. »Fünfzig Dollar.« Er klatschte den Schein vor sich auf den Tisch. »Fünfzig Dollar, holt sie euch oder nicht.«

Mickey fand Omars auffälliges Benehmen unglaublich. Er sah ihn wütend an, dann Butch, weil der auch nichts dagegen unternahm. »Mann, du bist zu besoffen«, sagte er zu Omar. »Verschwinden wir lieber.«

»Also los«, sagte Louie, nachdem er die letzte Kugel eingeordnet und das Dreieck weggenommen hatte. »Fang an«, sagte er zu Mickey.

»Ich mach das nicht mit«, sagte Mickey und legte den Stock auf den grünen Tisch zurück.

»Eine Wette unter Freunden, stell dich nicht so an«, sagte Omar. »Verdad, cuñado? Für dich steht doch nichts auf dem Spiel. Eine Wette unter Freunden.«

»Ich hab ihm schon gesagt, er soll anfangen«, bestätigte Louie.

Mickey seufzte. Er nahm sein Queue. Kreidete die Spitze ein, bestäubte sich die Handflächen. »Aber nach diesem Spiel gehen wir, in Ordnung?«

Omar sagte nicht ja.

Mickey, stocksauer und selber reichlich betrunken, stieß heftig zu, der Spielball jagte die Kugeln durcheinander und versenkte die Acht.

Omar schrie auf und schlug lärmend, geradezu widerwärtig auf den Tisch, wobei er Mickeys Bier umstieß. »Qué pasó, cuñado?«

Louie warf noch einen Vierteldollar ein, und die drei, die im letzten Spiel gefallen waren, kamen unten wieder herausgerollt. Louie fing an, die Kugeln in das Dreieck zu legen. Er wollte unbedingt Revanche haben.

»Noch mal?« fragte Omar höhnisch.

»Du brauchst dich nicht wie ein Arschloch aufzuführen«, gab Louie zurück.

»Ja, sei mal endlich still, Omar«, stimmte Mickey zu.

Mickey wollte Schluß machen, wußte aber, daß er nach diesem einen Spiel, egal, wer da gewonnen hatte, noch eins spielen mußte. Kindische Bilder und Szenen drängten sich vor sein inneres Auge. Mr. Crockett, Briefkästen, Freds Wodka, Tischtennis, McDonald's, Interviews mit dem Star der Mannschaft, Rosemarys große Brüste. Der Mann mit der Geschichte, wie er ihn in dem Restaurant gesehen hatte. Er erinnerte sich daran, einigermaßen. Das war *er* gewesen. Und nicht er hatte die Geschichte erzählt. Sondern dieser Mann. Das war ein noch stärkerer Beweis dafür, daß manches von dem, was passierte, tatsächlich *wahr* war. Jetzt trank er sein Bier, sah sich um, mexikanische Musik – Guitarras, ein Baß, Trompeten und Posaunen, ein Akkordeon, eine schöne hohe Frauenstimme – ließ den Lautsprecher der Jukebox vibrieren, er spielte Billard, Louie stand da drüben und wartete auf ihn. Das *war* Wirklichkeit. So sehr ihm alles durcheinandergeraten war, wußte er dennoch, auch das Leben war wirklich. Er dachte an Big Jake. Big Jake verlor nie einen Zahn, wenn er sich prügelte. Big Jake brach sich bei keiner Schlägerei die Nase. Big Jake brauchte nie einen Arzt zu bezahlen, wenn er eine Stich- oder Schußverletzung hatte. Ihm kam der Gedanke, sagte Mickey, in einem Fall wie diesem sei es das beste, alles stehen und liegen zu lassen und zu verschwinden. Denn es stand irgend etwas Schlimmes bevor. Er wußte es, das spürte er in den Knochen.

»Noch mal fünfzig Dollar«, sagte Louie.

»Die will ich erst mal sehen«, sagte Omar. »Du hast noch nicht die fünfzig hingelegt, die du mir schuldest.«

»Die kriegst du bestimmt«, beteuerte Louie.

»Aber sicher doch, cuñado«, sagte Omar.

Die Art, wie Omar ihn diesmal cuñado nannte, zumal in diesem babyhaften Singsang, brachte Louie offen in Wut, übers ganze Gesicht. Er griff in sein Portemonnaie, zählte fünfzig Dollar in verschiedenen Scheinen ab und warf das Geld auf den Tisch.

»Ja, aber was ist mit den zweiten fünfzig?« Omar, übertrieben lässig auf seinem Stuhl, wie dieser rote Hahn, ließ nicht locker.

»Die kriegst du.« Louie war kurz vorm Platzen, und auch sein Freund schien sich bereit zu machen.

»Fang an«, sagte Louie zu Mickey. »Du stößt an.«

Mickey zwinkerte ein paarmal, um nicht aus der Welt zu fallen. Dann sprengte er die Kugeln auseinander, und er bekam die halben. Er versenkte noch zwei, dann kam Louie an die Reihe. Es ging hin und her. Louie hatte noch zwei Kugeln übrig, als Mickey an die Acht kam, ein einfacher, gerader Stoß quer über den Tisch in die Ecke, vor der sie lag. Mickey schickte sich an, sie einzulochen.

»Über eine Bande«, sagte Louie.

Das brachte Omar endlich auf die Beine. »He, wann habt ihr *das* denn ausgemacht?« Louie war einen Kopf größer, aber Omar benahm sich nicht so, als ob ihn das kümmerte.

»Schon gut«, unterbrach Mickey beschwichtigend, bevor Louie das Spiel vergaß. »Immer mit der Ruhe, ja?« Mickey wollte keinen Fehler machen. Er ließ sich einige Sekunden Zeit, den Winkel zu berechnen. Natürlich konnte er nicht verlieren: Er stieß den Spielball sachte, genau richtig an die Bande, und von dort rollte er zur Acht und schob sie sanft ins Loch.

»Que la chingada madre«, brummte Louie, wandte sich kurz ab und biß die Zähne zusammen, dann wollte er gleich wieder eine Münze einwerfen.

»Halt, halt!« rief Omar betrunken. »Geld regiert die Welt! Rück die Kohle raus!«

Louies Freund erhob sich von dem anderen Tisch und kam auf Omar zu. Mickey sah Butch aufstehen, sein dunkelbrauner Kopf wirkte hart und bösartig, war aber ebenso schwierig ganz zu sehen wie seine Stimme zu hören. Es war das erste Mal, daß Mickey so etwas wie Aggressivität an ihm bemerkte.

Louies Mutter, Lucys Tante, kam angerannt, um die unerwünschten Gäste rauszuschmeißen. Louie beruhigte sie.

»Cálmela también, hombre«, schlug Mickey Omar vor.

»Ich will mein Geld«, brüstete sich Omar vor Lucys Tante, »und ich glaube, der Typ hat es nicht.«

»Du wirst dein Geld kriegen«, sagte Louie und ruckte nervös mit dem Kopf.

Jetzt wurde sogar Mickey aufgeregt. »Du zahlst deine Schulden, Mann!«

»Ja, ihr kriegt das Geld, sag ich doch die ganze Zeit.«

»Heute abend? Also jetzt gleich?«

Er nickte wütend, musterte sorgfältig diverse Teile von Mickeys Gesicht.

Mickey glaubte ihm keine Sekunde, meinte aber, Omar und überhaupt alle seien so betrunken, daß er sogar verlieren könnte, und niemand würde es merken.

»Wenn er verliert, schuldet er mir hundert Dollar!« schrie Omar.

»Hast du hundert Dollar dabei, Mann?« fragte Mickey.

Louies nickte. »Fang an.«

»Aber das ist la ultima. Klar?« Eine rhetorische Frage, die Mickey sich von Omar und Louie bestätigen ließ.

Mickey stieß den Spielball in die Kugeln. Sie verteilten sich miserabel, aber da trotzdem eine fiel, konnte er noch eine weitere Halbe versenken. Dann wechselten die beiden einander mit Fehlstößen ab, hin und her, bis Louie eine gute

Serie hinlegte, wobei der Spielball immer genau da liegenblieb, wo er ihn haben wollte. Mickey hatte noch vier übrig, und Louie nur noch zwei, als er einen sicheren Stoß in eine der Seitentaschen ins Visier nahm. Er traf sein Ziel, aber zu hart: Der Spielball prallte ab, streifte eine von Mickeys Halben und stieß die Acht in die Ecktasche. Schließlich blieb der Spielball in der idealen Position liegen, aus der Louie die letzten beiden Kugeln mühelos versenkt haben würde.

Louie zerschlug seinen Stock am Tisch in zwei Teile.

»Macht hundert Dollar, maricón!« rief Omar respektlos, der die ganze Zeit unsicher auf den Beinen schwankte. »Her damit!«

»Arschloch!« schrie Louie. Er hielt den taco, den Billardstock, wie eine Waffe. »Hau ab, verpiß dich, bevor ich dir den fetten Arsch aufreiße!«

Auch Louies Freund trat jetzt ins Licht, ein offenes Jagdmesser in der Hand, und baute sich vor Omar auf.

»Wir gehen!« sagte Mickey. »Laß uns einfach gehen, ja?«

Omar wich vor dem Messer zurück, machte einen weiten Bogen um Louie und schwankte rückwärts zur Tür. Mickey hatte sie schon fast erreicht, obwohl Louie ihm ein paar Schritte voraus war. Mickey klammerte sich an seinen Billardstock.

Aber niemand hatte auf Butch geachtet, der sich, außerhalb des Lichts, hinter dem Mann mit dem Messer bewegte. Butch kam wie eine Katze, und ohne eine Miene zu verziehen holte er mit einer langhalsigen Bierflasche aus und schlug sie Louies Kumpan hart ins Gesicht. Der Typ hatte nicht damit gerechnet, niemand hätte damit gerechnet.

Und als wäre der nächste Zug einstudiert, rammte Mickey in dem Moment, als Louie seinen Freund anstarrte – sich nach ihm umdrehte – ihm einen Stiefel in die Eier, und dann noch einmal, und dieser zweite Tritt war genauso effektiv wie der erste, obwohl er jetzt nur Louies Hände traf.

Und Omar, Mickey und Butch, Mickey noch immer mit dem Billardstock in der Hand, drückten sich vorsichtig durch die Eingangstür der Hideout Lounge und rannten, als sie endlich draußen waren, zu Omars Nova rüber.

»Que pasen buenas noches«, sagte Butch an seinem offenen Fenster auf dem Rücksitz, als Omar den Motor anließ. Einen so ausgelassenen und lauten Satz hatte noch niemand je von ihm vernommen.

»Was?« fragte Mickey erstaunt, nicht nur über den Sarkasmus, sondern auch, weil er ihn so gut hören konnte.

Butchs Lächeln war ungefähr so laut wie ein Lachen.

»Soll ich fahren?« fragte Mickey den betrunkenen Omar.«

Omar antwortete nicht, vielleicht hatte er nichts gehört, und es war auch sowieso zu spät. Schon spuckten die Reifen Steine und Staub über den Parkplatz, Omar bog kreischend auf die Asphaltstraße ein, und die drei Männer verschwanden in der Finsternis des Wilden Westens.

Mickey öffnete das Fenster, zog die gelben Vorhänge auf und streckte sich auf sein weich gefedertes Bett, das plötzliche Fehlen des Windes war ihm unheimlich. Dann hörte er etwas anderes. Aus solcher Ferne, daß es kaum wahrzunehmen war. Wie ein Name, der ihm nicht einfallen wollte oder irgendeine Melodie – es lag ihm auf der Zungenspitze. Er zermarterte sich den Kopf, bekam es aber nicht zu fassen. Genau wie, ganz genau wie eine Erinnerung. Nur daß es keine Erinnerung war, dem er da lauschte, nachspürte.

Mickey wollte herausfinden, was wirklich war. Wann hatte es angefangen? Wie hatte es so enden können, hier im YMCA?

Lieber vergessen. Also versuchte er zu vergessen. Nur daß es keine Erinnerung war, und Vergessen war der falsche Weg.

Ein Zug, noch so weit weg, daß es klang wie der Vorbote eines Sturms, nahend oder vorüberziehend. Mickey horchte, bis es aufhörte.

Dann wieder so still, daß er den Mann von gegenüber furzen hören mußte.

Er brauchte Schlaf.

Er schloß die Augen.

Hähne krähten in seinem Kopf, ihr Kampfgeschrei klebte wie Blutflecken auf einem weißen Hemd.

Der Fuß, mit dem er Louie zwischen die Beine getreten hatte, pulsierte im Spann.

Das alles war nicht geschehen?

Er brauchte unbedingt Schlaf. Er kann das wirklich nicht ausstehen. Wirklich. Aber schon geht's los. Er sieht es, er hört es.

Ein Ball kommt, Bodenpaß und weg. Kommt, geht. Hin, her.

»Er ist einfach so stark, und dabei glaube ich, er hat sein Talent noch gar nicht voll erkannt.«

»Das sehe ich anders. Sicher, er hat eine gute Saison, ja eine phantastische. Wie viele andere, aber bei ihm kommt die Unterstützung durch eine großartige Manschaft hinzu. Ohne das ...«

»Moment mal! Wie können Sie so etwas sagen? Er *ist* die Mannschaft.«

»Verzeihen Sie. Nein. Er *hilft* der Mannschaft. Sehen Sie, ich sage ja nicht, daß er nicht ein wirklich guter Spieler ist. Aber man sollte ihn auch nicht überschätzen. Damit wird alles andere herabgesetzt. Sie können mir nicht erzählen, daß er *so* gut ist.«

»Doch, genau das kann ich Ihnen erzählen! Für mich ist er besser als gut. Und nicht nur das, warten Sie's ab, er wird sogar noch besser.«

»Das sagt sich so leicht.«

»Was braucht's dazu schon? Gewinnt seine Mannschaft, macht er viele Punkte?«

Paß hierhin, dorthin, zurück, dann wieder zu ihm, gute Abwehr, aber er schafft es, springt wieder in Position, ist bereit, Spiel geht weiter. Er ist der Spielmacher, alles läuft über ihn. Achtung! Ah! Die zwei Sprecher verstummen. Der eine schweigt weiter, der andere sagt: »Da!« Der Ball – Volltreffer!

Lautes Klopfen an der Tür weckte ihn. Fast noch schlafend, dachte er, es sei Isabel, das Zimmermädchen. Dann fiel ihm ein, daß sie ihre Gegenwart nicht auf diese Weise zu melden pflegte. Es war Sarge. Mickey machte ihm auf und legte sich in seinen Jeans aufs Bett zurück.

»Was war denn los?« wollte Sarge wissen.

Mickey rieb sich die Augen. Schon war er sich nicht mehr hundertprozentig sicher, was in der Bar passiert war – es kam ihm unwirklich vor. Etwa wie eine Geschichte aus einem billigen Western. Oder eine, die er erzählt hatte und von der er sich jetzt fragte, ob sie wirklich geschehen war oder nicht. Sarge würde ihm die Sache bestimmt nicht abnehmen. »Wie ich dir gesagt habe, Sarge, hier draußen wird noch immer Cowboy und Indianer gespielt.«

Wie immer schien Sarge anderer Meinung. »Ich hab dich zum Rebote erwartet. Und im Pool warst du auch nicht.«

Mickey mußte nach oben blicken. Sarge stand vor ihm, erwartete eine Rechtfertigung, wie ein Chef von einem Angestellten, der erheblich zu spät gekommen war. Oder noch schlimmer, denn er war nicht bloß gereizt, sondern auch noch enttäuscht.

»Wieviel Uhr ist es?« fragte Mickey.

»Fast nachmittag«, sagte er.

Mickey hatte sein regelmäßiges Training versäumt und auch das für jeden Montag, Mittwoch und Freitag angesetzte Rebote-Match mit Sarge. Es war, wie ihm bei genauerem Nachdenken auffiel, das erste Mal, seit sie ihre Spiele austrugen, daß er eins versäumt hatte.

»Da hab ich anscheinend Scheiße gebaut«, sagte Mickey, meinte aber in Wirklichkeit, man habe mit *ihm* Scheiße gebaut.

»Sieht so aus«, sagte Sarge ernst.

»Schuldig im Sinne der Anklage.« Sarges Ernsthaftigkeit – er wirkte gekränkt oder als habe er die Achtung vor ihm verloren – konnte Mickey nicht entgehen, und das machte ihn verlegen, es war ihm peinlich. »Ich mach's wieder gut, versprochen«, sagte er und gab sich Mühe, nicht unaufrichtig zu klingen. »Wenn es dir recht ist?« Er konnte sich nicht vorstellen, was Sarge darauf antworten würde.

»Steh lieber auf, damit du was essen und an die Arbeit gehen kannst«, sagte Sarge.

»Mach ich«, sagte Mickey.

Anfangs dachte Mickey, Rosemary tue dies nur, weil sie Oscar, mit dem sie ständig flirtete, gutmütig und sadistisch zugleich aufziehen wollte. Aber inzwischen war sie mit Mickey vertraut genug geworden, daß er nicht mehr an eine solche Verstellung glaubte. Falls er die Tatsache, daß sie immerzu mit ihren Brüsten an ihn stieß, nicht völlig mißverstand. So angenehm ihm die von ihr gebotene Zerstreuung war, sorgte er sich doch, was ihre Mutter dazu meinte, die nebenan im Büro hinterm Empfang allein die Arbeit machte und der Rosemary eigentlich helfen sollte. Und obwohl Mrs. Schweitz nichts sagte, entweder weil sie nichts mitbekam, oder weil es ihr wirklich gleichgültig war, mußte Mickey Vernunft walten lassen. Er wollte diesen Job behalten – er brauchte das Geld, bis er endlich von hier wegkonnte; anderes Geld hatte er nicht –, und deshalb versuchte er sich so zu verhalten, als ob es ihm keinen Spaß machte, beziehungsweise als ob er, zumindest oberflächlich betrachtet, ihre Zärtlichkeiten nicht erwiderte.

Oscar, das Gewicht von Rosemarys Brüsten nachempfindend, lächelte sehnsüchtig.

»Was denkst du, Oscar?« fragte Mickey. Er meinte das wirklich irgendwie ernst.

»Sí, Oscar, qué piensas tú?« fragte ihn Rosemary mit schrecklichem Akzent und drängte ihre Milchdrüsen noch fester an Mickey heran.

Oscar schüttelte den Kopf, noch immer lächelnd, wenn auch bittersüß.

»Gehst du gern schwimmen, Oscar?« fragte Rosemary. »Mickey sieht *bueno* aus, wenn er schwimmt.« Sie schmiegte sich noch enger an ihn. »Siehst du auch gut aus?« Morgens, wenn sie ihre Mutter zur Arbeit brachte, hatte Rosemary Mickey ein paarmal beim Schwimmen beobachtet.

Oscar gab dem Resopal einen Klaps, an derselben Stelle wie immer, aber nicht so gut gelaunt wie immer. Er verzog sich, weil er das nicht mehr aushielt. Bedrückt und eifersüchtig machte er sich an das, wofür er bezahlt wurde.

»An die Arbeit!« sagte Mickey trotzdem. Oscar tat ihm leid. Obwohl ihm auch Sarge jedesmal leid tat, wenn er ihn beim Rebote in Grund und Boden spielte. Es kommt, wie es kommt. Nichts geschieht ohne Absicht. Im übrigen spürte Mickey einen wirklichen *Druck*, und eine dicke Brust, die sich ihm, selbst in der Verpackung, an Arm und Schulter drückte, gab ihm wieder das Gefühl, ein Mann zu sein.

Oscars Verhalten trug sogar dazu bei, ihren Wert für Mickey zu steigern, nicht nur als Gegenstand eines Wettbewerbs, der schon an sich einen Wert haben mußte, sondern auch weil er glaubte, daß Oscar, älter und klüger als er, mit verpaßten und später bereuten Chancen in der Liebe bestimmt mehr Erfahrung hatte. Gab es für Mickey nicht nur noch versäumte Gelegenheiten? Was für eine Frau – falls überhaupt noch mal eine, dachte er unruhig – wäre die nächste? Erst als Oscar von der Bildfläche verschwunden war, vermiesten ihm Oscars Bemerkungen das Angebot – Rosemary war entsetzlich unattraktiv. Andererseits, von weitem sah sie gar nicht so übel aus, und vielleicht war sie auch von ganz nahem in Ordnung, und außerdem bekäme außer ihnen niemand etwas davon mit. In der Zwischenzeit, im alltäglichen Gesprächsraum mit den anderen, würde Mickey die häßlichen Tatsachen über Rosemary bestätigen müssen. Abgesehen von ihren Pickeln und den dunkelbraunen Wurzeln ihres blondgebleichten Haars – woran sich ja etwas ändern ließe –, war sie Mrs. Schweitz' Tochter und hatte Mrs. Schweitz' Gesicht geerbt: eine etwas stumpfe Knollennase, von Natur aus rosa Pausbacken, einen Mund von wenig zierlicher Breite. Und obwohl ihre Brüste bemerkenswert weiblich waren, und obwohl sie über Taille, Hüften und Beine und scheinbar auch sonst alle wesentlichen Annehmlichkeiten verfügte, konnte nichts von all dem sie zu einer Schönheitskönigin machen. Dennoch. Und dennoch. Und außerdem gab es Augenblicke, wo er wirklich dachte, sie sei gar nicht so übel. Und wer war er denn schon?

»Ich habe meinem Freund von dir erzählt«, sagte sie kokett, nachdem Mickey ein paar Buchstaben und Zahlen in die Kasse gehackt, Geld entgegengenommen, Wechselgeld herausgegeben und danke gesagt hatte.

Das erstaunte Mickey. Von dem hörte er zum erstenmal.
»Freund, ach ja? Und was hast du ihm erzählt?«
»Ich hab ihm von dir erzählt. Von uns.«
»Was hast du ihm von mir erzählt? Von uns?«
»Na ja, so alles mögliche«, sagte sie. Sie stand eingeklemmt zwischen dem Schalter und Mickey, der auf dem Hocker saß, und konnte ihm ihre Brüste in die linke Seite stoßen, ganz wie sie wollte, tat dies aber dennoch unter einem nicht offen ausgesprochenen Vorwand: Jetzt, wo niemand da war, außer ihrer Mutter, die hinter den beiden von ihrer Arbeit in Anspruch genommen wurde, nutzte sie die Gelegenheit, ihm Fusseln vom Hemd zu klauben.

»Alles mögliche? Was denn?«
»Na ja, zum Beispiel, daß du mich zu Hause besucht hast.«
»Wozu erzählst du ihm so was?« Es war natürlich klar, und Mickey fragte sich eigentlich nur, warum sie es *ihm* erzählte.
»Du könntest doch kommen. Warum kommst du nicht mal?«
»Du hast mich nie gefragt.«
»Und warum tust du's nicht?«
»Weil du nie gefragt hast.«
»Aber jetzt frage ich.«
»Klar, ich komm mal vorbei. Meinst du, das geht in Ordnung?« Mickey nickte mit Kopf und Augen ein wenig in Richtung des Büros, wo Mrs. Schweitz arbeitete.

»Mom«, sagte Rosemary und versuchte ihm ihr Brustbein in die Schulter zu schieben, indem sie je eine ihrer Brüste vorne und hinten darum herumquetsche. »Mickey kann doch mal zum Abendessen kommen?«

Mickey hatte Angst, sich umzudrehen, sich überhaupt zu bewegen, hörte aber schließlich Mrs. Schweitz.

»Aber sicher«, sagte sie. »Wäre uns ein Vergnügen.«

»Siehst du?« sagte Rosemary.

»Aber was wird dein Freund dazu sagen?«

Sie hielt sich einen Finger an die Lippen und blinzelte zu ihrer Mutter hinüber. »Der weiß bestimmt schon Bescheid, meinst du nicht?« Sie lachte. »Der ist nicht von hier«, fuhr sie flüsternd fort.

»Ach, er wohnt gar nicht hier?«

»Nein, er ist GI. In Fort Bliss stationiert. Meine Mom mag ihn nicht.«

»Wieso?«

»Er ist wahnsinnig um mich besorgt und wahnsinnig eifersüchtig.«

Mickey kam nicht dahinter, was Rosemary da spielte. »Tatsächlich?«

»Einmal hat er Mr. Fuller bedroht.« Sie wartete einige Sekunden. »Er dachte, Mr. Fuller wäre hinter mir her.« Wieder wartete sie einige Sekunden. »Das hab ich ihm erzählt, weil Mr. Fuller gedroht hat, meine Mom rauszuschmeißen, das hat mich wütend gemacht.« Wieder wartete sie. »Es war auch keine glatte Lüge.«

»Und deswegen mag deine Mom ihn also nicht?«

Rosemary beugte sich dicht an Mickeys Ohr, weil Mrs. Schweitz aufgestanden war und sich zum Gehen fertigmachte. »Na ja, er könnte schon gefährlich sein. Vielleicht hat sie ja recht.«

Die beiden gingen, und in den nächsten Stunden, als die Leute scharenweise zum Feierabend-Training kamen, hatte Mickey wieder einmal eine Menge Buchstaben- und Zahlentasten zu drücken.

John Hooper knallte eine Faust auf den Schalter. »Was gibt's Neues im Irrenhaus?«

»Nicht viel«, sagte Mickey, dem keine bessere Antwort einfiel.

»Das ist immer erfreulich«, sagte John Hooper.

»Du sagst es« , sagte Mickey.

»Laß bei dem Mädchen nicht locker«, sagte John Hooper. »Gib dich nicht kampflos geschlagen.«

Mickey war in Omars Zimmer, wo sie einen Joint rauchten. Die beiden hatten Butch aus den Augen verloren. Nummer eins.

»Weißt du, daß Sarge das Zeug raucht?« fragte Mickey.

Omar schüttelte den Kopf, ging darüber hinweg. Er war jetzt zum Erbarmen bedrückt und niedergeschlagen. Unterdessen machte Mickey schon der Gedanke an Lucy nervös, ganz zu schweigen von der Vorstellung, über dieses mysteriöse Mädchen zu reden, weshalb das nächstliegende Thema das am sorgfältigsten umgangene war.

»Geraucht habe ich das Zeug nie mit ihm«, erklärte Mickey überzeugend, sich rechtfertigend, »aber ich habe das Gras bei ihm gesehen.«

»Ich weiß gar nichts von dir«, sagte Omar.

Er tat ihm zwar leid, aber so teilnehmend war Mickey nicht, daß er sich gekränkt fühlen konnte. »Schätze, es gibt ne Menge Sachen, die du nicht glauben kannst.«

Omar ignorierte ihn so sehr, daß er gar nicht mehr zuhörte. »Das bringt doch nichts«, versuchte Omar das Thema zu wechseln.

Mickey wollte jetzt aber nicht das Thema wechseln. »Ich hätte dir besser nichts davon erzählt. Aber wart's ab. Du wirst schon verstehen, wovon ich rede. Falls nicht wirklich was ganz Bescheuertes dazwischenkommt, werd ich dir das Geld zeigen.« Wenn er zuvor auf Zehenspitzen darum herumgeschlichen war, trampelte er jetzt. Erbärmlich, wie er sich bei Omar einzuschmeicheln versuchte.

»Der Typ ist irgendwie unheimlich«, warf Omar leichthin dazwischen, ohne auf Mickeys Geschichte einzugehen. »Immer mit diesen schmutzigen Zeitschriften.«

»Wer?«

»Sarge.«

»Woher weißt du *das*?«

»Ich weiß es eben.«

»Ja, aber woher?« Omar tat zu geheimnisvoll, und Mickey mochte das gar nicht.

»Hab was läuten gehört.«

»Por qué me chingas, cabrón? Sagst du's nun oder nicht? Hör auf, so einen Scheiß zu reden!«

»Ich hab nur so was gehört, sonst nichts.« Omar ließ es fast dabei bewenden. »In der Cafeteria hat uns einer erzählt, wie Sarge mit ganzen Stapeln davon an der Grenze erwischt wurde und ziemlichen Ärger bekommen hat. Einfuhr von Pornographie. Sarge hat deinen Schlappohr-Chef angerufen, der sollte ihm helfen, seinen Wagen zurückzukriegen. Die machen bestimmt gemeinsame Sache oder haben sonst was am Laufen.«

Mickey nahm einen Zug und ließ die Verschwörung für einige Sekunden im Raum stehen. »Mann, ist das nicht das reinste Irrenhaus hier? Dieser Saubermann, kaum zu glauben. Was da wohl als nächstes rauskommt?«

Omar verband das Ausstoßen des Rauchs mit einem Seufzer. »Das bringt nichts«, wiederholte er, »das bringt einfach nichts mehr.« Er fing an, in den Kleidern zu wühlen, die er überall herumliegen hatte.

»Also, Sarge ist immer sehr nett zu mir gewesen, seit ich hier bin«, dachte Mickey laut nach, »aber in letzter Zeit kommt er mir reichlich seltsam vor. Bei den meisten Dingen ist er völlig normal. Nur daß normal bei ihm sozusagen was anderes ist. Hab ich dir eigentlich schon mal von seinen nächtlichen Wichsereien erzählt?«

Das kam für Omar so unerwartet, daß er vor Lachen fast erstickte.

»Kein Scheiß«, sagte Mickey, ebenfalls lachend.

»Wie kannst du wissen, daß er wichst, wenn du nicht dabei bist?« Bei der Vorstellung quiekste Omar noch heftiger.

»Weil er das Zimmer neben mir hat, und manchmal hör ich das Bett an die Wand rumpeln. Er bumst seine Matratze als wär er auf ner Frau!«

Omar lachte Tränen, und Mickey ließ sich davon anstecken. Sie lachten, bis sie nicht mehr konnten.

»Scheiße«, sagte Omar. »Jetzt fühl ich mich fast wieder besser.«

»Wir müßten was Whiskey haben, oder wenigstens Bier«, sagte Mickey.

»A lo menos«, sagte Omar.

»Oder eine Frau. Wir müßten *Weiber* haben.« Mickey war nicht so dumm, es Omar zu gestehen, aber er hatte jetzt Rosemary im Sinn.

Frauen waren bei Omar ein heikles Thema. »Willst du eine?« Er hielt ihm auf der Handfläche eine Pille hin. Er selbst hatte sich schon eine auf die Zunge geworfen, dann suchte und fand er auf seinem YMCA-Schreibtisch eine warme, offene Limodose.

»Qué es?«

»Dilaudid.« Omar schluckte und zog ein Gesicht. »Scheiße, da war Asche drin!« sagte er und zerquetschte die Dose beinahe, als er sie nicht etwa in den Mülleimer warf, sondern auf den Schreibtisch zurückstellte. »Hab ich mir heute besorgt.«

Mickey schüttelte den Kopf. »Nicht auf Rezept, verdad?« Mickey kannte das Zeug.

»N'hombre«, sagte Omar. »Auf der Straße. Früher hab ich ab und zu mal gespritzt. Und wenn ich das nötige Zubehör hätte...« Er sprach nicht weiter.

Mickey lehnte ab, und jetzt, wo ihm Sarge einfiel, paßte es ihm gar nicht.

»Ist so ein tolles Gefühl«, erklärte Omar, »ich muß richtig aufpassen. Du verstehst?«

Mickey dachte an Omars Probleme mit Lucy. Er hatte nie davon erzählt, und Mickey stellte, wie es seine Angewohnheit war, auch jetzt keine Fragen.

»Bist du sicher?« fragte Omar noch einmal.

»Nein«, sagte Mickey. »Aber ich nehm's trotzdem nicht.«

Omar tat die Pille, die er Mickey angeboten hatte, in eine Aspirinflasche zurück. »Beruhigt mich.«

Mickey, auf der Bettkante, schüttelte den Kopf und sah zu Boden. Er hatte Angst nachzugeben, Angst, daß dann auch alles andere in die Brüche gehen würde.

Omar setzte sich wieder auf den Schreibtischstuhl und streckte die Beine aus.

»Kann das gar nicht glauben, was du von Sarge erzählst hast«, sagte Mickey nach einer kleinen Ewigkeit. »Ich werde Rosemary fragen, ob sie was davon weiß. Sie weiß eine Menge über Schlappohr.«

»Está fea la ruca«, sagte Omar. »Dick und häßlich. Du solltest mal Lucy sehen. Hijolá, mit der würdest du die ganze Nacht Babys machen wollen und am nächsten Tag noch mehr!« Diese Worte waren kräftiger, als sie herauskamen.

Omar fühlte sich schon besser, abgehoben und ruhiger. Und dann fragte er Mickey direkt ins Gesicht: »Was ist denn mit deinen anderen Puppen? Mit dieser Betschwester und mit der aus Juárez? Was ist aus der geworden?«

»Keine Ahnung«, sagte Mickey. »Hab ich schon lange nicht mehr gesehen.«

Omar grinste schief und sah Mickey lange in die Augen.

In den Korridoren, auf dem stets gebohnerten Linoleumfußboden, gab es keine Zeit. Wieviel Uhr auch immer es sein mochte, Tag oder Nacht, das Licht der Glühbirnen fiel immer aus denselben Winkeln in glänzende Pfützen, und auch die Temperatur blieb immer gleich. Mickey ging zum Zimmer 412 zurück, weil er im Bad gewesen war, und als er auf den Flur einbog, sah er seinen Nachbarn in gestreiften Boxershorts, schwarzen Socken und einem schlaffen weißen T-Shirt, Beine und Arme bleich und unbehaart wie ein zu lange gekochtes Huhn, er bewegte sich mit der Pißflasche in der Rechten steifbeinig in Richtung Gemeinschaftsbad. Er schlurfte energisch den Flur hinunter, aber kaum sah er Mickey auf sich zukommen, senkte er den Blick – als ob er die Fliesen auf dem Boden zählte.

»Qué pasó?« sagte Mickey, freundlich wie ein Angestellter, und wenn auch laut, so doch nicht absichtlich laut im kühlen Vakuum des Flurs, das heißt nicht so laut, daß es hallte.

Der Alte fuhr zusammen, als sei er seit Jahren weder auf englisch noch spanisch angesprochen worden, was durchaus möglich schien. Unsicher verlangsamte er seine Schritte und wollte gerade antworten, als weiter hinten der fluchende Alte aus seinem Zimmer kam und »Verdammte Scheiße!« brüllte.

Die Pißflasche zerschellte auf dem harten Boden, und eine Sekunde später ließ der Alte einen Furz. Er sprang nicht weg, zuckte nicht einmal, so daß seine Socken den Urin aufsaugten, der sich um seine Füße verteilte.

»Gehen Sie etwas zurück, weg von den Glasscherben!« mußte Mickey ihm sagen.

Der Alte konnte nicht.

»Also gut, aber bloß nicht nach vorne gehen«, sagte Mickey.

Das schüttere, ungekämmte Haar des Alten war noch nicht vollständig grau oder weiß, zeigte noch immer etwas Farbe seiner besseren Tage. Der Alte ging weder vor noch zurück und trat auch nicht zur Seite. Er rührte sich nicht.

»Machen Sie sich nichts draus«, sagte Mickey. Da er Schuhe anhatte, trat er in die Lache aus Pisse und Glas und nahm den Alten beim Arm. »Ich hole einen der Pförtner. Ist doch nicht schlimm, schon gut.« Mickey brachte den geschockten, gedemütigten Mann zu seinem Zimmer zurück. Anfangs widerstrebend, gab er schließlich nach, gab so sehr nach, daß Mickey ihn schier zu tragen glaubte und Angst bekam, dem fragilen Alten, mit dem er noch nie ein Wort gewechselt hatte, die Knochen zu brechen, wenn er ihn zu hart anfaßte.

Mickey gewann alle Spiele des Satzes: 21:15, 21:19, 21:13. Selbst das zweite Spiel war in Wirklichkeit nicht so knapp ausgegangen, wie das Ergebnis vermuten ließ. Wie Omar war jetzt auch Sarge schlecht gelaunt. Und daß sein fetter Freund Philip ihnen vom Zuschauerbereich über dem Spielfeld aus zugesehen hatte, machte die Sache auch nicht besser.

Sie fuhren nicht zu Sarges Lieblingslokal McDonald's, sondern zu Burger King, weil Sarge diesmal dafür Gutscheine ausgeschnitten hatte. Er hatte genug Gutscheine für sie alle, und sie mußten heute eingelöst werden, später wären sie nicht mehr gültig.

»Hat mich irgendwie überrascht«, sagte Philip. Er saß auf dem Beifahrersitz, Mickey auf der Rückbank. Im Radio liefen die Carpenters. »Ich dachte, Elias hätte die Sache im Griff.« Er kurbelte das Fenster auf, aber Sarge griff wortlos nach einem Schalter am Armaturenbrett und ließ es wieder hochsurren. »Tschuldigung«, sagte Philip und sah schuldbewußt zu Sarge herüber, der noch immer fuhr, als trüge er Satinpyjamas und eine samtene Hausjacke. »Ich habe dich auch schon gegen andere spielen sehen, Elias, und ich dachte wirklich, na ja, du wärst besser.« Er schob seinen massigen Körper zur Seite und drehte den Kopf nach hinten. »Das ist nicht gegen dich gerichtet«, sagte er zu Mickey. »Weil du echt gut warst. Hast wirklich toll gespielt. Und das mußtest du auch, um Elias zu schlagen. Ich weiß, wie gut er ist.« Er machte es sich wieder bequem und blickte nach vorn. »Aber zum Zusehen war es toll, echt toller Kampf mit guten Szenen.«

»Woher kennt ihr beide euch eigentlich?« fragte Mickey.

»Ich hab eine Zeitlang im Y gelebt«, sagte Philip. »In dem Zimmer, wo du jetzt bist. Da haben wir uns kennengelernt.«

»So ein Zufall«, sagte Mickey.

»Ja. Aber den Typen, der vor mir da gewohnt hat, den hast du auch ganz gut gekannt, oder, Elias?«

Sarge nickte.

»Ich weiß noch, wie ich ihn kennengelernt habe«, sagte Philip. »Weißt du noch, damals? Wir sind auch zusammen zum Essen gefahren.«

»Also eine echte Tradition, von einer Generation zur anderen weitergereicht«, sagte Mickey.

Philip lachte mit seinem Körper. »Der war gut, findest du nicht, Elias?«

Sarge reagierte zwar nicht mit Worten, wirkte aber auch nicht allzu beunruhigt. Ihn ärgerte es mehr, daß er dauernd beim Rebote verlor.

»Mit ihm sind wir auch immer ausgegangen«, erzählte Philip Mickey. »Du bist oft mit ihm ausgewesen, stimmt's, Elias?«

»Weiß nicht, ob das oft war.«

»Er hat es gesagt«, sagte Mickey.

»Was soll das denn heißen?«

»Gar nichts«, sagte Mickey. »Keine Ahnung, was ich damit meine. Was meinst du denn?«

Das beunruhigte Sarge noch mehr, aber er riß sich zusammen.

Sie entstiegen der burgunderroten Fahrgastzelle mit den getönten Fenstern und gingen unter klarem blauem Himmel und goldener Sonne rüber zu dem korrekten Dudelsender – Neil Diamond weichgespült – des Burger King.

»Wenigstens die Hamburger sind hier anders«, sagte Mickey, der die Decke nach Lautsprechern absuchte.

Sarge teilte die Gutscheine aus. »Mir gefällt diese Musik nun mal.«

»Echt?« gab Mickey zurück. »Aber das sollte keine Beleidigung sein.«

Sie bekamen ihr Essen auf gummiartigen Plastiktabletts, die den Hartplastiktabletts der guten alten Zeit nachempfunden waren. Für die Gutscheine bekam jeder von ihnen zwei Whopper, eine große Portion Fritten und eine mittlere Cola. Philip bestellte noch einen Hamburger und Fritten zusätzlich.

Mickey hob seinen Pappbecher und brachte einen Trinkspruch aus. »Danke, daß du mich mitgenommen hast, und danke für den Gutschein.«

»Hört, hört!« sagte Philip und hob ebenfalls seinen Becher.

»Nichts zu danken«, sagte Sarge gespreizt. Man hätte seine Antwort als ernst und aufrichtig interpretieren können. War sie aber nicht. Er war mit sich selbst beschäftigt.

»Mögen auch deine künftigen Nachbarn die Tradition weiterführen!« meinte Philip glucksend.

Sarge senkte den Kopf und machte sich an sein Essen – als ob ihn das gleichgültig ließ, er es aber nicht zeigen wollte.

»Hört, hört«, sagte Mickey, der Sarges Reaktion sorgfältig beobachtete.

Reverend Miller trat an den Empfang und zeigte seine übergroßen, perlweißen Schneidezähne; die Augäpfel wirkten nicht mehr so geschwollen. Er lehnte sich auf den Schalter und ließ, als habe er ein intimes Privatgeheimnis zu schützen, die bewölkten Augen auf der Suche nach unerwünschten Zuhörern hin und her zucken. »Wir warten noch immer auf meine Post«, sagte er zwinkernd zu Mickey. »Gibt's Hoffnung, daß sie noch auftaucht?«

Das Thema ging Mickey allmählich auf die Nerven, und der Typ gefiel ihm auch nicht, ganz und gar nicht. »Ist die verlorengegangen oder was?«

»Ich habe sie noch nicht bekommen.«

»Sie meinen, die ist verlorengegangen?« fragte Mickey. »Hat man Ihnen das gesagt?«

»Bis jetzt noch nicht«, sagte der Reverend, der eine Verschwörung witterte.

»Mit wem haben Sie denn gesprochen... vielleicht mit Fred?«

»Fred?«

»Der Mann, der die Schicht vor mir hat«, erklärte Mickey.

»Ach so. Ja. Jaja, den habe ich täglich gefragt, aber er hat es mir nicht gesagt.«

Mickey schwirrte der Kopf, er war nervös und durcheinander. Reverend Miller wirkte nicht nur irgendwie falsch, sondern in seiner Verstörtheit geradezu böse, böse und gefährlich. Andererseits konnte Mickey, im vollen Bewußtsein, wie unklug das war, es sich nicht erlauben, hilfsbereit zu sein.

»Was hat er Ihnen nicht gesagt?« fragte er gereizt. Er dachte kurz darüber nach und wurde noch aggressiver. »Er hat *Ihnen nichts gesagt*, weil keine Post für Sie *da* ist. Klar? Er kann Ihnen nicht sagen, es sei etwas verlorengegangen, was nicht verlorengegangen *ist*.« Ihm wurde von seinen eigenen Sätzen schwindlig.

»Vielleicht hat man die Post verlegt«, versuchte der Reverend seinen Argwohn vornehm einzukleiden.

Mickey lachte finster.

»Sie könnten doch mal einen Blick für mich werfen«, fuhr der Reverend fort und widerstand dem Drang, Mickey zuzuzwinkern. »Vielleicht ist die Post dahinten im Büro.«

»Die Post für Hausbewohner wird nicht dahinten aufbewahrt«, sagte Mickey ungehalten.

»Würden Sie bitte einmal für mich nachsehen?« Der Reverend verwendete höfliche Wörter, hatte aber ein drohendes Aussehen angenommen; seine Halsadern standen dick hervor, er biß die Zähne zusammen, und seine verrückten Augen rollten so heftig, daß sie Funken schlugen.

»Na schön, von mir aus«, sagte Mickey und stand auf; wütend, aber auch herausgefordert. »Ich geh mal für Sie nachsehen, ausnahmsweise, ja? In Ordnung?«

»Danke«, sagte Reverend Miller.

Mickey ging nach hinten in Mrs. Schweitz' Büro, wühlte ein bißchen in den Papieren auf ihrem Schreibtisch herum und blätterte in einem Stapel ans YMCA adressierter Briefe, die bereits sauber mit einem Brieföffner aufgeschlitzt waren.

»Nichts«, sagte er aus dem Büro, die Briefe hochhaltend. Er warf sie wieder hin und kam zum Schalter zurück. »Nichts, Mann. Nichts für Sie dabei.« Er ließ sich wieder auf den Hocker fallen, womit er andeuten wollte, daß seine Suche beendet sei, erblickte Oscar, der um die Ecke gekommen war, und schüttelte den Kopf. Auch Omar war aus dem Aufzug getreten, und John Hooper schob sich durch die gläserne Eingangstür.

Reverend Millers Wut schwoll an. »Ich weiß, daß Post für mich da ist.«

Mickey zog Augenbrauen und Stirnhaut hoch, er bekundete nicht einmal äußerlich Mitgefühl.

Plötzlich loderte der Reverend hell auf, schlug mit beiden Fäusten auf die Resopalfläche und trat unten so heftig an die Theke, daß die dünne Sperrholzverkleidung ein Loch bekam. Dann tobte er sich drüben am Zigarettenautomaten aus und trat mit den Stiefelabsätzen mehrere Dellen in das Aluminium.

John Hooper, Omar, Oscar und Mickey sahen Reverend Miller aus vier Himmelsrichtungen zu, vier tatenlose Zuschauer, reglos und verängstigt, doch bereit sich zu verteidigen.

»Warum geben Sie mir meine Post nicht?!« schrie der Reverend Mickey ins Gesicht. Wieder ballerte er mit beiden Fäusten auf der Theke herum. »Ich komm da gleich mal RÜBER!«

Mickey wich langsam zurück, Schritt für Schritt, sein Blick schweifte nach irgendeiner Waffe, die er notfalls gebrauchen könnte. Wie bei der Begegnung mit einem wilden Tier wollte er jede Bewegung vermeiden, die als Drohung gedeutet werden und einen Angriff auslösen könnte.

Plötzlich aber rannte Reverend Miller zur Vordertür, stieß sie mit beiden Händen auf – und war verschwunden.

Oscar lehnte sich an seinen Privatplatz am Empfangsschalter. »Muy muy loco«, sagte er lauter, als es sonst seine Art war.

»Das reinste Irrenhaus«, sagte John Hooper; er nahm seinen Cowboyhut ab und fummelte an der Krempe herum. Damit hatte er alles gesagt und verschwand, von der ganzen Sache angewidert, kopfschüttelnd im Aufzug.

»Ganz schön haarig«, sagte Mickey, dem noch immer das Herz raste.

»So einen hab ich auch mal kennengelernt«, sagte Omar mit einem solchen Ernst in der Stimme, wie man es noch nie von ihm gehört hatte. »Hört ihr mir zu, me entiendes? Ich hab mal so einen kennengelernt. Der hat vielleicht ausgesehen. Und so was von besoffen. Poes, mit so einem legt man sich nur an, wenn man ne Knarre dabei hat. Me entiendes? Also, das war in L.A., und er war einer von Charlie Mansons Leuten. Versteht ihr, lo que te dije, ja? Hab mir vor Angst in die Hose gemacht, cuñado, das sag ich euch.«

Mickey machte sich unten in den Regalen des Schalters auf die Suche nach irgend etwas, das als Waffe zu gebrauchen war.

»Meinst du, daß die dahinten keine Pistole haben?« fragte Omar.

»No creo yo«, sagte Oscar. Ihm gefiel das nicht.

»Glaub ich auch nicht«, sagte Mickey.

»Wißt ihr, wer eine hat?« sagte Omar. »Mr. Charleston. Charles. Hat er uns erzählt.«

»Ach ja?« Mickey hätte sich vielleicht noch mehr aufgeregt, aber er war von der Sucherei abgelenkt. Er fand einen Hammer. »Zwar nicht so gut wie eine pistola, aber wenn der sehr verehrte Reverend zurückkommt, hau ich ihm eine rein.« Mickey wog ihn in der Hand, dann legte er ihn griffbereit wieder nach unten. »Der soll bloß kommen.«

»Ya no tiene llave aquí«, sagte Oscar mit Nachdruck; ihm gefiel diese gewalttätige Sprache nicht. »Er hat nicht bezahlt, und man hat ihn gestern an die Luft gesetzt.«

»Echt?« sagte Mickey.

Oscar nickte, dann ging er los, die restliche Arbeit zu erledigen.

Etwas später war Sarge nach unten gekommen. Butch war inzwischen natürlich auch aufgetaucht.

»Möchte wissen, was das mit der Post sein sollte?« sagte Mickey. »Wenn nun wirklich jemand seine Post genommen hat? Wenn das nun wirklich jemand getan hat?«

»Aber damit kann doch niemand was anfangen«, sagte Omar, unwillig über diese Vorstellung, über Mickeys Geschichte.

Mickey hatte keine Lust, jetzt mit Omar Streit anzufangen.

»Jedenfalls ist das kein Grund, so die Beherrschung zu verlieren«, sagte Sarge. Er hatte bereits sämtliche Einzelheiten der Sache erfahren.

»Charles macht sich genau dieselben Sorgen«, sagte Mickey. »Meint, er müßte längst Post bekommen haben, aber da war nichts.«

»Was mit Charles los ist, weiß doch jeder«, sagte Omar.

»Charles ist in Ordnung«, verteidigte ihn Mickey. »Auch wenn er mal Geheimagent werden will, wenn er groß ist.«

Die anderen sahen ihn an.

»Ohne Quatsch. Hat er mir erzählt.«

Nur Sarge fand diese Mitteilung nicht lustig. Sarge allein schien mit Charles mitzufühlen.

»Ihr braucht ihn deswegen nicht aufzuziehen, ja? Wie gesagt, er ist in Ordnung. Und harmlos, auch wenn er irgendwelche Probleme hat. Ist ein guter Mensch.«

»Er verliert nicht gern beim Tischtennis«, brachte Butch eine seiner seltenen hörbaren Bemerkungen an.

»Damit das klar ist«, erklärte Mickey schnell, bevor er's wieder vergaß. »Erzählt Charles bloß nicht, wie der Reverend sich wegen der Post aufgeführt hat. Der Ärmste würde bestimmt überschnappen.«

»Er wird's auch so erfahren«, versicherte Omar.

»Ja«, seufzte Mickey. »Wahrscheinlich. Aber anders wär's mir lieber.«

***

Es war ein Nachmittag, bunt und warm wie eine mexikanische Decke, und Omar hatte Lust auf einen Ausflug. Er und Mickey fuhren über den alten leeren Highway das Flußtal hinauf und hielten bei einem Restaurant mit Bar, das im gleichen schmutzigen Rosa gestrichen war wie ein Sonnenuntergang in der Wüste. Sie aßen gedünstete tamales, tranken kaltes Bier und spielten Billard. Und alles auf Omars Rechnung, der ungewöhnlich gutgelaunt und friedlich war. Die Bar selbst war farbenfroh und hell mit vielen Fenstern, Schnüre getrockneter roter Chilis und Zöpfe faustgroßer Knoblauchknollen hingen zum Verkauf, die Wände waren vollgehängt mit großen und kleinen Fotos von Söhnen und Töchtern, Müttern und Vätern, Großvätern und Großmüttern, Enkelsöhnen und Enkeltöchtern, Schwagern, Paten, Tanten und Onkeln und Vettern, Freunden und guten Kunden.

»Ich werde Butch den Wagen geben«, sagte Omar, dessen kindlich anmutende Sprechweise heute besonders prononciert und melodisch war. Butch hatte nicht mitkommen können, weil er sein gläsernes Kassenhaus an der Tankstelle hüten mußte. »No vale madre, und Kinder hat er auch.«

»Wußte ich noch gar nicht«, sagte Mickey. Es mochte nicht sein Traumauto sein, aber es war immerhin ein Auto, und er war enttäuscht.

»Drei.«

»Hat er mir nie was von erzählt.« Mickey hatte gerade wieder ein Spiel gewonnen, das vierte hintereinander.

»Du solltest das hauptberuflich machen, cuñado«, meinte Omar, als er die nächste Münze einwarf.

»Reine Glückssache.«

»Orale vato, pura suerte.«

»Ehrlich. Ich weiß selbst nicht, wie das kommt.« Mickey lächelte. Sein neues Talent, dieses Gewinnen, erfüllte ihn keineswegs mit Scham, durchaus nicht, und gelegentlich kam ihm der Gedanke, daß er vielleicht ... na ja, daß er, wenn das Geld einfach so käme, wie er wollte, nach all dieser Zeit endlich weiterziehen könnte, ein richtiges Leben führen, sich einen Wagen leisten könnte, an so was dachte er. Daß sein Gewinn eine Art Zeichen wäre. »Wirklich nicht.«

»Pásame algo pues«, sagte Omar. »Könnte ein bißchen Glück verdammt gut brauchen.«

»Was hast du denn vor?«

»Ich will weg aus diesem Kaff.«

»Wie? Du hast gekündigt?« fragte Mickey. Er hielt es für wahrscheinlicher, daß man Omar gefeuert hatte.

»Ja, mit sofortiger Wirkung.«

»Aber du hattest doch keine Schwierigkeiten oder so was?«

»Friede auf Erden und den Menschen ein Wohlgefallen.«

»Nennt man das heutzutage so?«

Omar nahm keine Notiz davon. Der Stoß ging daneben. »Hab ich dir von neulich abend erzählt?« sagte er. »Das war einer der Gründe, weshalb ich denke, daß meine Zeit hier abgelaufen ist.«

»Wann neulich abend?« fragte Mickey.

»Als ich mit diesen Typen unterwegs war. Möchte wissen, was du davon hältst.« Omar ließ sich viel Zeit, bis Mickey zwei weitere Kugeln versenkt und dann einen Fehlstoß hatte. Er machte keine Anstalten, das Spiel fortzusetzen. Mickey vermochte nicht abzusehen, ob er nun einen Scherz oder eine ernsthafte Geschichte zu hören bekommen würde, denn Omar machte da keinen Unterschied – jetzt stand er einfach nur da und fuhr verlegen mit beiden Händen am dünnen Ende seines Billardstocks auf und nieder.

»Ich bin neulich abends ausgewesen, mit ein paar Typen von der Arbeit. Eigentlich war es nur einer, die anderen waren irgendwelche Bekannte von ihm. Jedenfalls sind wir total versackt. So was von versackt. Sind dann irgendwo hingefahren, weiß nicht wo, irgendwo am Arsch der Welt. Kakteen und Sand und dieses Zeug, das einem überall an den Klamotten hängenbleibt. Ich *war* vielleicht fertig. Me entiendes? Es war dunkel, finster wie in einem Alptraum. Verstehst du? Und dann dieser Rauch. Stockfinster, und oben die Sterne, hingen da oben, als ob wir auf irgendeinem Planeten im Weltraum gewesen wären. Aber wir waren in einem Arroyo, mit Bergen in der Nähe und alles voller Felsen, und der Rauch war so dick, daß man seine Farbe riechen konnte. Graubraun. Grau von brennenden Reifen und braun von Holz. Wo er herkam, konnte man nicht sehen, er war einfach überall, als ob er die Luft war. Jedenfalls haben diese Typen Feuer gemacht. Ein großes Feuer. Riesenhohe Flammen. Und dann kam mir die verrückte Idee, die hätten es auf mich abgesehen. Verstehst du? Ich hatte eine Heidenangst, weil das zu viele waren. Und mir macht so schnell nichts bange, me entiendes? Aber diesmal ja, ich hatte wahnsinnige Angst, hätt mir glatt in die Hose machen können, kann ich dir sagen. Hab versucht mir einzureden, wie verrückt das ist. Aber dann hat einer von diesen Typen ein Messer rausgeholt. Ein mordsmäßiges Messer, sag ich dir, so lang, cuñado. Mann, hatte ich eine Angst, ich war sicher, jetzt passiert's, jetzt machen sie dich fertig. Ich hatte keine Ahnung, wo ich war und wer diese ganzen Pendejos waren, und ich höre immer nur dieses Feuer, wie das prasselt und zischt. Schon mal so ein Feuer gehört, cuñado?«

Omar brach ab und trank aus seiner Bierdose. Aber auch nachdem er das verdaut hatte, sprach er nicht weiter. Er studierte die Konstellation auf dem Billardtisch, als sei das alles, was zu tun noch übrig blieb.

»Und?« drängte Mickey.

»Es todo«, sagte Omar. Es gab bestimmt noch mehr zu sagen, aber er hatte offenbar keine Lust mehr. »Wollte bloß wissen, was du davon hältst.«

Mickey schüttelte den Kopf. »Was soll ich davon halten, Mann?« sagte Mickey. »Im Moment noch gar nichts. Ich kapier das nicht ganz.«

Omar visierte an seinem Queue entlang, geometrisch den Stoß berechnend.

»Aber dir ist nichts passiert, stimmt's?« fragte Mickey, der keine Ahnung hatte, was er dieser Erzählung entnehmen sollte. »Ich meine, du bist mit heiler Haut davongekommen, niemand hat dich zusammengeschlagen. Richtig?«

Omar stieß daneben. Er schüttelte den Kopf so vielsagend, wie er gesprochen hatte.

»Ich kapier das nicht ganz«, murmelte Mickey. Er versenkte die Acht und beendete das Spiel. Er kam sich blöd vor, weil er meinte, irgend etwas überhört zu haben, was auch immer das sein mochte.

»Du bist in Ordnung«, sagte Omar.

»Du auch, wie ich höre«, gab Mickey zurück.

Sie beschlossen zu gehen, stiegen in den Nova und fuhren los.

»Wenn ich könnte, würde ich den Wagen meinem Sohn geben.«

»Du hast einen Sohn?«

»Ist schon fast zwanzig.«

»Nein!«

»Doch, wirklich«, sagte Omar. »Ich bin mit dreizehn von der Schule weg, schwer verliebt. Ich und seine Mutter, die war erst zwölf, und die Schule hatten wir endgültig hinter uns. So ne richtig bescheuerte Liebesgeschichte. Ich war ein blöder chavalito. Mit Motorrädern rumgefahren, ne Menge Blödsinn angestellt. Und deswegen bekommt Butch este carro, weil eines Tages werden wir ihn nicht mehr wiedersehen, und irgendwann muß er ja mal hier weg. Hab in Califas ne Lehre gemacht, bin in die Gewerkschaft, aber pinche Butch hat nichts en este pinche tejas.«

Ihm gefiel das nicht, und wenn er auch nicht der Typ war, der andere um Almosen anbettelte, fragte er sich trotzdem, warum Omar ihm nicht genauso half wie Butch. Ob das eher ein Kompliment war? Auch er brauchte einen Wagen. Daß er einen Wagen haben müßte, ging ihm häufig durch den Kopf. Aber er brachte das Thema nicht zur Sprache. Nicht direkt.

»Ich werd mich auch demnächst verkrümeln, raus aus diesem beschissenen YMCA. Zur Zeit komm ich kaum über die Runden, aber ich hab keine Lust mehr, wie früher irgendwelche Scheißjobs für diese idiotischen Bauern hier zu machen. Wenn endlich mein Geld kommt«, sagte Mickey und versuchte so ehrlich wie möglich zu klingen, »oder auch, wenn es nicht kommt.« Mickey hörte und spürte den Fahrtwind in seinen Haaren, zu beiden Seiten der Straße brauner Wüstenboden. Dann entschloß er sich noch einmal zum Reden. »Ich weiß, du glaubst mir nicht, Omar, aber es stimmt wirklich, was ich dir erzählt habe. Wenn einer wie du mir nicht glaubt, das macht mich echt krank. Nur kann ich nicht richtig darüber reden, nicht mal mit Leuten, zu denen ich Vertrauen habe. Das geht einfach nicht. Es wäre ein Fehler, eine Dummheit. Am besten hätte ich nie davon angefangen.«

Omar ließ eine Pause vergehen. »Mach dir mal keine Sorgen«, sagte er.

Das konnte Mickey längst nicht befriedigen. »Noch eins«, sagte er, wieder um einen absolut sicheren Tonfall bemüht. »Es könnte nämlich Verletzte dabei geben. Ich weiß, du glaubst mir nicht... aber ich sage dir, es könnte jemand dabei draufgehen, ohne Scheiß.«

»Räuberpistole«, gab Omar schlagfertig zurück. »Wildwest-Geschichte.«

»Ja«, sagte Mickey und hoffte, Omar habe ihn endlich verstanden, auch wenn er dazu dessen Sarkasmus ignorieren mußte. »Könnte man sagen.«

Die Straße: oben blauer Himmel, unten hölzerne Strommasten, durchhängende Drähte, parallel und rechtwinklig, gepflügte Äcker und ungepflügte Landstriche, bewachsen mit Kreosotbüschen und Mesquitsträuchern, Salzgras und Indianerhirse. Und dann erhob sich hinter und über einigen hohen knorrigen Pappeln voller schleimgrüner Mistelkugeln eine noch höhere weiße spanische Fassade, sah aus wie eine Festung. Omar steuerte auf das Bauwerk zu, als sei dies von Anfang an sein Ziel gewesen.

Am höchsten Punkt der Missionsstation, auf der Spitze des Glockenturms, stand ein riesiges eisernes Kreuz. Darunter, wo die Tauben hausten, hingen der Größe nach drei Glocken. Drinnen, über die ganze Breite der hohen Decke, zogen sich dicke geschnitzte Balken, die offenbar ein leichtes indianisches Strohdach trugen. Die meterdicken Lehmziegelmauern waren unten teilweise zerfallen, der Putz abgebröckelt, feucht vom kargen Niederschlag der sommerlichen Monsunzeiten und des Winters. Die Kirchenbänke waren uralt und von einer wachsartigen braunen Substanz überzogen, die jedem, der seinen Namen in die Lehnen ritzte, unterm Fingernagel klebenbleiben mußte.

Omar und Mickey öffneten das schwere Holzportal und nahmen ehrerbietig die Sonnenbrillen ab. Omar schritt ernst zum Weihwasserbecken, benetzte sich die Finger, beugte das Knie und bekreuzigte sich, betupfte sein schwarzes T-Shirt mit der geweihten Flüssigkeit. Die bunten Fenster färbten das Licht im Kirchenraum blau, grün und rot, und die Sträuße noch frischer Blumen auf einem Tisch vor dem Hauptaltar mischten ihr Blühen in den Weihrauch, mit dem die Missionspriester zweihundert Jahre lang ihre Messen geläutert und geheiligt hatten. Hinter dem Hauptaltar hing Christus am Kreuz, ausgemergelt, die Haut an Ellbogen und Knien aufgerissen, die Wunden weiß und tief, Füße und Hände angenagelt und mit geronnenem Blut bedeckt. Eine Krone aus harten Wüstendornen war ihm in die Stirnhaut gedrückt, das Blut tropfte auf Schultern, Brust und Schenkel; die Augen offen, richtete er den Kopf gen Himmel, betrübt und bittend, flehend.

In einer Nische neben dem Hauptaltar stand eine Statue der Mutter Gottes, der Heiligen Jungfrau, der Himmelskönigin, warm eingehüllt in einen kostbaren grünen, mit Sternen bestickten Umhang, eine rote Rose in den dunklen Händen. Sie stand vor einer vergoldeten Yucca, deren nadelspitze Blätter glänzten wie Sonnenstrahlen. Unter ihr der Knabe Juan Diego, der sie auf Armen und Schultern trug – wie ein grauer Felsblock duckte sich der kleine Junge unter der Jungfrau, und seine derben, schmutzig grauen Hörner ließen ihn kräftig wie einen Stier aus Stein erscheinen.

Omar ging unbeholfen vor der Jungfrau Maria de Guadelupe in die Knie und winkte Mickey mit dem ganzen Arm, es ihm nachzutun. Omar griff in die Tasche und zog einen zerknitterten Zehn-Dollar-Schein und eine Handvoll Kleingeld heraus.

»Hast du noch was?« fragte er Mickey mit biergeträntem Atem.

»Nur noch ganz wenig«, sagte Mickey.

»Echalo«, verlangte Omar, der bei den Votivkerzen ein Streichholz entdeckt hatte. Er zündete eine an. »Verstehst du, wir müssen alles in dieser Kirche lassen. Wir müssen sagen: ›Heilige Mutter, Großer Gott, wir brauchen Hilfe, uns geht's nicht besonders, wir brauchen die Hilfe.‹ Und wenn es dein letzter Dollar ist, tu es, cuñado, du mußt sagen: ›Gott, ich geb dir meinen letzten Dollar!‹ Und wenn es dein allerletzter Cent ist, tu es. Und wenn du am Verhungern bist und dir noch was zu essen kaufen könntest, gib es ihr trotzdem. Und wenn der Priester aussieht wie ein versoffenes fettes Schwein, das macht auch nichts, cuñado, weil es egal ist, wohin das Geld geht und wie es da hinkommt, denn sobald du es aus der Hand gibst, findet es den Weg zu Gott, und er weiß, was du getan hast. Also, das mußt du machen, das müssen wir machen. Por eso hab ich ihm grade mein ganzes Geld gegeben. Und jetzt steckst du deins auch da rein, me entiendes, cuñado?«

Nicht nur Omar machte Mickey Sorgen – er verstand kaum, was an diesem Tag eigentlich ablief –, sondern auch die Frage, wieviel Benzin sie noch im Tank hatten, dennoch langte er aus der Stimmung des Augenblicks in seine Hosentasche und fand ein paar Münzen. Er fühlte auch zwei Dollar-scheine, aber die ließ er stecken. Er warf das Kleingeld in die für Spenden aufgestellte Konservendose und zündete gleichfalls eine Kerze an. Und dann betete Mickey für sich allein. Er brauchte einige Zeit, seine Gedanken zu sammeln, weil er so viele hatte und sie ihm alle durcheinandergingen. Aber dann war es ganz einfach: Bitte, hilf mir, das durchzustehen, laß mich bitte nicht sterben.

Schweigend ließen sie den Kerzen genug Zeit, einen kleinen Kreis um den Docht zu schmelzen, und als sie dann, schwindlig von Bier und Gott und der langen Geschichte dieser Kirche, ins Freie traten, schlug ihnen das weiße Wüstenlicht der gelben Sonne so grell entgegen, daß sie zum Schutz ihrer braunen Augen die Sonnenbrillen aufsetzen und sich fest auf die Nase drücken mußten, bevor sie wieder ins Auto stiegen.

Mr. Crockett saß wie üblich neben dem Eingang des Y in der Sonne, die weiße Spitze seines Stocks klopfte an die Glastür. Er war eigenartiger Laune, schaukelte erst, ängstlich auf seinem Metallstuhl nach vorn gebeugt, vor und zurück, dann scharrte er mit den verstaubten spitzen Schuhen auf dem Linoleum herum, einen Fuß vorgeschoben, den andern unterm Stuhl. Er machte das nicht sehr lange und immer nur eins von beiden, nie beides zugleich. Einmal verhakte er sich mit dem linken Fuß am rechten und ächzte wütend. Mickey, der eben offiziell seinen Dienst hinterm Schalter antreten wollte, ging zu ihm rüber und rückte ihm den drinnen wie draußen überflüssigen Mantel zurecht – der ihm schlaff von den Schultern über Rücken und Arme hing und zu Boden zu fallen drohte.

»Was ist denn los, Mr. Crockett?« Mickey schob auch den

weichen beigefarbenen Filzhut wieder hoch, den Mr. Crockett bedenklich schief zur Seite hatte rutschen lassen. »Warten Sie auf jemand? Sie haben sich ja heute entsetzlich feingemacht.«

»Ich...«, fing Mr. Crockett an, aber der Rest kam nur als unverständliches Sabbern heraus. Offensichtlich erregte ihn das Thema, er scharrte mit den Füßen und stemmte den Oberkörper in die Lehne.

»Wirklich alles in Ordnung, Mr. Crockett?« fragte Mickey noch einmal. So hatte man Mr. Crockett noch nie erlebt.

Aus Mr. Crocketts Mund kam ein langgezogenes Stöhnen, dessen Stetigkeit jedoch von Hustengeräuschen unterbrochen wurde. Dann hob er den Kopf, zu spät, die Augen folgten hoffnungsvoll den Schatten der zwei Gestalten, die eben zur Tür hereinkamen. Enttäuscht fing er wieder auf seinem Stuhl zu schaukeln an, schwang Kopf und Schultern hin und her und klopfte mit dem Stock ans Glas. Nur daß er jetzt ganz leise weiterstöhnte und ein winziges Gluckern anzeigte, daß sich in seinem Magen etwas freimachte. Es war ein ekelhafter Rülpser, den Mickey als Signal zum Aufbruch interpretierte.

Fred spürte seinen Wodka – fühlte sich offensichtlich gut an.

»Wie kriegst du dieses Zeug bloß runter?« fragte Mickey. »Doch nicht etwa *pur*?«

Fred, der seine widerspenstigen Arme in die Ärmel der Levi's-Jacke zu schieben versuchte, grinste ihn an.

»Was ist mit Mr. Crockett?« fragte Mickey.

Fred zuckte die Schultern. »Solange er niemand belästigt. Solange er mich nicht belästigt.«

»Da ist doch irgendwas.«

»Hier sieht man alle möglichen Typen, ein ewiges Kommen und Gehen«, sagte Fred, zufrieden mit seiner Weisheit; auch die Jacke saß endlich zufriedenstellend. »Hier, das ist alles, was sie für diesmal geschrieben hat. Heute übernimmst du die Post. Ist eben gekommen, und ich bin jetzt weg.«

»Echt?« sagte Mickey, bemüht, seine Freude nicht allzu offen zu zeigen – nicht daß Fred überhaupt auf so etwas geachtet hätte. Mickey streichelte den mit einem Gummi umwickelten Packen. »Mach dir einen schönen Abend, Fred. Amüsier dich.«

Mr. Crockett stöhnte jetzt geradezu abscheulich, und Oscar war bei ihm, er wollte ihn – mit sanfter Gewalt – nach oben auf sein Zimmer bringen, aber Mr. Crockett leistete Widerstand, stieß ihn zurück und wurde noch lauter. Als Fred an ihm vorbeikam, schenkte er Oscar nicht nur kein einziges Wort der Ermutigung, sondern auch keinen einzigen Blick. Er stolzierte einfach durch die Tür.

Binnen einer Minute hatte Mickey den Stapel nach einem Brief für sich durchgeblättert. Nichts.

Unterdessen hatte Oscar beschlossen, Mr. Crockett auf die Beine zu stellen, und führte ihn jetzt gerade zum Aufzug. »Sie können hier nicht den ganzen Tag warten, Señor Crockett«, versuchte Oscar zu erklären. »Sie müssen jetzt wirklich auf Ihr Zimmer.«

»Was hat er denn, Oscar?« fragte Mickey hinterm Schalter.

»No sé. Es que está loco, el viejito. Der Alte spinnt.«

Als Oscar ihn – nicht gerade sanft – in den Aufzug führte, stöhnte Mr. Crockett plötzlich auf. Aus welcher Emotion heraus, war nicht ganz klar – ein Lachen oder Weinen, es war nicht auszumachen.

Ungerührt, abgelenkt von seiner eigenen Verwirrung, begann Mickey die Post auf zwei Stapel zu sortieren, wobei er zweimal unterbrochen wurde, weil er für irgendwelche Besucher auf Buchstaben- und Zifferntasten zu drücken hatte.

»Das stimmt nicht«, sagte ein Durchschnittstyp im Trainingsanzug, für den er im Zuge einer Transaktion die Kasse bedient hatte.

»Was denn?« fragte Mickey, der sich selbst jetzt noch nicht auf diese andere Arbeit konzentrierte.

»Ich habe Ihnen einen Zwanziger gegeben, und Sie haben mir auf einen Zehner herausgegeben.«

»Sie haben mir mit Sicherheit einen Zehner gegeben«, sagte Mickey, obwohl er sich an nichts erinnerte.

»Nein, einen Zwanziger«, sagte der Mann überzeugt.

»Ganz sicher?«

»Allerdings.«

»Aber was mach ich denn jetzt?« fragte Mickey vornehmlich sich selbst. Er überlegte, ob er Mrs. Schweitz fragen sollte, die hinter ihm an ihrem Schreibtisch saß. Aber es blieb bei der Überlegung. »Also gut, hier haben Sie noch zehn. Sie machen einen ziemlich ehrlichen Eindruck.«

Der Mann steckte das Geld ein und schritt leicht eingeschnappt von dannen.

Mickey war für den Bruchteil einer Sekunde beunruhigt, dann machte er sich wieder ans Sortieren der Post. Als er fertig war, brachte er Mrs. Schweitz die Geschäftsbriefe hinein. Sie war in ihre Arbeit vertieft, und auch er sagte kein Wort.

Dann legte er die Briefe für die Bewohner in die jeweiligen Fächer. Er konnte sich nicht enthalten, kurze Blicke nach den Absendern zu werfen. Einer war an Mr. Charles Towne adressiert. Poststempel New Orleans, hinten mit transparenten Klebestreifen verschlossen. Geld. Mickey wußte, da war Geld drin.

Genau da umschlang ihn Rosemary von hinten und schob ihm ihre weichen Brüste ins Kreuz. Mickey fuhr zusammen, als hätte er zum erstenmal im Leben Buh gehört.

»Chingao! Da kriegt man ja glatt einen Herzinfarkt!«

»Wenn's *mehr* dazu nicht braucht«, sagte Rosemary kokett.

»Ich hab dich nicht kommen hören«, formulierte er sorgfältig, um seinen noch immer nicht rhythmischen Herzschlag auszutarieren. »Was schleichst du dich so an mich ran?«

»Hab ich doch gar nicht«, sagte sie. »Ich glaub, ich hätte laut rumtrommeln können, und du hättest auch nichts gehört.«

Mickey schüttelte schuldbewußt den Kopf. Er machte sich wieder ans Einsortieren der Briefe, jetzt aber professioneller, ohne jeden einzelnen zu untersuchen.

»Also, du kommst morgen abend«, sagte sie, nachdem sie ihm einige Sekunden lang zugesehen hatte. Sie gab sich freudig erregt ob dieser Aussicht.

»Hm«, machte Mickey. Ihn schwindelte noch immer, als sei er bei irgend etwas ertappt worden. Momentan sah sie nicht einmal aus wie besser als gar nichts. Und er stand sowieso nicht auf Frauen mit großen Brüsten. Und überhaupt fand er es wenig erstrebenswert, irgendwo bei einer Mutter essen zu müssen. »Weiß nicht, ob ich kann.«

»Mom hat gesagt, sie nimmt dich mit, wenn sie mit der Arbeit fertig ist«, unterbrach sie ihn. »Sie fährt dich. Aber ich kann dich zurückfahren.« Sie berührte Mickey an der Schulter, als sei dies ein geheimes Zeichen, das er kennen sollte. »Wäre das nicht schön?«

Mickey gab nach. »Ja, von mir aus.«

»In Ordnung, Mom?« fragte Rosemary laut. »Morgen?« Rosemary schien anzunehmen, daß ihre Mutter alles mitgehört hatte.

»Was morgen?« fragte Mrs. Schweitz.

»Daß Mickey uns besucht und du ihn von hier mitnimmst.«

»Aha.« Mrs. Schweitz zögerte – oder sie war gerade allzu

sehr von ihrer Arbeit in Anspruch genommen. »Wenn es dir recht ist.«

»Siehst du?« sagte Rosemary.

Mickey saß mit ausgestreckten Beinen auf dem Metallstuhl, der sonst um diese Tageszeit gewöhnlich von Mr. Crockett warm gehalten wurde, und wartete geduldig, daß Mrs. Schweitz Feierabend machte. Oscar lehnte seine gestärkte und gebügelte graue Uniform an die übliche Stelle und lauschte, lauschte und beobachtete, zufrieden mit seinem Arbeitsplatz. Fred, der Überstunden machte, die Stunden, die man Mickey weggenommen hatte, wickelte eine komplizierte Transaktion mit einem Kunden ab und schob die Brille in das fellgefütterte Etui an der Tasche seines Lieblings-Westernhemdes. Dann klemmte er seine vier Buchstaben auf den Metallhocker hinter dem Schalter, einen Absatz in die Querstrebe gehakt, den anderen fest auf dem Boden, und starrte ins Leere, ob gereizt oder gelangweilt, war schwer zu sagen – Mickey war nicht dazu gekommen, ihm seinen Wodka zu besorgen. Die Gelassenheit, die Fred – und Oscar übrigens auch – zur Schau stellte, war jetzt besonders wirkungsvoll, da Charles Towne, dem die zu kleine, emblemlose Baseballmütze mehr oder weniger die Blutzufuhr in die Schädelhaut absperrte, steif und fest davon überzeugt war, daß irgend jemand seine Post zurückhielt.

»Ich will meine Post, wenn sie kommt«, forderte Charles.

Charles' Forderungen veranlaßten Fred zu keinerlei nutzlosen Gefühlsausbrüchen.

»Es muß was für mich gekommen sein«, wiederholte Charles Towne.

Mr. Fuller, den man gerufen hatte, diese Szene mit seiner Autorität zu beenden, kam aus seinem Büro um die Ecke.

»Wo ist das Problem?« fragte er schneidend militärisch, genau wie Sarge es in einem solchen Fall getan haben könnte. Er trug eine blaue Hose, ein graues Jackett und eine schwarze Krawatte, und das forsche Klacken seiner heftig polierten Schuhe folgte ihm, als er quer durch die quietschende Schwingtür zu Fred hinter den Empfangsschalter trat.

»Ich will meine Post, wenn sie kommt«, sagte ihm Charles ins Gesicht.

»Das wissen wir inzwischen, Mr. Towne«, reagierte Fuller erst einmal streng.

»Ja und?«

»Charles«, sagte Mr. Fuller, auf einen freundlichen Ton umschwenkend, »wir halten Ihre Post nicht zurück. Bestimmt nicht. Wir haben überhaupt keinen Grund, so etwas zu tun.«

»Mir ist ein Brief geschickt worden«, sagte Charles, der nicht bereit war, irgend jemandes Darstellung der Tatsachen zu diskutieren. »Ich weiß, daß mir ein Brief geschickt wurde, und den will ich jetzt haben.«

»Haben Sie genau nachgesehen?« wandte sich Mr. Fuller an Fred. Der nickte, teilnahmslos, gelangweilt. »Wenn Post für Sie da wäre, läge sie jetzt in Ihrem Fach«, versicherte Mr. Fuller Charles.

»In meinem Fach ist nichts.« Charles' Stimme schien um einige Dezibel zuzulegen, aber vielleicht entstand dieser Eindruck auch nur durch den Kontrast zum gebannten Schweigen der Cafeteriagäste, die sich zusammen mit einigen aus dem Aufzug gekommenen Hausbewohnern und allen möglichen YMCA-Mitgliedern auf dem Weg zu oder von den Storträumen im Hintergrund versammelt hatten und zuhörten. Mit anderen Worten, es strömte Publikum zusammen.

Unterdessen wirkte Charles Towne nicht allzu besorgt oder aufgeregt, die Anwesenheit dieser Leute, falls er sie überhaupt bemerkte, schien ihm nichts auszumachen.

»Sollte in meinem Fach sein, ist aber nicht«, regte Charles sich auf. »Sollte in meiner Hand sein. Ist aber nicht.«

»Charles, was soll ich denn für Sie tun?« fragte Mr. Fuller frustriert.

»Ich will meine Post, wenn sie *kommt*.«

Mr. Fuller, alles andere als erfreut über die wachsende Kulisse, über diese Gefahr, durchlebte einige Stimmungsschwankungen und konnte Hände und Füße kaum noch ruhig halten. Er kniff ins Ende seiner Krawatte und zerrte daran. »Charles, es ist heute für Sie keine Post gekommen. Mehr kann ich nicht sagen.« Er scharrte mit den Füßen, zertrat imaginäre Insekten. »Und jetzt ... möchte ich ... daß Sie gehen ... bitte.« Fullers stockende Sprechweise zeugte von seinem Ringen um verbindliche Worte – oder etwas Ähnlichem –, er fand aber keine. »Gehen Sie auf Ihr Zimmer«, sagte er und schritt, plötzlich selbstgerecht und sicher, durch die Schwingtür. »Sehen Sie lieber einmal in Ihrem Zimmer nach. Vielleicht ist die Post längst da, und Sie haben's nur vergessen.«

Keine Falte in Charles' Gesicht wurde länger. Er krümmte keinen Finger.

»Das ist doch ohne weiteres möglich«, fuhr Mr. Fuller fort, wobei er sich, Unterstützung und Bestätigung heischend, an Fred wandte und sich alle Mühe gab, Fassung und einen klaren Kopf zu bewahren. »Wahrscheinlich haben Sie's vergessen, oder es könnte auch sein, daß *Sie* den Brief verlegt haben, nicht wir. Das ist genauso logisch wie Ihre Behauptung.«

»Mir ist ein Brief geschickt worden«, wiederholte Charles ungerührt.

»Also jetzt reicht's!« schrie Mr. Fuller mit dunklem Kopf und leuchtend roten Ohren. »Schluß mit diesem Theater!« Er stürmte an Charles vorbei auf die Leute vor der Cafeteria zu und fuchtelte mit den Händen. »Los, los, bitte weitergehen, alle. Sie stören nur.« Die Nächststehenden wichen zurück, und die Zaghaften folgten sogar seiner Anweisung, nur einige blieben spöttisch an ihrem Platz. Mr. Fuller drehte sich, so kühl und streng es ihm möglich war, zu Charles herum. »Wenn Sie dieses Theater nicht *augenblicklich* beenden, lasse ich Sie mit Gewalt von hier entfernen. Ich werde Sie aus dem Haus weisen.«

Charles sah Mr. Fuller eine halbe Ewigkeit lang stumpf und finster an, und seine hochgezogenen Augenbrauen bekundeten eine an ihm vertraute Mischung aus Unverständnis und Tiefsinn, aus Zweifel und Überzeugtheit. Charles sah einem anderen selten in die Augen wie jetzt Fuller, und niemals so lange.

»Sie werden schon sehen, werden Sie«, sagte er. Charles hatte kapituliert. Er trat zur Seite und begab sich auf einem langen Umweg zur Tür und ins Freie, machte aber vorher bei Mickey Halt, der noch immer auf Mr. Crocketts Stuhl saß. Charles, der in ihm einen Freund und Genossen sah, rückte vertraulich an ihn heran. »So ein Quatsch«, sagte er, nicht laut, aber auch nicht gerade leise. »So ein Quatsch.«

Mickey hätte lieber nicht so nah bei Mrs. Schweitz gesessen, aber dagegen ließ sich in kleinen Autos nichts machen.

»Ziemlich chaotisch heute«, bemerkte er.

Mrs. Schweitz reagierte, als ob sie nicht wüßte, wovon er redete – oder als ob sie noch immer an ihre Arbeit dachte.

»Die Sache mit Charles Towne, unten am Empfang«, ergänzte er.

»Ach so, das. Schrecklich.«

»Schrecklich«, plapperte Mickey ihr nach, da ihm nichts anderes einfiel. »Das ist ja ein ständiges Kommen und Gehen«, probierte er, auch dies aus Mangel an anderem Gesprächsstoff, Freds Redewendung aus. »Sie haben bestimmt schon oft Scherereien mit Leuten am Empfang erlebt.«

»Ja, sicher...« Mrs. Schweitz war voll und ganz damit beschäftigt, auf der I-10 die Spur zu wechseln. Sie fuhren Richtung Osten. »Ja, sicher, sowas kommt vor. Entschuldigen Sie, aber auf der Schnellstraße hier werde ich immer nervös.«

»Macht doch nichts«, versicherte Mickey, den ihre hektische Fahrweise auf der Autobahn selbst ein wenig nervös machte. Obwohl er ihr nicht glaubte. Eher lag es an seiner Anwesenheit. Er fragte sich, wann er zum erstenmal diese Änderung ihres Verhaltens ihm gegenüber bemerkt hatte – oder hatte er sich von Anfang an in ihr getäuscht? Jedenfalls hatte er zunächst geglaubt, es freue sie, daß ihre Tochter ihm zu gefallen schien, und in der Zeit davor sei er ihr einfach so sympathisch gewesen.

»Ich habe einen Braten im Ofen«, sagte Mrs. Schweitz. »Das heißt, Rosemary hat ihn in den Ofen getan. Ich hab sie angerufen und darum gebeten. Und Drei-Bohnen-Salat. Und Süßkartoffeln«. Das war ihre Art, Konversation zu machen.

Mickey haßte Bohnensalat und Süßkartoffeln, und überhaupt schien ihm das alles nicht richtig zusammenzupassen. »Klingt köstlich. Ich weiß schon gar nicht mehr, wann mich das letztemal jemand zu sich nach Hause zum Essen eingeladen hat.«

Das war offenbar nicht Musik in Mrs. Schweitz' Ohren. »Rinderbraten. Aus der Hinterkeule.«

»Ich liebe Rinderbraten. Schließlich hat das Rind den Westen erobert.« Bis jetzt verlief die Fahrt mit ihr schlimmer, als er sich vorgestellt hatte. Immerhin galt für sie das gleiche. »Etwas Chili dazu, da kann niemand was falsch machen.« Logisch das Falscheste, was er sagen konnte. »Haben Sie eigentlich mal diesen Reverend gesehen, diesen Miller den Dritten, diesen Kerl?« fragte er, um nur schnell das Thema zu wechseln. »Der war auch ganz verrückt wegen der Post. Ist schon seltsam. Wirklich seltsam, wie wichtig die Post für manche Leute ist.«

Mrs. Schweitz drückte nervös an ihrer gesprayten Turmfrisur herum, als hätte sie etwas Verlorenes wiedergefunden. »Na gut, die Bewohner dort bekommen manchmal Schecks oder Bargeld geschickt. Oder sie sind einsam und freuen sich über Post von ihren Kindern oder Verwandten. Die Menschen brauchen so etwas. Manchmal denke ich, die Hoffnung auf Post ist für manche von ihnen das einzige, was sie noch haben. Vielleicht ist das ihre letzte Verbindung mit einer Welt, die jedenfalls besser gewesen sein muß als die des YMCA, so ganz allein auf einem Zimmer.«

Mickey mußte das erst mal verdauen. »Sie haben da etwas wirklich Schönes gesagt«, meinte er. »Wirklich klug und einfühlsam. Ich wohne ja auch dort. Und was Sie sagen, ist vollkommen wahr.«

Seine Reaktion traf Mrs. Schweitz unvorbereitet. Sie fühlte sich geschmeichelt, und das half ihnen beiden. Sie faßte Mut. »Die meisten dort im Haus sind anständige und brave Leute. Ich glaube nicht, daß jemand dort wohnen würde, wenn es nicht unbedingt sein müßte, und die Älteren wohnen dort, weil sie stark genug sind, für sich selbst zu sorgen und nicht auf ein Heim angewiesen sind.«

»Und es gibt Leute wie mich und Butch und John Hooper...«, ertappte sich Mickey bei einer Aufzählung. »Obwohl ich nicht mehr lange bleiben werde«, erklärte er mit der typischen Verschämtheit der Hausbewohner. »Ich gebe mir große Mühe, da herauszukommen. Bin schon viel länger da, als ich je erwartet habe.«

»Na, ich hoffe, Sie...« Sie fand keinen Schluß für diesen Satz, und sie fuhren schweigend weiter, bis er als verloren aufgegeben war.

»Also haben Sie diesen Reverend Miller mal gesehen?«

»Nein. Falls es nicht der ist, den Joe, Mr. Fuller, vor kurzem an die Luft gesetzt hat.«

»Ich glaub schon«, sagte er. »Bin nicht sicher, aber ich glaube schon.«

»Das war derselbe, der den Zigarettenautomaten getreten hat.«

»Genau, das war der Reverend. Ist während meiner Schicht passiert.«

»Den habe ich nie zu Gesicht bekommen, keine Ahnung, wie er aussieht. Aber wenn er das tatsächlich war, stammen die Drohanrufe von ihm. Wir haben die Polizei eingeschaltet.«

»Echt? Was denn?«

»Morddrohungen.«

»Wirklich wahr?«

»So hat man es mir erzählt. Diese Probleme wegen der Post hatten wir auch früher schon.«

Mickey fühlte sich wieder unbehaglich. »Das heißt, es ist *wirklich* welche verlorengegangen?«

»Ich persönlich glaube das nicht. Ich denke, diese Leute bilden sich das ein. Lassen sich von ihrer eigenen Phantasie täuschen.«

Das beeindruckte Mickey wieder. »Wie Charles Towne.«

»Seit der bei uns eingezogen ist, bekommt Mr. Fuller ständig seine Beschwerden wegen der Post zu hören. Ich habe bestimmt keine Vorurteile, aber Schwarze machen immer Ärger. Weiß auch nicht, wie das kommt.«

»Charles hat ein paar Probleme, aber er ist in Ordnung«, sagte Mickey zu seiner Verteidigung. »Und wer weiß, vielleicht sind seine Briefe ja wirklich auf der Post verlorengegangen oder sonstwo.«

Mrs. Schweitz bog auf die Ausfahrt ein, was für beide eine wahre Wohltat war. »Wir sind schon fast zu Hause«, sagte sie.

»Freut mich wirklich, daß ich Sie mal besuchen darf.«

Mrs. Schweitz wandte ihm den Hinterkopf zu. »Ich bin zu nachgiebig. Ich konnte sie nicht davon abbringen, Sie einzuladen.« Jetzt sah sie ihm ins Gesicht. »Sie hat noch nie einen Freund gehabt.«

»Noch keinen Freund? Was ist denn dann mit diesem GI?«

Mrs. Schweitz schüttelte den Kopf. »Nichts. Hören Sie zu, ich sagen Ihnen jetzt was. Tun Sie ihr nichts an, ist das klar? Tun Sie ihr nicht weh. Das ist nicht persönlich gemeint, aber wenn *ich* noch was zu sagen hätte – ich will Sie bestimmt nicht kränken –, aber ich kann es einfach nicht glauben, daß meine Tochter in einen dieser Hausbewohner verknallt ist, einen wie Sie. Nehmen Sie's mir nicht übel, aber das gefällt mir nicht besonders.«

Mickey blickte stur geradeaus.

***

Mickey, der vor Elend kaum den Mund aufbekam, saß am Kopfende des Ahorntischs. Rosemary übte sich eifrig als Ehefrau. Eine Rüschenschürze umgebunden, Topflappen in beiden Händen, war sie von der Küche hin und her geeilt und hatte in aller Schicklichkeit den Tisch gedeckt, und jetzt reichte sie anmutig die unglasierten mexikanischen Schüsseln und die glasierten Porzellanteller herum, ihm immer zuerst, und verlangte, er solle sich den Teller volladen. Sie selbst nahm eine bescheidene Portion, die sie zierlich verspeiste, indem sie das zu lange gebratene Fleisch in winzige Stücke schnitt und damit andeutete, daß sie in ihrem ganzen Leben noch nie zuviel gegessen habe. Mrs. Schweitz auf ihrem Polsterstuhl bückte sich tief über ihren Teller und zog ein Gesicht, das aber als schiefes Lächeln durchgehen konnte. Vielleicht lag es an dieser Atmosphäre, oder daran, daß ihm das Essen nicht schmeckte – nicht mal Chili als Beilage, Mickey hatte gefragt – und er sich verstellen mußte, vielleicht auch lag es daran, daß Omar von Anfang an recht gehabt hatte, jedenfalls sah er sie heute nur allzu gut, und nicht durch Oscars Augen. Die Wirklichkeit, erkannte Mickey zu seinem Kummer allzu oft, machte jeden Spaß im Leben kaputt.

Als die Frauen den Tisch abräumten, wurde Mickey in ein Zimmer geschickt, in dem alles unbenutzt aussah: mit Spraypolitur gepflegte Holzfurniere, geblümte Schaumstoffkissen auf der Sitzgarnitur, elastisch wie eben erst gekauft und akkurat geradegezupft, Fotos aus Rosemarys High-School-Zeit hinter glänzend geputztem Glas. Der dicke synthetische rutschige Teppich glänzte wie frisch getrimmt und war erst kürzlich gesaugt, auf dem Tisch lagen unzerlesene Zeitschriften über Leben und Lebensart des Südens so ordentlich aufgereiht wie am Illustriertenstand eines Kaufhauses.

Mickey, zwar satt, aber leicht frustriert, konzentrierte sich auf seine traurige Lage: Er hatte kein Auto, er hatte keine bessere Frau als dieses fette Monstrum mit diesen dicken

Brüsten, er hatte kein Geld, er hatte kaum etwas, das man als Job bezeichnen konnte, und er würde noch stundenlang warten müssen, bis er endlich wieder und ausgerechnet auf sein Zimmer 412 im YMCA zurückkehren konnte.

Rosemary kam herein und ließ sich fröhlich neben ihn plumpsen. »Hallo.« Sie rückte so nahe heran, wie es, ohne ihn zu berühren, möglich war.

»Hat prima geschmeckt«, übertrieb Mickey. »Danke für die Einladung.« Er saß so weit vorn auf der Sofakante wie möglich. Und obgleich er wußte, daß sie es von ihm erwartete, versuchte er nicht, den Arm um sie zu legen.

»Du kannst uns bestimmt wieder besuchen, jederzeit.«

»Glaub ich kaum«, kicherte Mickey.

»Warum sagst du so was?«

»Wegen deiner Mom.« Er sagte das nicht, um die Sache geradezubiegen und noch einmal eingeladen zu werden, sondern um exakt das Gegenteil zu erreichen.

»Hat sie dir was gesagt?« fragte Rosemary beunruhigt.

»Das ist es ja, sie hat gar nichts gesagt.«

Rosemary schien gekränkt.

»Entschuldige«, bat er. »Ich will keinen Streit anfangen. Bin jetzt besser still.«

»Das macht mich aber traurig. Ich möchte doch, daß es dir hier gefällt.« Sie dachte nach. »Lehn dich zurück.« Jetzt übernahm sie die Initiative, warf sich an ihn ran, ließ den Kopf an seine Schulter sinken.

Bald hatte sie ihn soweit, daß er komplett, mit Schultern und allem, in die Couch gedrückt war und sie sich an ihn schmiegen konnte. Mickey sah immer deutlicher, was sich in ihrem romantischen Kopf zusammenbraute, und das entsprach ganz und gar nicht seinen Vorstellungen.

»Tut mir wirklich leid«, sagte er. »Wahrscheinlich bin ich

einfach zu empfindlich. Deine Mom ist bestimmt bloß müde von der Arbeit.«

Rosemary war erleichtert.

»Du bist der erste Junge, den wir zum Essen dahatten. Vielleicht ist es das.«

Genau das hatte Mickey befürchtet. »Und was ist mit diesem anderen, deinem Freund aus Fort Bliss?«

»Machst du Witze?«

»Nein, ach was. Aber warum bist du mit ihm ausgegangen?«

Rosemary zuckte die Schultern.

»Meinst du nicht, er wäre eifersüchtig, wenn er wüßte, daß ich hier bin?«

»Hör auf damit«, sagte sie.

»Ich will mich aber nicht zwischen euch drängen.«

»Hör auf damit. Du weißt genau, daß zwischen ihm und mir nichts Ernstes ist.«

»Wenn du es sagst.« Er überlegte, ob er jetzt gehen sollte, beschloß aber, sich weiter dumm zu stellen. »Ganz wie du meinst. Aber ich seh mich lieber vor. Der ist doch bestimmt groß und stark.«

»Tut mir leid, daß wir in diesem Zimmer sein müssen«, wechselte Rosemary das Thema. »Aber Mom findet, hier ist es besser als im Fernsehzimmer. Weil hier mehr Licht ist. Das ist sicherer oder so. Meint sie.«

Plötzlich dachte Mickey an Jake und Consuela. Auch Consuela hatte dicke Brüste, und er sah klar und deutlich, wie reizend die waren. Consuela war schön. Rosemary war nicht schön. Das war die reine Wahrheit, und Wahrheit war eine wichtige Variable. Wahrscheinlich hatte sie auch nicht so schöne Beine wie Consuela. Aber, nun ja, er fand, vielleicht war es besser, einen Fehler zu machen, als gar nichts zu tun. Zumal ja niemand etwas davon erfahren mußte. Also griff

Mickey ihr, kaum daß er sie zu küssen begonnen hatte, in die Bluse.

»Nicht!« sagte sie und schob seine Hand weg.

»Was ist denn?«

»Du weißt, ich mag dich, aber ich bin nicht leicht zu haben.«

Mickey verkniff sich eine scherzhafte Bemerkung.

»Außerdem«, sagte sie, »könnte meine Mom reinkommen.« Sie kuschelte sich versöhnlich an ihn. »Ich mag dich wirklich«, wiederholte sie, »und ich muß dich ja noch zurückfahren.«

Mickey sagte ihr nicht, wie sehr ihn das freute. »Mit einem wie mir solltest du dich gar nicht erst einlassen«, gab er sinngemäß wieder, was Jake einmal zu Consuela gesagt hatte, freilich erst nachdem Jake mit ihr und ihrem unglaublich makellosen Körper geschlafen hatte. Mickeys Absicht war vielleicht weniger edel und heldenhaft, aber er hielt es für besser, einen solchen Eindruck zu vermeiden. »Ich hab zuviel wildes Blut in mir. Ich kann mich nicht an eine einzige Frau binden.«

»Aber wenn es die Richtige ist?« sagte Rosemary. Sie drängte ihm ihre Brüste an Schulter und Trizeps.

»Ausgeschlossen«, erklärte Mickey kategorisch. Er erzählte ihr eine Variante der Geschichte von der Kellnerin aus der Cocktail-Bar in Albuquerque, diesmal mit der Moral, er habe sie verlassen, weil er nicht anders konnte, ähnlich wie Jake es mit Consuela getan hatte. »Ich bin nun mal so einer«, behauptete er. »Es geht mir nur um den Augenblick. Um das *Jetzt*. Wenn nicht jetzt, dann niemals.«

»Es ist schon spät«, sagte Rosemary. Mickey hatte eine ganze Weile geredet. »Ich fahr dich zurück.« Rosemary verschwand aus dem Zimmer und kam mit Mrs. Schweitz zurück.

»Besuchen Sie uns mal wieder«, sagte Mrs. Schweitz unaufrichtig und verdrießlich.

»Mach ich«, sagte Mickey herzlich. »Das Essen war echt gut. Vielen Dank.«

»Bleib nicht zu lange«, ermahnte Mrs. Schweitz ihre Tochter, »und fahr vorsichtig. Denk dran«, sagte sie, was sich auf die erste Hälfte ihrer Anordnung bezog.

Rosemary nickte unschuldig, als sie aus dem Haus traten.

»Bis morgen bei der Arbeit!« Mickey winkte Mrs. Schweitz aus der Dunkelheit. Sie fuhren in Richtung YMCA, aber nicht auf der Autobahn. Beide sprachen wenig. Sie kamen an ein paar Supermärkten vorbei.

»Halten wir mal kurz an«, sagte Mickey. »Ich will Bier kaufen.« Mehr konnte er sich nicht leisten.

»Wenn du ein Auto hättest«, sagte sie tadelnd, »könnten wir Ausflüge machen und mal richtig zusammen was trinken gehen.« Sie hielt vor einer hell erleuchteten Plastikfassade. »Bring mir Erdnüsse mit. Einen Erdnußriegel.«

Mickey kam mit dem Erdnußriegel und einer Literflasche Bier zurück. Er besaß weniger als einen Vierteldollar. Mehr blieb ihm nicht bis zum nächsten Zahltag.

Der Motor war abgestellt, und sie hörten den Zapfenstreich, den ein leichter Wind vom Fort zu ihnen herüberwehte.

»Da drüben ist dein Freund«, sagte Mickey. Er schluckte mehr als sie.

»Zwischen uns beiden ist gar nichts«, sagte sie kauend. »Wieso fängst du dauernd davon an?«

»Weil er mir Ärger machen könnte. Du hast mir ja erzählt, wie eifersüchtig er ist.«

»Hast du etwa Angst vor ihm?«

»Gibt's dazu einen Grund?«

»Vielleicht, wenn ich ihm von dir erzähle. Sei also besser nett zu mir.«

»Wenn du nett zu mir bist, bin ich auch nett zu dir.« Mickey konnte kaum glauben, wie unattraktiv Rosemary heute abend war, und trotzdem küßte er sie, und sie ließ es zu. Dann griff er nach ihren Brüsten, und sie ließ es zu. Er griff ihr unter die Bluse, und sie ließ es zu. Er griff nach hinten und hakte ihr den BH auf, und da quollen sie hervor, weich und riesengroß. Mickey fand es schön, warme Brüste zu fühlen – war schon sehr lange her. Auch wenn es nicht Consuelas Brüste waren. Oder Emas. Ema. Sondern das hier waren Rosemarys Brüste. Und während er sie streichelte, redete er sich ein, später, wenn er sie nicht berührte, würden sie ihm bestimmt besser gefallen. Er würde, in der Erinnerung, freundlicher davon denken als jetzt, da er sie tatsächlich berührte. Dies waren Rosemarys Brüste, und vielleicht würde er von ihnen, von ihr, so denken wie von der Kleinen damals, die ihn so sehr geliebt hatte, die er in den Jahren danach so sehr in Gedanken geliebt hatte. Diesmal würde er es nicht zu bereuen haben, daß er die Gelegenheit verpaßt hatte. Er würde, wenn er wieder allein wäre, romantisch an Rosemary und ihre Brüste zurückdenken.

Er griff ihr zwischen die Beine, und sie ließ es eine Zeitlang zu. Dann schob sie seine Hand weg und ließ den Motor an. »Wir müssen aus dem Licht hier weg.« Sie legte den Rückwärtsgang ein, den Körper halb zum Heckfenster umgedreht. »Meine Mom wird uns die Hölle heiß machen«, sagte sie, als fiele es ihr gerade ein.

»Uns?«

»Sie kann dich rausschmeißen lassen.«

»Etwa durch Schlappohr? Quelá, daran hab ich noch gar nicht gedacht.«

Dennoch lenkte Rosemary den Wagen in eine Parklücke an einer unbeleuchteten Seite des Gebäudes.

»Hat deine Mom dir von gestern erzählt?« fragte Mickey.

»Von der Szene mit diesem Charles Towne?«

Sie schüttelte den Kopf.

»Der Typ denkt, jemand versteckt seine Post, unterschlägt sie. Mr. Fuller hat ihm mit der Polizei gedroht.«

»Vielleicht hat er ja recht.«

»Was soll das heißen?«

»Daß ihm vielleicht wirklich jemand die Post klaut.«

Darauf wollte Mickey nicht eingehen.

»Du hast doch selbst die Post für die Bewohner gesehen. Ich hab dich gestern beobachtet. Ich hab das auch schon getan. Ich und Mária. Muß ich noch deutlicher werden?«

»Ich hab nichts getan! Wovon redest du eigentlich?«

»Manchmal erkennt man schon am Umschlag, daß ein interessanter Brief drin ist oder Geld.«

»Und *du* hast das *genommen*?«

»Ich würde niemals etwas nehmen, das dir gehört, selbst wenn ich von anderen was nehmen würde«, beteuerte sie. »Und ich habe nicht gesagt, daß ich es getan habe. Also reg dich nicht auf.«

»Jesus Maria«, sagte Mickey.

»Ich habe nichts gesagt, verstanden? Ich zieh dich bloß auf.«

Mickey packte den Türgriff.

»War doch nur Spaß«, sagte sie und schob ihre Hüften auf seinen Sitz. »Ich hab Spaß gemacht, weil du da immer so empfindlich bist.«

Mickey entriegelte die Tür nicht.

Rosemary rückte noch näher an ihn heran und küßte ihn beschwichtigend. Mickey ließ sie gewähren. »Ich mag dich«, sagte sie. »Und ich will, daß du mich magst.«

Mickey war in El Paso untergetaucht. Er hatte eine beklemmende Vorahnung, Bruchstücke einer Vorahnung, und wußte nicht, was davon stimmte, was bloß erfunden war. Und das war Bestätigung für ihn, daß irgend etwas Schlimmes bevorstand und daß es sein Fehler sein würde. Der Brief, den er bekommen sollte, das Geld, das nicht kommen würde, niemals. Oder der Brief, den er sich angesehen hatte, wobei er beobachtet worden war, der mit dem Klebestreifen, an Charles Towne. Eine verwirrende Geschichte, und dann packte ihm Rosemary zwischen die Beine, und das war so gut und wurde immer besser, daß er schließlich auch zwischen ihren Beinen und Brüsten herumwühlte.

»Die Mannschaft hat phantastisch gespielt, Trainer.«
»Danke. Ich finde auch, wir haben ein sehr gutes Spiel geliefert.«
»Mit dem nächsten Gegner werden Sie es schwerer haben. Wie bereiten Sie sich auf ein so wichtiges Spiel vor?«
»Da gibt es für mich eigentlich nicht viel zu tun. Wir wissen alle, worum es geht. Mein Job ist es, die Nerven zu behalten.«
»Und zu gewinnen.«
»Das auch.«
»Sie meinen, Sie können sie schlagen?«
»Ich weiß, daß wir das können. Und das werden wir auch.«
»Und wenn Sie verlieren?«
»Das werden wir nicht.«
»Aber falls doch? Was würden Sie dann sagen?«
»Der Fall wird nicht eintreten.«
»Aber falls doch. Mal ehrlich.«
»Ehrlich?«

»Ja.«

»Ist nicht mein Job, darüber zu reden.«

»Na los. Sie verlieren, und was dann?«

»Na ja, dann würde ich sagen, eine Niederlage zählt nicht. Schwamm darüber. Konzentriert euch auf das nächste Spiel, den nächsten Gegner. Das Spiel war nicht so wichtig.«

Antreten. Noch mal von vorn. So läuft das Spiel nicht. So geht das nicht. Ball vor und zurück. Gewinnen. Beinahe verlieren, dann aber gewinnen. Immer nur gewinnen. Er hat den Ball. Von ihm hängen Sieg oder Niederlage ab. Von ihm. Von Verlieren keine Spur.

Mickey hatte seit einigen Wochen kein Tischtennis mehr gespielt. Charles Towne schwang fast täglich den Schläger, und er gewann immer – solange Mickey nicht mit dabei war. Aber Charles hielt sich mit seinen Tischtenniskünsten und Hoffnungen so zurück, daß er in Mickeys Gegenwart nie darauf zu sprechen kam, nicht einmal wenn er – mit schrägem Blick, den Mund leicht geöffnet – neben Mickey stand und ihm beim Training mit den Langhanteln zusah, so wie früher, bevor er von der Universal-Maschine vertrieben worden war.

»Bist du sicher, daß er mit mir spielen will?« erkundigte sich Mickey eines Abends bei Butch. »Er hat eine Menge Chancen gehabt, mir was zu sagen, und er hat nie was davon erwähnt.«

»Das erzählt er überall herum«, sagte Butch. »Er sagt, er will dich schlagen. Que va a ganar, wenn du ein Stündchen mit ihm spielst.«

Eine Herausforderung, hörte sich aufregend an. Die Fans in Mickeys geistigem Stadion verstummten in andächtiger Erwartung eines Meisterschaftskampfs.

»Beim letzten Mal hat er sich ziemlich geärgert«, sagte Mickey. »No recuerdes?«

Butch nickte und zog die Augenbrauen hoch. »Dieser blöde Schwätzer«, flüsterte er grinsend.

»Na weißt du«, sagte Mickey nervös. »Charles ist in Ordnung.«

»Was soll der ganze Scheiß?« sagte Omar. »Ist doch bloß Tischtennis.«

Sogar Sarge, der stets nur an seine eigenen Spiele dachte, an Tischtennis hingegen kein bißchen, der für die Spiele mit diesen, wie er sie nannte, Langzeitarbeitslosen nur Spott und Hohn übrighatte, glaubte jetzt etwas sagen zu müssen. »Angst vorm Verlieren?« fragte er Mickey.

Mickey verkniff sich eine Bemerkung über die einzige Sportart, in der Sarge sich mit Erfolg betätigte. »Ich habe Angst, er verliert«, sagte er. »Ich habe Angst, das macht ihn fertig.«

»Geheimagenten können nicht verlieren«, witzelte Omar. »Selbst wenn es aussieht, als ob sie verloren hätten, könnten sie gewonnen haben.«

Butch schüttelte sich, was man als Lachen deuten konnte. Sarge zeigte keine Reaktion auf diesen Witz.

Mickey trat in den Tischtennisraum.

»He, Charles!« rief er und legte beide Hände auf den großen Tisch. »Ich hab gehört, du willst einen Entscheidungskampf.« Er hatte einen der körnig bezogenen Schläger genommen und hieb damit in die Luft.

Charles erstarrte.

»Lust auf ein Spiel?« fragte Mickey. Er konnte Charles gegenüber zwar nicht unbeschwert sein, wollte aber auch keinen zu ernsten Eindruck machen.

Charles trat an die andere Seite des Tisches und schlug Mickey einen Ball zu.

»Das heißt also, que sí«, sagte Mickey und schlug zurück.

»Sag Bescheid, wenn du dich warmgespielt hast«, bekam Charles endlich heraus. »Wer zuerst zwei Spiele gewonnen hat.«

Sie schlugen ein paarmal hin und her, dann sagte Mickey, er sei bereit, Charles solle aufschlagen. Charles wollte es ihm zeigen und retournierte dreimal volley. Mickey verlor. Charles führte nach seinen ersten fünf Aufschlägen 4:1, dann 7:3, dann 11:4, dann 13:7, dann 16:9, und so weiter, bis er das erste Spiel mit 21:13 gewonnen hatte.

»He, Charles, ich glaub, wenn ich dich schlagen will, muß ich mich richtig ins Zeug legen.«

Charles konzentrierte sich, sein Hirn unterdrückte lautes Angstgeschrei – aber es war in seinen Augen, die er so weit aufgerissen hatte, daß es weh tun mußte; es stand ihm auf die Stirn geschrieben, in starren Falten, die bis zu den Schläfen gingen.

Mickey wollte das nächste Spiel. Ihm war es wichtig, zu beweisen, daß er, wenn er wollte, jederzeit gewinnen konnte. Damit hätte er sich selbst bewiesen, und danach könnte er, wenn es sein mußte, das nächste Spiel und damit das ganze Match verlieren – in dem Bewußtsein, daß es aus freiem Willen geschehen sei. Seine Strategie bestand darin, entspannt zu spielen, den Ball zu retournieren, jeden leichten Ball, den Charles schlug, auszunutzen und dann, wenn Charles' Selbstbewußtsein ins Wanken geriet, mit aller Kraft loszulegen. Und Mickey gewann jeden Aufschlag, seine eigenen und die von Charles, mit mindestens 3:2.

Mickey machte eine Pause, um ein wenig Wasser zu trinken. Er wollte sich bei Sarge – weil diese Wettspiele für Sarge so wichtig waren – Auskunft über den Sinn von Sieg und Niederlage holen. Eine Frage der praktischen Philosophie, die Sarge ihm gern beantworten würde. Das war ja der

Grund für seine Anwesenheit, er wollte sehen und für sich selbst Schlüssse ziehen. Er wollte nicht nur die Psychologie von Sieg oder Niederlage studieren, sondern vor allem mit eigenen Augen sehen, wie die Menschen darauf reagierten.

Mickey mochte Sarge nicht, er traute ihm nicht, und seine Ratschläge gefielen ihm auch nicht. Besorg dir einen Job, sagte er dauernd. Natürlich hatte er recht, Mickey brauchte einen Job. Aber war Sarge pervers? Mickey sah da keinen deutlichen Zusammenhang. War es eine Machtfrage? Warum war er hier? Weil Sarge, sagte Mickey, ständig Prügel bezog und Zeuge von Mickeys Niederlage sein wollte. Sarge hatte es satt, es ekelte ihn geradezu an, daß Mickey immerzu gewann. Sarge rechnete sich aus, daß Mickey endlich doch einmal verlieren würde, denn – Sarges gut entwickeltem Instinkt zufolge – beruhte sein Gewinnen nicht auf Talent oder Können und schon gar nicht auf Disziplin, und deshalb mußte irgendwann einmal Schluß damit sein.

Sarge wollte ihn verlieren sehen. Wenn Mickey gegen Charles verlöre, würde er auch gegen Sarge verlieren. Das würde Sarge beflügeln, und dann konnte Sarge gewinnen und sich über ihn lustig machen ...

Mit Mickey stimmte vieles nicht. Seine Gedanken waren nicht allzu klar. Er kam mit dem ganzen zusammenhanglosen Durcheinander nicht mehr zurecht.

Mickey spielte, ohne zu denken. Und er *gewann* auch nicht einfach, sondern machte Charles Towne im dritten Spiel buchstäblich zur Sau.

Murmelnd und langsam den Kopf hin und her bewegend, schritt Charles, als er den Ausgang entdeckt hatte, durch den Tischtennisraum. Einige der Hausbewohner, vor kurzem Angekommene und Alteingesessene, die in den letzten Tagen oft mit ihm gespielt hatten, zogen ihn auf, jetzt habe er die Quittung. Aber im Grunde interessierte es niemanden, ob nun dieser Charles Towne oder dieser andere, der sich Mickey Acuña nannte, gewonnen oder verloren hatte. Charles freilich bemerkte das nicht, oder falls doch, war es ihm gleichgültig, denn er hatte nicht nur das Spiel verloren. Geschlagen und gedemütigt verließ er den Tischtennisraum – wie ein Kind, das nicht in die Mannschaft aufgenommen wurde und daher nie mehr so leben würde wie zuvor.

»Charles!« schrie Mickey und rannte zum Aufzug. »Tut mir leid!« Worte an der äußersten Grenze von Mickeys Vokabular.

Aber Charles war nicht sauer auf Mickey, wenn auch vielleicht nur deshalb, weil er – mit verschwommenem Blick eine unsichtbare Ferne suchend, sein Traum zerbrochen wie Glas – in einem Strudel selbstquälerischer Gefühle versunken war und es für Wut auf irgend jemand anderen einfach keinen Platz mehr gab.

V

Es lag nicht nur an Mickey. Es war auch die Nacht. Oder der Mond oder der Wind oder die Dunkelheit. Oder vielleicht das Schicksal, diese Säfte, die niemand kennt und jemals kennen wird. Fest stand für Mickey nur, daß es kein bedeutungsloser Zufall war – das würde nicht erklären, wer diese Leute waren, die sich in der Lobby breitmachten und gelangweilt am Schalter lehnten. Wahrscheinlich hatte es mit dem Tischtennismatch zwischen Mickey und Charles am Abend zuvor zu tun – nach einer solchen Aufregung war ihnen die Lust am Spielen vergangen. Und da sie nirgendwo sonst hingehen konnten, versammelten sie sich eben hier, um Mickey und den Empfangsschalter. Mickey hätte ihnen sagen können, sie dürften sich dort nicht aufhalten, das hätte er sogar sagen müssen, aber er sah das nicht als seine Pflicht an und hätte ohnehin nichts gesagt, das war einfach nicht seine Art. Außerdem verspürte auch er den gleichen unerklärlichen Drang nach etwas Abwechslung in der Alltagsroutine. Weshalb er jetzt den Fernseher holte. Ein kleines Schwarzweißgerät aus dem Büro, wo es ganz hinten im Schrank neben ein paar Pappkartons vor sich hin verstaubte. Mickey stellte den Fernseher ans hintere Ende der Resopaltheke, damit er und alle anderen einen möglichst guten Blick hatten, und schob den Stecker rein. Immerhin sprang der Kasten an, und er drehte am Senderknopf, bis ein Boxkampf erschien, ein Weltergewichtskampf, der von einer mexikanischen Fernsehstation übertragen wurde. Und schon rückten die Leute näher heran, zufrieden, geradezu stimuliert. Zuerst waren es fünf, dann sieben, dann vielleicht zehn Bewohner, die sich um den Schalter drängten. In diesem Augenblick war Mickey ihnen allen richtig sympathisch, er war für sie ein echter Pfundskerl, er war einer von ihnen, ein Erster unter Gleichen. Sie rauchten Zigaretten und machten Bierdosen auf – die sie aber in den braunen Tüten ließen, weil sie die Vorschriften kannten und Mickey nicht in Schwierigkeiten bringen wollten.

Jetzt, wo alle auf angenehme Weise abgelenkt waren, nutzte Mickey die freie Zeit und ging zu den Brieffächern. Und da war er: Direkt unter Charles' Fach lag der Brief mit dem Absender aus New Orleans, der mit dem Klebestreifen hinten drauf. Das Versehen wäre leicht zu erklären. Rosemary habe ihn abgelenkt. Und, würde er nachdrücklich beteuern, auch wenn es gar nichts herauszureden gab, er habe ihn nicht dort hingelegt, sondern dort *gefunden*. Zuerst wollte er ihn liegen lassen und erst einmal Fred oder Mrs. Schweitz zeigen, dann aber siegte der Wunsch, daß Charles es sofort erfahren sollte.

»Oiga, Butch. Tu mir einen Gefallen. Traígame la cabeza del señor Charles. Ich hab heiße Neuigkeiten für ihn.« Mickey war schier in Ekstase vor Erleichterung.

Butch begab sich unverzüglich auf die Reise mit dem Aufzug. Er machte sich nichts aus Boxen. Auch Omar sah sich den Kampf nicht an. Er hing, auf die Ellbogen gestützt, am gegenüberliegenden Ende des Schalters wie jemand, der in einer Bar allein sein will, mürrisch, gereizt, streitsüchtig.

»Ich habe den Brief gefunden, um den er sich Sorgen gemacht hat«, erzählte Mickey ihm. »War die ganze Zeit da. Hat bloß keiner gesehen.«

Omar interessierte sich nicht für die Probleme anderer Leute. Er hob seine braune Tüte. Darin war eine schlanke Flasche mit süßem mexikanischen Brandy.

»Gute Medizin«, sagte Mickey. »Trink nur, du kannst es brauchen.«

Immerhin entlockte ihm das ein Grinsen. »Du bist in Ordnung, cuñado. Ich werd dich in meinem Testament bedenken.«

»Mich und Uncle Sam.« Auch Mickey fühlte sich besser.

»Scheiße, komm laß uns weg hier«, sagte Omar. »Uns woanders besaufen.«

Draußen standen zwei Männer und spähten herein, einer von ihnen drückte sich die Nase an der Glastür platt. Eigentlich sollte die Doppeltür nicht abgeschlossen sein, aber Mickey ging für alle Fälle nachsehen. Die eine war zu, die andere nicht. Die zwei Männer wichen nervös in die Dunkelheit zurück, als hätten sie da draußen irgend etwas Verbotenes getan. Mickey wollte sie gerade ansprechen, als er Blind Jimmy erblickte; er schleppte sich mit einer schweren Kiste ab, die er, mit einem Gurt um die Schulter, unterm Arm trug, in der anderen Hand den weißen Stock. Mickey bezwang seine Neugier, ließ die zwei Männer stehen und trabte zu Jimmy rüber.

»Sie haben aber was zu schleppen! Wollen Sie ins YMCA?«

»Allerdings«, sagte Jimmy, verwirrt und unsicher, wer ihn da ansprach und was es zu bedeuten hatte, daß er angesprochen wurde.

»Kommen Sie, ich helfe Ihnen.« Mickey nahm ihm die Last ab. »Schon gut«, sagte er, als er Jimmys Besorgnis spürte. »Ich arbeite dort. He, ist das etwa ein Akkordeon?«

»Ja. Ja, genau.« Jimmys Augen zuckten hin und her.

»Und Sie können darauf spielen?« Mickey legte Blind Jimmy eine Hand auf die Schulter und führte ihn auf den Eingang des YMCA zu, aber Jimmy tappte weiter mit dem Stock auf den Bürgersteig.

»Ja. Kann ich«, sagte er stolz.

»Ich hab noch nie einen gekannt, der das konnte. Find ich richtig gut, Mann.«

Jimmy fühlte sich geschmeichelt. »Ich spiele schon seit meiner Kindheit«, prahlte er.

»Einfach cool«, sagte Mickey und zog die unverschlossene Hälfte der Doppeltür auf.

Die beiden anderen Männer, die sich noch immer im Dunkel hielten, folgten ihnen hinein.

»Also, danke sehr.« Jimmy war Lob so wenig gewöhnt, daß er rot geworden war; er rollte verjüngt und glücklich das geäderte Weiß seiner Augen. Der Kampf auf der Mattscheibe war längst nicht so lautstark wie die Männer davor. Sie lärmten und johlten wie echte Zuschauer hoch über dem Ring.

»Stören Sie sich nicht an den Leuten. Ist bloß ein Boxkampf in der Glotze. Sie wollen also ein Zimmer?«

Jimmy war fasziniert. »Ja, danke sehr.«

Mickey nahm einen Zimmerschlüssel vom Brett und half ihm beim Ausfüllen des Anmeldescheins. »Geht auf Kosten des Hauses, aber verraten Sie's niemand. Vielleicht könnten Sie uns manchmal was vorspielen. Wär das was?«

»Ja, sicher.« Jetzt fühlte Jimmy sich geehrt.

Mickey legte den Schlüssel in Jimmys Handfläche und erklärte, der sei für Zimmer 414. »Das ist gleich neben meinem«, sagte er. »Also feiern Sie bitte nicht länger als ich selbst.«

Ein Niederschlag, bis acht angezählt. Die Zuschauer im Y lärmten noch ausgelassener als die im Fernsehen. Blind Jimmy blieb erwartungsvoll stehen, ein Lächeln auf den Lippen, die Ohren weit offen, den Schlüssel in der Hand, als wollte er ihn lüften.

»Eine Sekunde noch, ich hole jemand, der Sie nach oben bringt«, sagte Mickey. Mit einem raschen Blick stellte er fest, daß Jimmy außer dem Akkordeon keinerlei Gepäck hatte, und vielleicht hätte er ihn noch deswegen angesprochen, wenn jetzt nicht die beiden anderen Männer – das heißt einer von ihnen – am Empfang auf sich aufmerksam gemacht hätten.

»Können wir noch Zimmer haben?« fragte der dunkelhaarige Stämmige mit hartem New Yorker Akzent. Da er freundlich mit Omar geredet hatte, nahm Mickey an, daß sie sich kannten. Er hatte einen so starken Bartwuchs, daß er sich zweimal täglich rasieren mußte, damit die Pockennarben auf seinem Gesicht sichtbar blieben. Glattrasiert sah er nicht besonders gesund aus.

»Können Sie«, fing Mickey an. Er unterließ es, Freds Text aufzusagen. »Mit eigener Toilette haben wir nur noch eins. Aber nur eine Person pro Zimmer.«

Der Mann verschwand nach hinten an die Wand, wo sich unweit des von Reverend Miller verbeulten Zigarettenautomaten sein Freund verkrochen hatte, als habe er Angst, gesehen zu werden. Ein hagerer Typ mit blauer Baskenmütze und langen, lohfarbenen Haaren, die er sich hinter die Ohren gesteckt hatte. Er schien große Angst zu haben, aufrecht zu stehen, und hatte den Kopf tief zwischen die Schultern gezogen, als wollte er sich aus dem künstlichen Licht in natürliches Dunkel zurückziehen. Er hob nie den Blick. Er rührte sich nicht. Die beiden berieten sich untereinander.

»Wir nehmen diese eine Luxussuite und noch ein anderes«, erklärte der New Yorker, als er wiederkam.

Mickey schob zwei Anmeldescheine über den Schalter. »Haben Sie vor, länger zu bleiben?«

»Wahrscheinlich nur für eine Nacht«, sagte er. Er holte einen Dollarclip hervor.

»Sie wollen also nicht mal einen einzigen Abend im Wilden Westen ausgehen?« fragte Omar den Mann. »Wie ist sowas nur möglich, cuñado?« fragte er Mickey. Er musterte erst den einen, dann den anderen. »Scheinen mir ziemlich üble Hombres zu sein.«

Dieser stämmigere Typ hieß Harry soundso – einen Nachnamen sah Mickey auf dem Anmeldeschein nicht. Als Adresse hatte er angegeben: USA. Mickey bestand nicht auf solchen Einzelheiten, eine Nachlässigkeit, über die Fred sich immer wieder beschwerte, beschloß aber immerhin, sich von der Baskenmütze etwas Schriftliches geben zu lassen – der Typ gefiel ihm überhaupt nicht.

Lautes Gebrüll, der Kampf war zu Ende. Technisches k.o. Die Leute vor dem Fernseher posaunten die Entscheidung überall herum, debattierten darüber, wer wirklich die besten Treffer gelandet und die schlimmsten eingesteckt hatte. Gedankenlos, auf mehrere Themen gleichzeitig konzentriert, nahm Mickey zwei weitere Schlüssel und gab sie diesem Harry. An einem anderen Abend, unter anderen Umständen, hätte er vielleicht mehr Bedauern darüber empfunden als heute, diesem Harry so ohne weiteres, nachdem er dafür bezahlt hatte, die Schlüssel herausgeben zu müssen.

»Ich kenne Bars mit unheimlich scharfen Weibern«, warf Omar einen Köder aus, »und mein Kumpel hier drückt beide Augen zu, wenn wir mal eine mit aufs Zimmer nehmen wollen. Stimmt doch, cuñado, oder?«

Mickey antwortete nicht. Jetzt hatte er die Baskenmütze im Blick. Was war das bloß für einer? Ein Dieb? Ein Drogensüchtiger? Irgendwas stimmte nicht mit dem. Zu nervös, zu unruhig, zu geheimnistuerisch.

Harry, Nachname egal, redete und lachte mit Omar – er nahm sogar einen Schluck von Omars Brandy. »Na, das hört sich doch super an«, sagte er. Er machte eine Kopfbewegung zum Zigarettenautomaten. »Mein Partner da ist wahrscheinlich zu müde, der braucht seinen Schönheitsschlaf.«

»Dann machen wir unsre Party eben ohne diese Niete!« sagte Omar, der seine schlechte Laune endgültig hinter sich gelassen hatte. »Werd diese trübe Tasse los und bring dein Rohr in Gefechtsstellung!«

Gerade als Mickey höflich wegen der Baskenmütze anfragen wollte, begann Blind Jimmy, den Mickey wegen dieser anderen Sache völlig vergessen hatte, die Tasten seines Akkordeons zu bearbeiten. Eine Art Polka, hätte gut in Lawrence Welks Fernsehshow gepaßt.

»Wir könnten uns ein paar *echt* scharfe mamitas aufreißen«, sagte Omar, als wäre er der einzige im ganzen Raum. »Genau das machen wir, was meinst du, cuñado? Wir reißen die ganze verdammte Stadt auf!« Omar nahm immer größere Schlucke Brandy. »Wir gehen in den Saloon«, sagte er, nun wieder etwas ernster. »Wir hören Musik. Tanzen was. Du willst doch Cowboymusik hören, hab ich recht? Der Saloon, das ist eine Cowboybar, und da willst du hin. Richtig?«

Harry war von der ganzen Show – Blind Jimmy stieß jetzt spitze Schreie aus und tanzte in bauschigen Röcken und Westernkrawatte – in Anspruch genommen, nicht nur von Omar. »Klar«, sagte er zerstreut.

Und dann erschien Butch am Empfang, und Mickey verstand kein Wort. Er fragte nach und verstand immer noch nichts.

Und dann kam Charles. Die zwei aus den USA hatten den Aufzug betreten, mit dem er gekommen war.

»Sieh mal in deinem Brieffach nach«, sagte Mickey.

Charles tapste rüber, ohne von dem Akkordeon und den Leuten vorm Fernseher Notiz zu nehmen. Mickey eilte nach hinten auf die andere Seite der verglasten Brieffächer. Charles öffnete das kleine Fach, sah Mickeys Gesicht und nichts dazwischen.

»Schau mal tiefer, Charles«, sagte Mickey. »Ins Fach darunter.«

Charles kam nur langsam dahinter, worauf Mickey hinauswollte, das sah man an seinen Augen, an seinem Kopf.

»Siehst du das?« fragte Mickey und zeigte hin, dann griff er nach dem Umschlag. Er zog ihn aus dem unteren Fach und legte ihn wie ein Weihnachtsgeschenk in das richtige, und Charles, der Sekunden später endlich kapierte, nahm ihn auf seiner Seite der Wand heraus.

Mickey eilte wieder nach vorne. Das Akkordeon an Jimmys Brust fächerte auf und zu, seine bleichen Finger hatten die Tastatur fest im Griff, und dann begann er sogar noch zu singen, wobei er wie ein Betrunkener vor und zurück und hin und her schwankte und die Stimme so hoch schraubte, daß er sich nicht nur wie ein Mädchen anhörte, sondern wie ein sehr junges Mädchen.

Charles wollte den Brief nicht aufmachen, sein Gesicht war praktisch ausdruckslos.

»Der Brief hat die ganze Zeit hier gelegen«, versuchte Mickey es ihm zu erklären. »Verstehst du, Charles?«

»Das isser nich«, sagte Charles.

Mickey glaubte nicht, daß Charles verstanden hatte. »Mach doch mal auf, Charles. Das ist er, ganz bestimmt.«

»Nix bestimmt. Das isser nich.«

Und dann schob sich der Mann im Anzug, der Jimmy damals abgeholt hatte, durch die offene Hälfte der Doppeltür. Er stapfte, diesmal ganz undiplomatisch, direkt auf Jimmy zu und machte der Musik ein Ende.

Charles schien keinerlei Veränderung der Atmosphäre wahrzunehmen, dabei vollzog sie sich etwa so subtil wie eine Klospülung.

»Er hilft mir, daß ich meine Operation bekomme«, erzählte

Jimmy in die Runde. »Als erstes will ich ein paar hübsche Schuhchen haben.«

Der Mann im Anzug sah Mickey finster an, seine Kinnbacken bebten. Er war ein Gentleman, und daher war dies das äußerste, was er von seiner Wut zu erkennen gab. »Er hat hier nichts zu suchen. Wir geben uns die größte Mühe, auf ihn aufzupassen. Warum unterstützen Sie ihn auch noch?«

»Ich weiß von nichts«, sagte Mickey. »Ich arbeite hier bloß am Empfang, und er wollte ein Zimmer.«

Der Mann im Anzug zeigte kein Verständnis. »Er wohnt gleich hier um die Ecke. Das weiß doch jeder!« Er nahm Blind Jimmys weißen Stock und gab ihn ihm, lud sich ächzend das Akkordeon auf die Schulter und verschwand mit Blind Jimmy durch die Tür.

Ende der Party, die Männer zerstreuten sich, zogen allein oder in Gruppen los, um irgendwo Schnaps zu kaufen oder gleich Feierabend zu machen.

»Aber die Nacht ist noch jung«, sagte Omar zu Mickey, jede Silbe betonend, »und in weniger als einer Stunde kommt deine Ablösung. Heut nacht lassen wir mal richtig *die Sau* raus.«

»Das *ist* der Brief, bestimmt«, sagte Mickey noch einmal zu Charles.

Charles schüttelte den Kopf. Er hatte nicht den geringsten Zweifel.

»Ich muß aus dem ganzen Scheiß hier raus«, wiederholte Mickey. »Aber ich bin völlig abgebrannt.«

»Kann mir gar nicht vorstellen, was du ohne mich anfangen willst, cuñado«, sagte Omar. Er trank den Brandy aus und warf die leere Flasche in den Mülleimer hinterm Empfang.

***

Omar hatte sich in einen billigen weißen Anzug mit breiten Aufschlägen und dazu passender Weste gehüllt, und nun richtete er den Kragen eines schwarzen Hemds und zentrierte die weiße Krawatte. Die Hose hatte unten einen leichten Schlag, und der Ausgehhut war mit einer kleinen flauschigen Feder aufgepeppt.

»Der Hut ist ja wirklich stark, Mann«, sagte Mickey, »aber diese Feder aus deinem Kopfkissen – also ich weiß nicht.« Mickey verkniff sich die Bemerkung, daß alle anderen als Versicherungsvertreter ausstaffierten Typen vor Neid platzen würden, wenn er auf der Tanzfläche erschiene.

»Welche Krawatte findest du besser, die oder die andere?« fragte Omar.

Für Mickey waren sie identisch. »Die du jetzt anhast.«

»Wir müssen richtig was hermachen.« Mit seiner seltsamen Stimmlage klang auch diese Bemerkung ironisch, nur daß so etwas bei ihm undenkbar war. »Also schmeiß dich in Schale«, sagte Omar zu Mickey. »Sogar unser Geheimagent zieht eins meiner neuen Hemden an.«

»Charles? Der kommt auch mit?« Charles war noch nie mit ihnen losgezogen.

»Du hast es erfaßt. Das wird ein heißer Abend, cuñado!« Omar band sich die Krawatte vorm Spiegel noch einmal, rückte ein letztes Mal den Hut zurecht und drehte sich um. »Seh ich nun aus wie ein *vato* oder nicht?«

Mickey nickte gnädig.

»Du ziehst dich auch noch um, oder willst du etwa so gehen?« Mickey trug eine schmutzige Levi's und das langärmelige weiße Hemd, das er seit vielen Tagen anhatte.

»Lieber nicht. Sonst komme ich mir ja wie der Staub von euren Füßen vor.«

»Ich hab hier was für dich, das könntest du nehmen.«

Omar warf ihm ein glänzendes gemustertes Polyesterhemd hin – Kunstseide –, die aktuelle Discomode in Juárez. »Hab mir ein paar davon gekauft, zusammen mit dem Anzug hier.«

»Das wird mir nicht passen«, sagte Mickey, »und ich will dir auch nicht eins von deinen neuen Hemden versauen.«

»Na, auf alle Fälle kommst du mit, cuñado, weil ich nämlich Butch meinen Wagen gegeben habe, und das wird gefeiert. Und du mußt uns helfen, scharfe Weiber aufzureißen. Ich verlaß mich auf dich, denn ich *weiß genau*, wie *gut* du das kannst.«

Mickey machte sich nichts aus seinem Ton. »Hab ich dir nicht von Rosemary erzählt?« Mickey hatte noch nichts davon erwähnt, weil er selbst nicht gerade stolz darauf war. Außerdem gefiel es ihm nicht, daß er sauer war, weil Omar, dieser Mistkerl, den Wagen nicht *ihm* gegeben hatte.

»Red nicht so geschwollen«, stöhnte Omar. »Wir ziehen uns heute abend ein paar *richtig* scharfe Puppen an Land.«

»Nein, im Ernst, Mann. Ich hab sie gestern zu Hause besucht.«

Omar stellte sich schwerhörig.

Mickey sah nicht ganz klar; entweder glaubte Omar ihm nicht, oder er glaubte ihm und fand es einfach zu widerlich. »Die ist gar nicht so übel. Echt nett. Wirklich.«

»Gehen wir«, sagte Omar aufgekratzt. »Harry wartet unten mit Butch und Mr. Charleston, der, *wie du weißt*, aus New Orleans kommt.« Er spürte einen kleinen Stich.

»Nicht daß ich verliebt in sie bin, bin ja nicht bescheuert.« Mickey konnte ihm unmöglich das letzte Wort lassen. »Die ist hinter *mir* her. Und mir liegt nichts daran, ihre Gefühle zu verletzen. Außerdem ist sie immer noch besser als gar nichts.« Er versuchte in Andeutungen zu reden, die nichts offenließen.

Omar ging einige Sekunden lang darüber hinweg, doch als er dann sprach, war seine Stimme tiefer und sachlich. »Hör lieber auf damit, cuñado. Sonst kriegst du noch nen Dachschaden.« Er nahm zwei Dilaudid aus einer Aspirinflasche, schüttelte eine Getränkedose, die aber leer war. Er steckte die Pillen für später ein.

Mickey hatte sich verschiedene Strategien zurechtgelegt, wie er sich Omar gegenüber wegen Rosemary rechtfertigen könnte – niemand sei vollkommen, er nicht, sie nicht, Omar nicht –, aber daß er ihm nicht glauben würde, darauf wäre er nie gekommen.

»Ich lüg dich nicht an. Scheiße, ich will von deinem Gequatsche nichts mehr hören. Butch hat mir alles erzählt.«

Omar wand sich mit einem Lächeln heraus. »Qué pues, hombre? Ich hab doch bloß gemeint, du sollst aufhören, mit Sarge rumzuwichsen.« Er mußte über seinen eigenen Scherz kichern. »Kannst du keinen Spaß vertragen?«

Mickey nickte.

Omar redete so laut auf Harry ein, daß er die Tonbandmusik aus den Lautspechern des Nachtclubs übertönte. Dabei hätte man ihn auch so gut verstanden. Harry schien es nichts auszumachen, daß ihr Tisch den Schnittpunkt argwöhnischer Blicke bildete, die von allen Seiten auf sie einströmten. »Butch nimmt also die Flasche«, sagte er, »y entonces, *zack!*, zieht er dem vato eins über den Schädel, daß er aus den Latschen kippt.«

»Und was habt ihr dann gemacht?« fragte Harry, amüsiert und beeindruckt.

»Uns so schnell verkrümelt, wie wir konnten.«

Harry lachte schallend. »Der Wilde Westen, was?« sagte er, um sein kultiviertes, großstädtisches Gedächtnis zur Geltung zu bringen.

»Andale! Der Wilde Westen! Verdad, cuñado?« Omar war sich bewußt, daß dieser Text eigentlich Mickey gehörte.

Mickey kannte die Geschichte in vielen Variationen, aber in keiner davon spielte er selbst eine Rolle, kein einziges Mal wurde erwähnt, wie er Fernies Bruder Louie fertiggemacht hatte. Als ob sich diese Szene nie abgespielt hätte. Weshalb er dachte: Das ist aber wirklich passiert. Nur, warum *mußte* er das denken? Warum machten sie so einen Scheiß mit ihm?

»Der Wilde Westen«, fuhr Omar fort. »Die Guten und die Bösen, Consuelo und Consuela und Jake. Qié no?«

Butch lachte auch, auf seine Weise.

Mickey glaubte wirklich, daß es der Wilde Westen war, die Guten und die Bösen, Consuelas und Jakes. Das hier, das war der Wilde Westen, rief er diesem Harry ins Gesicht, diesem New Yorker aus den USA.

»Erzähl was von Rosemary«, fiel Omar ein. »Der Junge hier«, sagte er zu Harry, »der hat vielleicht Geschichten erlebt. Mann, der kann wirklich Geschichten erzählen.«

Der wissende Blick, den Omar Butch zuwarf – wie ein Stoß mit dem Ellbogen, ein Zwinkern –, entging Mickey nicht. Und Butchs Grinsen bedeutete nichts anderes, als daß er mit Omar unter einer Decke steckte. Mickey konnte nicht glauben, daß er sich so in Butch getäuscht hatte, daß auch Butch ihm die ganze Zeit nicht geglaubt hatte.

»Also los«, stieß Omar ihn an.

Mickey schüttelte den Kopf. Nicht um nein zu sagen, sondern um deutlich zu machen, daß er stocksauer war.

»Dann erzähl diesen anderen Quatsch«, drängte Omar ihn weiter. »Deine Banditenstory. Daß du dich irgendwie versteckst, *untergetaucht* bist, daß du im Y bist, weil du mußt.« Omar war betrunken, sein scheinheiliges Gelalle hatte Mickey hellwach gemacht. Er dachte sehr präzise darüber nach, wie er Omar in den fetten Arsch treten könnte, an welcher Stelle genau er ihm die Nase brechen und welche Zähne genau er ihm am leichtesten einschlagen könnte. Abgesehen von dem Vorteil seiner größeren Reichweite, hatte Mickey täglich trainiert und seitdem nur diesen einen Tag versäumt, und in diesem Augenblick hatte er das Gefühl, das habe er planvoll getan, nicht zufällig. Mit Absicht.

»Er ist halt schüchtern«, stichelte Omar weiter. »Hat uns erzählt, es würde bald großen Ärger geben, wenn nicht alles so läuft, wie es ihm versprochen wurde. Was da passieren wird, weiß er nicht, aber... poes, nun mach schon, erzähl's ihm, cuñado.«

Harry, durchaus mit den üblichen Instinkten ausgestattet, hörte auf, die anderen anzusehen, und sein Lächeln erstarb.

In diesem Augenblick stand für Mickey fest, daß er nur noch ein paar Nächte bleiben würde. Er würde weiterziehen, aufgeben.

»Ich hab noch was Besseres«, sagte Omar und fing an zu sabbern, »frag mal den anderen hier nach seinem Job. Erzähl's ihm, Charles.«

Charles trug eines von Omars neuen Polyesterhemden. Es war ihm in den Schultern eine Nummer zu klein und an den Ärmeln mindestens eine Handbreit zu kurz. Dazu hatte er dieselbe ausgebeulte Hose wie immer an, mit Hosenträgern, und die alte Mütze auf dem Kopf. Er trank Bier, jedenfalls nahm man das an, nur daß er reichlich lange die Flasche anstarrte, in der es serviert wurde.

»Er ist Geheimagent«, teilte Omar mit.

Harry war verunsichert, er wußte nicht, wie er darauf reagieren sollte.

»Wirklich wahr«, fuhr Omar fort. »Erzähl's ihm.«

Charles ging es nicht gut, das sah Mickey deutlich. Seit diesem Tischtennismatch hatte sich seine Stimmung praktisch stündlich verschlechtert. »Laß ihn in Ruhe«, warnte er Omar.

»Er spricht doch gern davon. Paß auf.« Omar stabilisierte seine Stimme. »Du bist Geheimagent, hab ich recht, Charles?«

Charles gelang es, gleichzeitig den Kopf zu schütteln und zu nicken, ganz langsam, und ohne den Blick vom Etikett der Bierflasche abzuwenden.

»Scheiße, laß ihn jetzt endlich in Ruhe«, sagte Mickey noch einmal. »Du bist ein echtes Arschloch, und wenn er dir keine reinhaut, tu *ich* es.«

»Mach dir nicht ins Hemd, cuñado. Das stört ihn nicht, stimmt's, Butch?«

Butch fuhr sich über die krausen Haare und behielt seine Meinung für sich.

»Ich will einer sein«, gab Charles endlich nach, irgendwo zwischen stolz und kläglich. »Noch bin ich's nicht.«

»Da hast du's!« sagte Omar triumphierend. »Na bitte!« Omar schlug Charles auf die Schulter, dann beugte er sich vor und versuchte, ihn sentimal in die Arme zu schließen.

»Laß ihn in Ruhe, Omar«, sagte Mickey drohend. Er stand auf und stieß Omar auf seinen Stuhl zurück. »Arschloch.« Mit wem Butch es hielt, konnte Mickey nicht wissen. Es war ihm eigentlich auch egal, trotzdem interessierte es ihn jetzt. Er kannte Butch nun schon so lange, aber er wußte noch immer so gut wie nichts über ihn. Andererseits, überlegte er, hatte Omar ihm sein Auto überlassen, und das mochte den Ausschlag geben.

»Sollen wir gehen?« fragte Harry Mickey. »Wäre vielleicht besser.« Harry hatte keine Schwierigkeiten, das Brenzlige der Situation zu erkennen. Und die anderen, besonders die starken Burschen an der Tür, waren inzwischen noch aufmerksamer auf sie als vorhin.

»Hören wir uns erst noch ein bißchen Musik an«, sagte Mickey. Er war immer noch stinksauer.

Omar konnte nicht gleichzeitig seine zwei Pillen schlucken und protestieren. Erst mal das Wichtigste, seine Augen wirkten wie ausgeknipst, als er die Pillen mit einem Schluck Bourbon runterspülte. »Bis jetzt haben wir noch keine einzige scharfe Mieze gesehen.« Er sabberte, ließ aber nicht in seinem Bemühen nach, im Mittelpunkt zu bleiben.

Mickey beugte sich zu Charles vor. »Der ist völlig besoffen. Hör nicht auf sein blödes Gefasel.«

Charles hörte ihn. Wandte den Blick aber nicht von seinem Bier. Harry und Butch hörten ihn auch. Omar konnte unmöglich etwas gehört haben.

»Charles«, sagte Mickey.

Charles' Lippen bewegten sich ein wenig.

»Charles«, sagte er noch einmal.

Diesmal kam es zu Blickkontakt mit Mickeys Kinn.

»Bist du sicher, daß das nicht der Brief war, den du vermißt hast?«

Charles zögerte keine Sekunde zu lang. »Ja, Sir.«

Butch hatte zugehört und sagte jetzt etwas. Mickey mußte ihm zubrüllen, er solle es wiederholen. Er verstand immer noch nicht, und Butch schrie etwa so laut wie ein anderer mit normaler Stimme: »Geheimagentenpost, ya me dijo!« Worauf sich viele Köpfe wieder zu den interessanten Gesprächen an den eigenen Tischen herumdrehten.

Harrys Körpersprache verriet, daß er gehen wollte, dann

aber kam die Erlösung: Die Band erschien auf der Bühne.
»Endlich Musik«, sagte er seufzend zu Mickey.

Drei Mann – Gitarre, Baß und Schlagzeug –, dazu eine Sängerin. Nur einer der drei trug keinen Stetson. Statt dessen ein buntes Halstuch und kein Hemd. Die Sängerin hatte ein ledernes Fransenhemd an, und alle vier trugen Westernstiefel.

Gemischtes Programm. Früher Rock'n'Roll und Country, ein bißchen Swing, ein bißchen härterer, moderner Rock. Auf die Musik ließ sich gut tanzen, und auf der Tanzfläche vor der Bühne drängten sich viele Leute, vielleicht schon zu viele, denn plötzlich drehten zwei Tänzer durch und fingen eine Schlägerei an. Die Band hörte auf, Rausschmeißer, weiße Burschen, groß und stämmig wie texanische Fernsehstars, stürzten sich dazwischen, trieben die beiden Streithähne durch den Saal zur Pendeltür und setzten sie an die frische Luft.

Harry, der den Vorfall geradezu bejubelte, versuchte Mickey über den Tisch hinweg und durch den Lärm der Band, die ihre Arbeit wiederaufgenommen hatte, etwas zu sagen.

»Nicht zu fassen! Jetzt weiß ich, daß ich in Texas bin!«

»Du bist in El Paso, im Wilden Westen«, korrigierte ihn Mickey. Er war jetzt der einzige, der noch mit ihm sprach. Butch und Charles zählten sowieso nicht, und Omar war verschwunden, das heißt, seinen Körper hatte er noch dagelassen. »Jede Menge harte Burschen und ekelhafte Arschlöcher«, sagte Mickey, der Omar anstarrte.

»Das glaubt mir kein Mensch«, frohlockte Harry.

»Diese Cowboyshow wirst du nie vergessen, bestimmt nicht.«

Omar erwachte stöhnend und setzte sich mühsam aufrecht. Mickey und Harry bemerkten beide im selben Augenblick, wie komisch Omar plötzlich aussah. Seine lächerlichen Kleider klebten ihm am Leib wie absurde Feigenblätter, sein haariger Bauch hatte die Knöpfe gesprengt, weil er endlich gekratzt sein wollte, die Krawatte hing ihm auf den Rücken. Und dann, als die beiden unabhängig voneinander loskicherten und sich noch fragten, was daraus nun werden mochte, bog Omar den Kopf zur Balkendecke hoch, schloß die Augen und legte los – mit einer donnernden Stimme, die so eigenartig war, daß kein Mensch sie je imitieren oder beschreiben könnte, die so geladen war, daß jeder, jeder einzelne, sämtliche Angestellten und Kunden, Tänzer und Nichttänzer, Trinker und Musiker, vor Schreck erstarrten, als habe ein Blitzschlag sie jeglicher Kraft beraubt –, brüllte Silbe für Silbe: »LUCY! DU DRECKIGE SCHLAMPE! DU SCHEISSNUTTE! LUCY, SCHEISSE, WO BIST DU? LUCY! LUCY, WO ZUM TEUFEL BIST DU, VERDAMMTE SCHEISSE!«

Omar erbrach sich nicht nur einmal, sondern gleich zweimal. Und er tat es nicht heimlich, sondern ebenso spektakulär wie lautstark.

Als die texanischen Rausschmeißer Omar zum Ausgang schleppten, forderten sie Mickey und Butch und Charles und Harry nicht ausdrücklich zum Gehen auf: Sie erwarteten einfach, daß sie gingen. Aber die vier leisteten ohnehin keinen Widerstand, und da Omar nicht mitbekam, wie tief er gesunken war, protestierte auch keiner von ihnen gegen seine Behandlung, selbst wenn der eine oder andere daran Anstoß genommen haben sollte. Omars Kopf – seine Kiefermuskeln konnten die untere Kinnlade nicht oben halten, die Zunge hing ihm schief und schlaff aus dem weitoffenen Mund –

paßte genau in den Winkel zwischen Tür und Rücksitz des Nova, direkt hinter Harry, der neben Butch, der fuhr, auf dem Beifahrersitz saß. Harry, der sich nur wunderte, daß er unversehrt aus dem Nachtclub gekommen war, schien keinerlei Probleme zu haben, Butchs Geflüster zu verstehen.

Charles, zwischen Omar und Mickey eingeklemmt, murmelte vor sich hin, kaum hörbar, die Lippen leicht geöffnet, preßte er Zischlaute durch die Zähne. Mickey versuchte eine Zeitlang mitzureden oder wenigstens irgend etwas zu dechiffrieren, bevor er es aufgab, und das tat er, als er feststellte, daß auch er jedes Wort von Butch mühelos verstehen konnte. Das war mindestens so erstaunlich wie Omars Gefühlsausbruch, zumal der Wind, der ihnen heftig und wild wie ein reißender Fluß entgegentobte – der ihnen Blech- und Aludosen, Papier und Pappkartons wie Steine oder gar Felsbrocken an die Windschutzscheibe schleuderte, der auf der Straße einen schwarzen Plastikmüllsack vor sich her wälzte wie einen Leichnam, dessen vergammeltes Fleisch noch lebte und Leid empfand –, sich nicht gegen Butchs Stimme durchzusetzen vermochte.

»Bin nicht mehr zu Hause gewesen«, erzählte Butch Harry, »seit ich aus der pinta raus bin, weißt schon, aus dem Knast. Weil meine Alte, meine Frau, die hat mich nicht mehr besucht, als ich nach La Tuna mußte, als ich dahin gebracht wurde, paar Meilen von hier. Na ja, man gewöhnt sich ans Alleinsein. Und seit ich hier bin, hab ich kaum was getan, praktisch gar nichts. Und jetzt, wo Omar mir die Karre gegeben hat, werd ich wohl wieder zurückfahren. Jedenfalls hab ich's mir vorgenommen, tja, und dann werd ich ja sehen. Wahrscheinlich hat sie längst einen anderen viejo. Kann ich verstehen. Es lo que, so geht's nun mal, ya sabes. Was soll man machen? Und wozu auch? Aber ich hab drei Kinder, und deswegen geh ich zurück; die sind jetzt alle größer geworden und wissen vielleicht gar nicht mehr, wer ich bin ahora. Sind aber immer noch ziemlich klein, die Älteste höchstens zehn, nehm ich an, der Jüngste vielleicht sieben. Ich war im Kaufhaus, hab ihnen juguetes gekauft, Spielzeug, keine Ahnung, was ich nehmen sollte oder was sie haben wollen, aber ich hab meinen Lohn genommen und ihnen Spielzeug gekauft. Hab auch was für meine Alte besorgt, vielleicht schenk ich ihr das, mal sehen, wenn, pues, ya sabes. Ein Toaster, soll ein Scherz sein. Sie wollte immer einen haben, wir hatten aber nie einen, und bevor ich in den Knast gekommen bin, bevor diese ganze Sauferei anfing, hab ich ihr gesagt, ich kauf dir einen Toaster. Hab schon alles im Kofferraum, und bald geht's los, dann fahr ich dahin. Mal sehen, wer weiß.«

Butch fuhr in touristischer Absicht zum Gipfel des Berges. Omar schnarchte bewußtlos; Charles, den Mützenschirm nach unten gezogen, schützte seine Augen vor einem für die anderen nicht vorhandenen grellen Etwas. Harry, zuversichtlich, daß dies der letzte Stop vor seinem ersten Schlaf im Wilden Westen sei, war angesichts des bewußtlosen schnarchenden Omar wesentlich gelöster und übte, während sie die gewundene Straße hinauffuhren, mit Butch spanische Redewendungen; dann wurde geparkt, die beiden stiegen aus dem Wagen, stützten vor dem Abhang am Straßenrand ihre Knie auf die Felsbrüstung und redeten und redeten, wie Mickey es bei Butch noch nie zuvor erlebt hatte.

Mickey ging vom Wagen ein Stück bergab, machte sich unsichtbar, verzog sich in die Dunkelheit, weg von diesen Stimmen. Nichts existierte ohne Absicht. Weder der von Sternen perforierte Himmel noch der gebleichte Mond noch die schwarze Erde darunter: ein an den geschwungenen

Rand brandender Abgrund flacher Wüste, versenkt in die Leere dieser Welt. Nur daß die Leere eigentlich nicht bloß dort hinten war. Die Leere war überall, und der Mond, bedenklich, gefährlich darin aufgehängt, lieferte in jeder Nacht den Beweis dafür. Diese Lichter da unten – Fenster, Straßenlaternen, Autoscheinwerfer und Rücklichter – waren zertrümmertes Glas, Scherben und Splitter, die gelb und weiß und grün und rot und blau im Mondlicht funkelten, zerschlagene Flaschen, die im Lauf einer ewigen Feier an diesen Berg geschleudert worden waren. Eine schöne Party, richtig lustig. Die Leute tranken, und manche tranken zuviel. Sie lachten und stritten. Männer und Frauen verliebten sich, schliefen miteinander, kämpften für und gegen. Möglich, daß die Dümmeren ihre Flaschen an die Felsen schmissen. Oder ihre Kinder. Kleine Kinder hörten Glas gern an Felsen zerschellen, sahen gern Farben explodieren. Die Scherben wurden Juwelen, die später von noch kleineren Kindern entdeckt wurden, wenn sie nach Steinen suchten, die nicht immer nur grau oder braun sein sollten. Am besten rote. Oder gelbe. Von der Höhe des Berges war dieses Gold ganz leicht zu erkennen, von hier oben betrachtet lag es überall reichlich herum, ein schöner Anblick und ein Hoffnungsschimmer.

In diesem Augenblick, sagte er, stand sein Entschluß fest.

***

Es war Isabel, das Zimmermädchen.

Mickey öffnete ohne Zögern die Tür. Er sah sich nicht um. Er dachte nichts, vielleicht weil er erst vor wenigen Stunden gekommen war und nicht geschlafen hatte. Ein langer Spaziergang vom Gipfel des Bergs.

»Wie geht's Ihnen?« fragte sie.
Lächelte sie ihn freundlich an? »Gut, gut, und Ihnen?«
»Sehr gut«, sagte sie. War sie verschämt, schüchtern?
»Ich geh dann jetzt duschen«, sagte Mickey. Er wünschte, er hätte irgendwelche sauberen Kleider. Er hatte seit mindestens einem Monat nichts mehr gewaschen.
Das hatte sie auch gemerkt. »Soll ich Ihnen die Sachen waschen?«
»Könnten Sie das machen?«
»Bei mir zu Hause. Danach bring ich alles wieder zurück.«
»Also, das wäre ungeheuer. Nett, meine ich.«
Als er »ungeheuer« gesagt hatte, mußte sie kichern.
Gemeinsam hörten sie, wie der Mann von gegenüber einen fahren ließ. Sie wandte grinsend und kopfschüttelnd den Blick ab.
Zum erstenmal schämte sich Mickey nicht, kam er sich nicht wie der Furzer vor. Auch er lachte, von Schuld befreit.
»Soll ich sie einfach hier liegenlassen? Auf einem Haufen?«
»Ich hol sie später ab.«
»Also dann geh ich jetzt, unter die Dusche.«
Die Vorstellung schien ihr peinlich zu sein. Oder nicht? Jedenfalls stieg Mickeys Laune noch mehr. »Also dann. Und vielen Dank.« Er stolzierte den Flur hinunter.

Am gleichen Vormittag entdeckte Isabel Mr. Crockett auf seinem Zimmer. Gerüchte behaupteten, er sei schon seit Tagen tot gewesen. Er war auf seinem Schreibtischstuhl – einem, wie sie in jedem Zimmer standen – nach vorn gesunken, zu dem hohen Fenster hin, den Stock mit der weißen Spitze zwischen den Beinen. Ein Krankenwagen kam, Männer in weißen Kitteln hüllten den Leichnam in ein schmuckloses, sauberes, gebügeltes weißes Laken und legten ihn in den Laderaum des Transporters.

Sarge schlug mit jedem Mal energischer auf, ließ sich auch von schwachen Aufschlägen nicht entmutigen, bis es ihm schließlich gelang. Mickey verlor das erste Spiel mit 21:18.
Mickey war völlig erschöpft von der vorigen Nacht, denn er hatte noch nicht geschlafen, was er aber, hätte er sich herausreden wollen, damit begründet hätte, es sei aus Pietät geschehen, weil Mr. Crockett gestorben war. Der Platz war reserviert, und sie hatten, abgesehen von dem einen Tag, wo Mickey nicht erschienen war, immer um diese Zeit gespielt. Sarge, der mit religiösem Eifer an solchen Dingen festhielt, hatte auch heute darauf bestanden.

»Ich finde«, sagte Mickey, »heute ist nicht gerade der beste Tag dafür.«

Sarge wandte sich heftig ab, sprachlos vor Wut.

»Laß gut sein«, sagte Mickey, dem nichts daran lag, mit Worten zu kämpfen. »Ich habe vergessen, wie *wichtig* das ist.«

»Soll das heißen, du willst es nicht einmal versuchen?«

»Ich werd dir den Arsch aufreißen, Elias. Los geht's.«

Mickey schlug auf und gewann 21:14, und das war deutlich genug.

Ein Schluck Wasser, einmal mit dem Handtuch den Schweiß abgewischt, dann eröffnete Sarge das entscheidende Spiel. Er schlug einen perfekten Lob nach dem anderen, immer links in die Ecke, hart an die Wand, bis irgendein Glückstreffer den Durchgang beendete – er zog auf 7:0 davon.

Früher hätte Mickey, um Sarges Angriffsschwung zu brechen, nur etwas mehr Konzentration auf die Verteidigung zu richten brauchen. Aber diesmal retournierte Sarge jeden seiner Aufschläge, so daß nicht er, sondern Mickey schweißgebadet von einer Ecke in die andere hetzte. Sarge stand ruhig mitten auf dem Platz und hatte das Spiel fest in der Hand.

Mickey wollte – das bestritt er nie – gewinnen und kämpfte verbissen gegen den hohen Rückstand an, in den er so früh geraten war. Vergeblich. Sarge hatte sein bestes Spiel geliefert: 21:16.

Mickey gab ihm die Hand.

»Endlich!« rief Sarge. »Unglaublich, was mich das für eine Mühe gekostet hat! Ich dachte schon, du würdest niemals verlieren!« Sarge ballte eine Hand zur Faust und hieb damit blindlings in die Luft. Nicht direkt schadenfroh, aber unverkennbar vergnügt. Das war nicht irgendein Spiel für ihn gewesen. Ähnlich wie Charles nach seiner Niederlage, verlor sich Sarge im Gefühl seiner Wichtigkeit: Er hatte Mickey *geschlagen*, er hatte einen bösen Traum besiegt.

In der Cafeteria pumpte sich Sarge, noch immer außer Atem, die Lungen mit Sauerstoff voll.

»Bitte sehr, Hone-neys«, sagte Lola. »Wenn Kaffee nicht heiß und stark, sagt nur Lola Bescheid, dann mach ich besseren.« Sie zwinkerte Sarge vertraulich zu. »Habt ihr starken Männern sonst keinen Wunsch?«

»Frühstück Nummer drei«, sagte Sarge. »Für uns beide. Ich hab heut endlich diesen Kerl besiegt, da geb ich ihm ein Frühstück aus.«

»Que bueno!« rief Lola. »Por fin!«

Lola wußte zuviel. Das sah Mickey ihrem Grinsen an. »Du kennst sie wohl näher, was, Sarge?«

Sarge schüttelte den Kopf, was aber Mickeys Erkenntnis nicht widerlegte.

»Na los, Boss, gib's zu!«

Er nickte, bescheiden oder beschämt.

»Du Hund!« Mickey überlegte krampfhaft, wann er zum letztenmal das Rumpeln des Bettgestells an der Wand gehört hatte, er hätte es ihm jetzt gern gesagt, aber diese Art von Grausamkeit war einfach nicht da, nicht einmal heute. Er hatte keine Lust, seinen Nachbarn fertigzumachen.

Sarge schlürfte seinen heißen Kaffee. Der Mann aus Michigan lauerte wie ein Falke.

»Na ja«, sagte Mickey, sehr erleichtert, daß seine Zweifel in bezug auf Sarge aus der Welt geräumt waren, »was soll's, ich bin stolz auf dich.«

Fred runzelte die Stirn, was bedeutete, daß er sich schwer belästigt fühlte. Ein korpulenter Mann klopfte mit einer in rotes Kunstleder gebundenen Bibel heftig auf den Empfangsschalter, während gleichzeitig seine freie Hand mit einem kurzen roten Schlips aus kartoffelsackartigem Material herumwedelte. Beides war oft geübt und fein aufeinander abgestimmt. Nicht nur seine Feistheit war übertrieben – die Aufschläge seines beigen Anzugs waren breit wie Ponchofalten, die frische rote Nelke in seinem linken Knopfloch besaß die Größe eines Baseballs –, und seine Stimme war zwar nicht laut, dafür aber durchschlagskräftig. »Ich provoziere nicht gern den Zorn des Allmächtigen«, erklärte er Fred, »aber wenn ich die Polizei holen muß, werde ich es tun.«

Fred hatte Mickey einen Wink gegeben, und jetzt besprachen sie sich unweit der Stelle, wo der Prediger seine immensen Quadratlatschen, die womöglich noch nie geputzt worden waren, breit auf den Boden gepflanzt hatte.»Tu mir und dem Herrn hier den Gefallen und geh mal nachsehen, was mit ihm los ist. Angeblich ist er auf sein Zimmer gegangen, aber nicht mehr zurückgekommen.«

»Wer?« fragte Mickey.

»Charles Towne.«

Der Prediger entspannte sich ein wenig, er schwitzte enorm und fuhr sich mit der Hand übers Gesicht. Das erklärte die Fuchtelei mit dem Schlips – er benutzte ihn als Handtuch.»Behauptet, er hat das ganze Zeug oben auf seinem Zimmer, und ich hab immer gedacht, das ginge schon in Ordnung, hab ihn immer für einen ganz normalen Jungen gehalten«, erklärte er Mickey.»Hätte nicht gedacht, daß er mir heimlich abhauen würde.«

Fred erzählte ihm von den Gegenständen, die der Prediger seinen Angaben zufolge Charles für ihre gemeinsame Kirchenarbeit überlassen hatte.»Hat ihn angeblich heute morgen am Busbahnhof entdeckt«, sagte Fred.

»An der Bushaltestelle, da hat er gestanden«, bestätigte der Prediger.»›Ich fahr nach New Orleans‹, sagte er. Ich habe ihn am Arm gepackt und zurückgeschleift. Reiner Zufall, daß ich grade da war. Verstehe nicht, warum Sie mich nicht einfach rauflassen, damit ich die Sachen holen kann. Gehören mir. Mein Eigentum.«

Mickey ging mit dem Hauptschlüssel zu Charles' Zimmer, klopfte an und rief nach ihm. Nachdem er lange genug gewartet hatte, schloß er auf und ging hinein. Es war alles da, genau wie der Prediger gesagt hatte: Verstärker und Lautsprecher, ein Mikrophon, eine Bibel im Lexikonformat, daneben ein Karton mit billig gedruckten frommen Broschüren. Eine zum Beispiel, zweisprachig, über Gottes Verdammte, stellte die Behauptung auf, gewisse <u>Männer</u>,

Frauen, Knaben und Mädchen – die Wörter waren unterstrichen – seien nicht nur deswegen schlecht, weil sie sich Alkohol und Drogen und Sex ergeben haben, sondern weil dies Gottes Ratschluß sei. Bist du einer von Gottes Verdammten? wurde da gefragt, denn nur der Reumütige findet Erlösung in Jesus, dem Lamm Gottes. Im Gegensatz zu diesen Behauptungen kamen ihm Charles' Lebensbedingungen reichlich profan vor. Der simple Grund dafür mochte sein, daß er so wenig besaß – im Schrank hingen drei Hemden, auf der Ablage darüber lag ein leerer Koffer, auf dem Boden ein Paar Tennisschuhe; über der Schranktür hing Omars Hemd von der Tour nach Juárez. In einer Schublade fand Mickey ein Paar Boxershorts, eine lange Hose, die kurze Hose und das T-Shirt, in denen er immer zum Sport erschien, ein paar dunkle Strümpfe, zusammengerollt, Zahnbürste und Zahnpasta, ein Stück Seife in einer Plastikschale, Haarshampoo und Einwegrasierer. In der Schublade darunter war die Pistole, eine kleine, Kaliber 22, was einen schon nachdenklich hätte stimmen können, wenn darunter nicht noch etwas gewesen wäre: nämlich Briefe. Die Schublade war vollgestopft mit Briefen. Stapel von gebrauchten Umschlägen, frankiert und gestempelt, die meisten sauber mit einem Brieföffner aufgeschlitzt, aber alle völlig leer. Sie waren schmutzig, verschmiert und zerknittert, übersät mit Kaffee-, Fett- und Ascheflecken, bekritzelt und bemalt – jeder einzelne eindeutig aus dem Müll geholt, höchstwahrscheinlich aus dem Container hinter dem Gebäude. Gesammelt, so gut es ging glattgestrichen, sortiert und geordnet. In die linke untere Ecke war jeweils handschriftlich ein Datum eingetragen, die Monate voll ausgeschrieben, keine Abkürzungen, manchmal in Druckbuchstaben, manchmal in Schreibschrift, dazu Tag und Jahr, offenbar das Datum, an dem er sie ausgegraben hatte. Bis auf wenige, die lose oben drauflagen, waren die Stapel mit Gummis umwickelt, manche enthielten einen oder zwei Monate, andere mehr. Alle waren ans YMCA adressiert, die meisten ans Büro, einige an Hausbewohner.

»Er ist nicht im Zimmer«, teilte er Fred mit, als er wieder unten war. Mr. Fuller war jetzt ebenfalls da, sein eisiges Gebaren ließ Mickey darauf schließen, daß seine Durchsuchung des Zimmers nicht gutgeheißen wurde. »Die Sachen sind aber da. Hätte ich die mit runterbringen sollen?«

»Nein«, sagte Fuller bestimmt. Er hatte die Krawatte gelockert, sein Jackett war nicht zugeknöpft. »Ich lasse es nicht zu, daß sie diesem Mann gegeben werden, es sei denn, Mr. Towne erklärt persönlich sein Einverständnis.«

In der Brusttasche des Predigers steckte eine Broschüre, deren Titel plötzlich auftauchte wie die Quittung aus einer Registrierkasse: WER HAT DIE MACHT? Der Prediger hatte seine Bibel auf den Schalter gelegt und riß jetzt eine Tüte mit Käsegebäck auf, eine sprudelnde Diätlimo wartete bereits. »Bei Gott, das soll er mal abstreiten, daß diese Sachen mir gehören. Von mir aus können wir gern die Polizei rufen.«

»Das führt doch zu nichts«, sagte Mr. Fuller noch einmal. »Ich werde nicht zulassen, daß ohne seine Erlaubnis irgend etwas aus dem Zimmer entfernt wird.«

Plötzlich hatte Mickey eine Erleuchtung: Charles war im Tischtennisraum. Da es zum Spielen noch zu früh war, ging Charles allein in dem dunklen leeren Raum auf und ab, wobei er, zusammengesunken, wesenhaft wie ein Schatten, einen vielsilbigen Monolog vor sich hin murmelte und bei jeder Kehre den Plastikgummibaum in der Ecke streifte.

»Wie spät ist es?« fragte er Mickey. Er hatte Mickey hereinkommen sehen, sich aber nichts anmerken lassen. Er ging auf Strümpfen, die zu groß waren und schrumplig unter den

Zehen klebten, seine Hände steckten in der ausgebeulten Hose und zogen die Hosenträger stramm.

Mickey gab eine ungefähre Schätzung ab. »Warum?«

»Dann ist es...«, fing Charles an. »Dann ist es... in New Orleans...«

»Was hat du, Charles? Stimmt was nicht?« Mickey sagte, daß Charles plötzlich nach New Orleans zurückgewollt habe, dafür sei er verantwortlich. Er war überzeugt davon, das Tischtennismatch sei schuld daran gewesen.

Charles hatte, ohne stehenzubleiben, sein Selbstgespräch fortgesetzt. »Wie spät ist es?« fragte er Mickey noch einmal.

Mickey wiederholte seine ungefähre Zeitangabe. »Charles, da ist so ein fetter Prediger aufgetaucht, der will seine Sachen zurückhaben. Weißt du, von wem ich rede?«

Charles hörte gar nicht hin, und Mickey ging wieder zum Empfang zurück. »Ich hab ihn gefunden«, teilte er den drei Männern dort mit. Er berichtete ihnen von Charles' Verhalten: hin- und hergehen, Selbstgespräche führen.

Der Prediger wackelte ungläubig mit dem Kopf. »Versteh ich nicht«, sagte er, Lippen und Zunge gelb von synthetischem Käse. »Was fährt eigentlich in manche Leute?«

Mr. Fuller gefiel das alles nicht, aber am wenigsten gefiel ihm Mickey, selbst in diesem Augenblick. Jedenfalls empfand Mickey es so, da Fuller eindeutig Mitgefühl mit Charles bekundete und Mickeys Bericht gar nicht gut aufnahm. «Wir lassen den Mann in Ruhe«, sagte er zu Mickey. »Er hat seine Rechte.«

»Ich will nur, was mir gehört.« Der feiste Prediger zerknüllte die leere Tüte und warf sie neben die Diätlimo, wo sie sich knisternd wieder zu ihrer ursprünglichen Form auseinanderfaltete. Er fuhr sich mit der Handfläche über den Mund und räusperte sich. »Auch ich habe Rechte. Fairer Vorschlag: Wir gehen hin und hören uns an, was der Junge dazu zu sagen hat, daß ich mein Eigentum zurückhaben will.« Er wischte sich die Hand am Schlips ab, und umgekehrt.

Mr. Fuller fand den Vorschlag gar nicht gut, schloß sich aber, widerwillig, den anderen an und folgte Mickey, der vorausging. Fred blieb am Empfang zurück.

Charles war nicht mehr im Tischtennisraum.

»Und jetzt?« fragte Mr. Fuller beide und keinen von ihnen. Der Prediger schüttelte ungläubig den Kopf.

Fuller marschierte wütend davon. Blieb noch einmal stehen und drehte sich um. »Kommen Sie«, knurrte er den Prediger geringschätzig an. »Ich bringe Sie zur Tür.«

»Dann werde ich eben die Polizei einschalten müssen.«

»Tun Sie das,« sagte Fuller. »Rufen Sie die Polizei, aber vorher verlassen Sie dieses Haus.«

Mickey ging auf die Toilette. Erst hörte er Charles nur, dann sah er unter einer Kabinentür seine bestrumpften Füße. »Charles«, sagte er, vor dem Pissoir seine Blase leerend.

Charles unterbrach sein Selbstgespräch.

»Charles, was willst du denn jetzt machen? Ich meine mit dem Zeug, das der Prediger zurückhaben will.«

»Dasselbe wie gestern«, sagte er nach einer langen Pause.

Mickey fühlte sich ermutigt. »Ah, sehr gut. Und was hast du gestern gemacht?«

»Weiß nicht mehr«, sagte Charles vorsichtig.

Mickey konnte fast wieder lachen. »Hört sich vernünftig an«, sagte er. »Hört sich wirklich völlig vernünftig an.« Er zog den Reißverschluß hoch und ging.

Mickey fand Omar nicht auf seinem Zimmer – warum er ihn besuchen wollte, wußte er selbst nicht genau. Vielleicht nur, um sich an seinem Kater zu weiden. Er kam an Butchs Zimmer vorbei.

»Omars Freunde sind wieder weg?« fragte er und hockte sich auf die Schreibtischkante.

Butch lag auf dem Rücken auf seinem Bett, eine fast leere Literflasche Bier neben sich. Mickey fühlte sich einfach bestens. Er fing an, die Sache mit Charles zu erzählen, hörte aber bald wieder auf, als er merkte, daß Butch sich einen Scheiß dafür interessierte. Beziehungsweise noch schlimmer: daß Butch alle Geschichten von Mickey einen Scheiß interessierten. So deutete er es jedenfalls. Er stand gerade auf und wollte gehen, als Butch etwas sagte.

»Was?« fragte Mickey unwillig, eigentlich wollte er nichts mehr von ihm hören.

»Ob du pinche Omar gesehen hast«, sagte Butch.

»Nein.«

Butch sagte wieder etwas, das Mickey nicht verstand, und er wollte es auch gar nicht wissen. »Scheiße, Mann, wieso hab ich dich gestern abend so gut hören können?«

»Aquel pinche culero ist mit dem Wagen abgehauen«, sagte Butch etwas lauter. »Mit dem ganzen Mist, den ich für meine Kinder und meine Alte gekauft hab. Alles schon im Kofferraum, Bruder. Das Arschloch kommt bestimmt nicht mehr wieder.«

»Vielleicht macht er nen Ausflug mit seinen compañeros.«

»Cuáles?«

»Mit diesen Typen. Du weißt doch.«

Butch wußte es nicht.

»Der von gestern abend, das war einer davon«, sagte Mickey. »Du weißt doch, von wem ich rede.«

»Ausgeschlossen.«

»Warum sagst du das?!« fragte Mickey wütend.

»Porque er kennt diese Typen gar nicht«, sagte Butch kaum hörbar.

»Aber natürlich kennt er diesen einen«, sagte Mickey laut. »Harry, so hieß er, der gestern abend mit uns losgezogen ist. *Harry*. Den hat er von irgendwo gekannt.« Er regte sich jetzt richtig auf. »Warum sollte ich denken, er kennt ihn, wenn es nicht so war?«

»Ausgeschlossen«, sagte Butch verbittert und reckte den Hals. »Du kommst auf verrückte Gedanken, Bruder.«

Mickey gab den Versuch auf, Butch an seinem T-Shirt vom Bett zu ziehen. »Er hat ihn von früher gekannt, das sag ich dir! Was weißt du überhaupt davon?«

Butch fing wieder an zu flüstern.

»Scheiße, ich versteh kein einziges Wort! Sprich so wie gestern abend! Als du mit diesem Harry geredet hast, da konnte ich jedes Wort verstehen!«

»Daß er diesen Typ nicht kennt«, sagte Butch ein bißchen lauter.

Langsam erinnerte sich Mickey, wie die beiden sich angemeldet hatten, wies das aber zurück. »Natürlich kennt er ihn!« Er hatte das Gefühl, man habe ihn reingelegt. »Scheiße, warum sollte ich sonst so was denken? Wie kannst du sagen, er hat den Typ nicht schon früher gekannt?«

»Porque ich hab mit ihm gesprochen, du hast es ja selbst gehört. Er war ein pinto wie ich. Aber er kennt Omar nicht, hat ihn vorher noch nie gesehen.«

Benommen stand Mickey auf und wollte gehen. »Kommt mir vor, als ob ihr beide ihn schon vorher gekannt habt. Hat er doch praktisch selbst gesagt. Ich schwör's euch. Ich schwör's.«

»Er war bloß im Knast. Hat was abgesessen an der Ostküste. Estaba en la mafia allí, me dijo.« Butch kippte den Rest des Biers. »Dieser pinche Omar ist mit dem Spielzeug meiner Kinder abgehauen«, sagte er kaum hörbar.

***

Mickey aß mehr Weichbrot und Weichkäse als gewöhnlich und trank auch viel mehr lauwarmes Wasser als sonst. Sein Hunger ärgerte ihn, weil er bereits mit Sarge gefrühstückt hatte, aber er konnte nicht jedem seiner Gefühle nachgeben. Da ihm nichts anderes einfiel, versuchte er es noch einmal mit dem Western.

Diesmal befreite Jake Consuela aus den Händen gesetzloser Gringos, indem er sie tötete, dabei aber selbst angeschossen wurde. Eine Kugel hatte sich in seinen Hintern gebohrt, und Consuela mußte sie ihm rausschneiden. Sie kicherte, als er vor ihr die Hose ausziehen mußte. Er wollte die Kugel nicht, wie sie vorschlug, als Souvenir behalten, weil er die Satteltaschen schon voll von solchem Zeug hatte. So viel ist es nun auch nicht, bemerkte sie. Aber trotzdem eine ganze Menge, sagte sie, während sie, ergriffen und beeindruckt, die Narben auf seinem männlichen Körper betrachtete. Dann konnte sie sich nicht mehr bezähmen. Einem solchen Mann konnte sie nicht widerstehen. Und Jake, überall von ihren Händen berührt, vergaß bald den Schmerz seiner Wunden.

Mickey warf das Buch in Richtung Papierkorb – Treffer. War er eifersüchtig? Vielleicht ein bißchen. Vor allem aber hatte er es satt, daß dieser Jake immer so ein Glück hatte. Satt, daß draußen in Jakes Wildem Westen immer alles so glattging, daß er und alles, was er tat, so glaubwürdig war. Er hatte es satt, daß diese Frau immer so falsch Consuela hieß – die anderen schönen Mexikanerinnen in dem Buch, Consuelas Schwestern, hießen Carmen und Magdalena – und sich dauernd in vertrottelte Kuhhirten verknallte, die auch nie Geld in der Tasche hatten.

»Wirf lieber erst mal einen kurzen Blick auf den Dienstplan«, sagte Fred. Oscar lehnte an der üblichen Stelle.

»Hab ich einen anderen Tag?« Mickey ging durch die kleine Schwingtür und trat an die Wand hinter dem Schalter. »Aber ich finde meinen Namen nicht.«

Fred nickte.

Mickey überlegte einige Sekunden. »Also, was hat das zu bedeuten?«

»Hier ist ein Scheck für dich«, sagte Fred. Er spielte den Gleichgültigen. »Soll ich ihn dir einlösen?«

»Scheiße. Kann dieser Feigling es mir nicht selbst sagen?« Mickey wurde erst jetzt bewußt, daß Oscar ihn beobachtete, gespannt, was als nächstes passieren würde.

»Er hat gesagt, du weißt, daß das keine feste Anstellung ist«, sagte Fred.

»Was steckt *wirklich dahinter*, Fred?«

Fred schüttelte den Kopf, aber nicht so, als ob er es nicht wußte, sondern als ob er es nicht sagen wollte.

»Ich sollte mal bei diesem Arschloch vorbeigehen.« Mickey sah Mrs. Schweitz im Büro, gebückt in ihre Arbeit vertieft, sie tat, als höre sie nichts, als ginge sie das alles nichts an. »War das vor oder nach dieser Sache mit Charles Towne?«

»Der Dienstplan hängt seit heute morgen hier.«

»Ist schon ein Neuer eingestellt?«

»Sollte heute anfangen, kann aber erst morgen. Hat er mir gesagt. Fuller übernimmt die Schicht heute abend selbst.« Fred lächelte ironisch. Dann rückte er verschwörerisch an Mickey heran. »Der wird genausowenig damit fertig.«

»Soll ich ihm eins in die Fresse hauen, Fred?«

Fred lachte unbehaglich. Oscar grinste nicht einmal.

»Lös mir den Scheck ein«, sagte Mickey und ging wieder

nach vorn, vor den Schalter. Er unterschrieb den Zettel, und Fred zählte ihm Scheine und Münzen aus der Kasse hin. Mickey sah zu Mrs. Schweitz hinüber. »Ist es wegen ihrer Tochter? Oder wegen der anderen, dieser Mária?«

Fred zögerte. »Es gab einige Beschwerden über dich, von verschiedenen Seiten, aber ich glaube, es ist wegen der Mädchen.« Fred sah ihm nicht ins Gesicht, als er das sagte.

»So ein Arschloch.« Mickey ging zum Aufzug und wartete geduldig, daß die Tür aufglitt. Es sollte so aussehen, als mache ihm das alles gar nichts aus, als habe er sich fest im Griff.

Liegestütze, Sit-ups. Er machte so viele, wie er konnte, bis seine Muskeln nicht einen einzigen mehr zuließen, bis er so erhitzt war, daß er glaubte Fieber zu haben. Der Abend dämmerte, das Gelb der Vorhänge mischte sich ins Grau. Das Fenster stand offen. Der Wind warf die Vorhänge hin und her, ließ den Stoff an die Wände klatschen, an den Stangen ziehen, half dem Himmel hinein und über ihn herfallen. Er schloß die Augen, weil er auch das satt hatte.

Er wollte sich an wahre und wirkliche Dinge erinnern: Als er in der Nacht zuvor den Berg hinabgestiegen, Felsen hoch und runter gesprungen war und Steine und Glasscherben losgetreten hatte, war das Mondlicht um die Straßenlaternen und unter ihren blaßgelben Bienenkörben eisblau geworden – als ob der Wind, die Wüste und der Berg um ihn herum noch allgegenwärtig seien. Steine und Sand, in Mauern, auf Straßen, an Bürgersteigen und Bordkanten. Steine konnten gesammelt, gestapelt und geordnet, vermengt und sortiert werden, sie konnten für Zäune und Fundamente und Hausmauern verwendet werden, aber sie waren nie unter Kontrolle, wurden niemals absichtlich weggetreten oder fortgeworfen, und der Sand, ausgegraben, aufgehäuft, eingeebnet, bewässert, ganz gleich unter welcher vorübergehenden Herrschaft oder Verwaltung, siegte am Ende über die meisten Gärten und Vorgärten, Gassen, Grundstücke und Plätze. Die Wüste und der Berg herrschten immer noch als unumschränkte Wildnis in diesen Straßen, über die Westernfassaden dieser ein- und zweistöckigen Gebäude mit ihren von Säulen getragenen Porches und Balkonen aus verzogenen, zerbrochenen Geländern, Dielenbrettern und Verzierungen, deren Farbe, natürlich oder aufgemalt, längst ausgetrocknet war, die Bindekraft verloren hatte, sich schälte, abblätterte und wie Saat zu Boden fiel.

Er hatte einen alten Tennisball gefunden, den er im Weitergehen auf dem von der Zeit zernagten Bürgersteig aufspringen ließ – in den Ritzen wuchs Unkraut, frische, grüne fruchtbare Gewächse, hoch aufgeschossen und mit bösartigen, reptilienhaft verkrusteten Blättern, dicht besetzt mit kurzen wolligen Stacheln, die noch nicht so weit entwickelt waren, daß eine Berührung so schmerzhaft verlief wie die mit einem Feigenkaktus. Er war über eine Absperrkette auf den Schulhof einer Grundschule gestiegen und hatte den Tennisball nach den kleinen Fenstern des kleinen Hauses an der Mauer geworfen – so war es ihm da vorgekommen, und so kam es ihm auch jetzt noch vor. Er richtete sich hoch auf und spielte Baseball-Schiedsrichter. In der kalten Luft hingen die Gerüche von warmem Teig und verbranntem Fett, er setzte sich an einer Ecke des quadratischen Hofs auf den Asphalt, warf den Ball auf eine Betontreppe und erinnerte sich an seine Kindheit, als er noch kaum Ahnung von irgend etwas hatte. Er ritt auf Pferden. Es gab eine Menge Vögel: Tauben und Spottdrosseln, Falken und Stare, Wachteln und Eulen. Hunde jaulten, Katzen zankten. Manchmal ein Kojote, manchmal eine Schlange. Grillen und Zikaden. Dornen und Nadeln und Stiche brachten ihn zum Weinen. Es gab hohe Bälle und flache. Er zielte mit einem 22er Luftgewehr nach einer Blechdose, er träumte von Abenteuern und Ruhm.

Im Einschlafen hörte Mickey Sarge eine heiter-seichte Melodie vor sich hin pfeifen, was er seit Beginn ihrer gemeinsamen Rebote-Partien nicht mehr von ihm gehört hatte. Sarge hatte endlich gewonnen. Sarge öffnete seine Zimmertür und entspannte die vergnügt gespitzten Lippen, sobald er seinen Lieblingssender angestellt hatte.

Dann hörte er draußen vorm Fenster die Stimme von Charles. »Nehmen Sie's! Sie können alles haben!« Ein Krachen. »Ich will NICHTS davon!« Mehr fiel aus dem Fenster. Charles, in einem Zimmer direkt unter ihm, kreischte unverständliches Zeug und schleuderte irgendwelche Sachen an die Wände. Dann wurde wieder etwas aus dem Fenster gestürzt. Dann noch mehr Geschrei und Getrampel. Sarges Musik verstummte – auch er hörte zu. Nach einer Weile endete schließlich auch der Lärm in Charles' Zimmer.

Mickey konnte nicht einschlafen, wollte aber unbedingt. Also Bälle springen lassen, passen, werfen.

»Niemand gewinnt immer, das weiß doch jeder.«

»Aber Ihre Serie ist beendet.«

»Wenn ich mittendrin einmal verloren hätte, hätten Sie's großartig gefunden, daß ich nur ein einziges Mal verloren habe.«

»Schon möglich.«

»Ganz sicher.«

»Verlieren macht Ihnen also nichts aus?«

»Natürlich macht's mir was aus«

»Man sagt, Sie hätten verloren, weil Sie krank oder verletzt waren.«

»Ich habe verloren; keine Ausreden. Wenn man verliert, will man spüren, wie das war, weil da etwas schiefgegangen ist. Aber ich habe auch gewonnen, wenn ich mal krank oder verletzt war.«

»Sie meinen also, er hat Ihnen gegenüber aufgeholt?«

»Wer weiß? Das wird sich zeigen. Ehrlich gesagt, diese Frage kotzt mich an. Wie kommen Sie überhaupt dazu? Warum darf ich nicht auch mal ein Spiel oder zwei verlieren wie alle anderen? Wieso muß ich mich dafür rechtfertigen? Dauernd verliert irgendwer, und kein Mensch kümmert sich darum.«

»Die Niederlage hat Sie geärgert.«

»Nein, überhaupt nicht. Kein bißchen.Vergessen Sie's einfach, klar?«

Es funktioniert nicht mehr. Kann auf diese Weise nicht einschlafen. Er muß weg. Er kann nicht bleiben.

Er schläft trotzdem ein. Fast jedenfalls.

Er erinnerte sich, wie er gedacht hatte, das Licht sei eigentlich gar nicht gelb. Es war braun. Wie Erde. Er hörte etwas knacken, wahrscheinlich nur sein Herz, das Klappern der Muskelventile, doch ängstlich, wie er war, pirschte er heran, bevor es ihn überrumpeln konnte, schlich so nah heran wie möglich, und dann PENG! pfiff und krachte die Explosion wie Fleisch und Sehnen und Knochen – es war der Tod. Der Tod war in ihm, und die Farbe des Zimmers, dieses Braun, das war die Erde, die schaufelweise auf ihn niederfiel. Noch aber wich seine Vorstellungskraft – er war sich nicht sicher, wie er das nennen sollte – aus dieser Austrittswunde – Schußverletzung, in einem Western –, und sein Geist, oder wie man das nennen mochte, folgte nach, nein er blieb stecken, verstopfte die Öffnung, und dieser Klumpen dehnte sich aus, bis er klein wurde, ein kleiner Knoten oder so etwas, der immer noch kleiner wurde und rasend schnell auf ein Licht von der Form der Sonne zustrebte.

Mickey zwang sich aufzuwachen und horchte eine kurze Weile, die ihm sehr lang vorkam. Es war geschehen. Er wußte es. *Wußte* es. Und er lebte noch immer. Da war er sich sicher, vollkommen sicher. Er konnte seinen Atem und das Pochen seines Herzens hören. Das war echt. Etwas Seltsames war in diesem Gefühl des Lebendigseins: eine Freude, die schmerzte wie Trauer.

Er wußte nicht, wie lange da schon jemand geklopft hatte. Sarge konnte es nicht sein, weil Mickey erst am Tag zuvor mit ihm Rebote gespielt hatte. Und Isabel – sie *hatte* vergessen, seine Wäsche mitzunehmen; der Haufen lag noch immer auf seinem Schreibtisch. Er stieg aus dem Bett und öffnete die Tür, barfuß und ohne Hemd. Hatte er überhaupt geschlafen? »Komm rein«, sagte er zu Butch. Er streckte sich gähnend. »Was für eine Nacht. Beschissen geschlafen.«

»Du warst also hier drin?« fragte er ungläubig. Butch sprach so laut und aufgeregt wie damals an diesem Abend.

»Wo denn sonst?«

Butch wich seinem Blick aus. »Weiß ich nich, Bruder.«

»Ich hau ab von hier«, teilte Mickey ihm mit. »Scheißladen.«

»Du hast es also nicht getan?« Butch sah ihn offen an. »Ich dachte, vielleicht wärst du das gewesen, weil dieser vato dich gefeuert hat, und...«

»Der war viel zu feige, mich zu feuern. Konnte es mir nicht mal ins Gesicht sagen.«

Jetzt sah Butch wieder weg. »Entonces, no lo hiciste. Es que, du sagst also, du hast es nicht getan?«

»Was denn? Scheiße, wovon redest du eigentlich?«

»Daß irgendwer Schlappohr umgeblasen hat.« Er beobachtete Mickey gespannt. »Ich wette, viele der Jungs hier werden sagen, daß du das getan hast.«

Mickey überdachte die Mitteilung sorgfältig.

Butch lauschte, aber Mickey gab keinen Ton von sich. »Anoche, am Ende deiner Schicht. Haben Charles geholt, in Handschellen y todo. Pero, so wie wir das mitbekommen haben, fue como un hit. Había un balazo aquí« – Butch rieb sich mit drei Fingern zwischen den Augenbrauen, und dann – »y otro acá«, er klopfte sich an die Brust. Butch gab der Mitteilung ein paar Sekunden, damit sie sich ausbreiten konnte. »La cosa es que, ich hab darüber nachgedacht, was du uns erzählt hast, mir und Omar, y también lo que el me dijo una vez, que, na ja, ya sabes, daß er dir eigentlich nicht glauben würde, sondern daß du auch so einer wärst, hat er gesagt, der irgendwann mal durchdreht, como aquel loco, dieses blöde Arschloch.«

»Wie wer?« Mickey versuchte sich zu konzentrieren. »Redest du von Reverend Miller?«

Butch nickte und lächelte Mickey an und durch ihn hindurch. »Ich hab's keinem weitererzählt, was Omar gesagt hat. Ich glaube nicht, daß er recht hat.«

»Der kann mich mal. Omar ist ein mieses Arschloch.« Beleidigt von Omars Vergleich, nahm Mickey sich einige Augenblicke Zeit, bevor er auf die andere Sache zurückkam. »Ich war hier.« Er zog ein weißes Hemd heraus, eins von denen, die er immer trug, und fing an, es zuzuknöpfen.

Butch sagte etwas, das Mickey nicht verstand.

»Ich hör dich so schlecht. Was hast du gesagt?«

Diesmal schien Butch keine Mithörer haben zu wollen. »Entonces, es ging also nicht um diese andere Sache, wovon du uns erzählt hast?«

»Was für eine Sache?« Mickey zog Strümpfe an, darüber seine Stiefel. »Meinst du den Quatsch mit der Post?«

Butch nickte, er sah Mickey direkt in die Augen. »Weil diese vatos, also das waren ganz üble Typen, von der Ostküste, wie du immer gesagt hast.«

Mickey fing an, seinen Seesack zu packen.

»Y es más...« Butch verkleinerte den Abstand zwischen ihnen und flüsterte noch leiser als sonst, »... daß einige Leute hier behaupten, sie hätten kurz vorher den anderen vato, con la boina, den mit der Baskenmütze gesehen. Der war hier in der Nähe...«

Mickey unterbrach ihn. »Moment mal. Denk nicht so was. So war das nicht. Das hatte überhaupt nichts mit mir zu tun. Außerdem hab ich Westküste gesagt, nicht Ostküste.«

Butch nickte, hielt Blickkontakt mit allem möglichen, nur nicht mit Mickey.

Butch glaubte ihm nicht. Denn genau das würde einer sagen, der lügt. *Genau* das, was er gesagt hatte. Die einzig richtige Antwort. Mickey hatte es gesagt, das stimmte, und jetzt mußte er es abstreiten, oder?

»Die denken also, es war Charles?« fragte Mickey.

Butch nickte und lächelte ihn an.

Butch und Mickey fuhren schweigend im Aufzug nach unten. Beim Hinauskommen hatte Mickey mehr erwartet. Er konnte einfach nicht glauben, daß hier anscheinend alles war wie immer. Fred saß hinterm Empfang, und Oscar lehnte an der Theke, wenn auch nicht in seiner gewöhnlichen Haltung. Er hielt sich aufrechter, sein Körper lehnte nicht entspannnt an der Kante.

John Hooper kam um die Ecke aus der Cafeteria, einen

Zahnstocher im Mund. Er sah Mickey und blieb stehen. »Wieder ein Tag mit Verrückten und Homos und weiß Gott was sonst noch«, sagte er und schob seinen Cowboyhut mit dem Daumen aufwärts. »Ich hätte geschworen, daß das dieser durchgedrehte Reverend war.« Er verschränkte die Arme und schüttelte den Kopf, angewidert von diesem Haus. »Ich bin hier, ich verschließe immer die Tür.« Seine Stiefel klackten rüber zum Aufzug, er drückte auf den Aufwärts-Knopf, die Türen glitten auseinander. Als John Hooper drin war, glitten sie wieder zu.

»Die sind also sicher, daß es Charles Towne war?« fragte Mickey Fred. Mrs. Schweitz war nicht da.

Fred zog die Augenbrauen zusammen und nickte.

»Weiß man schon warum?«

Fred antwortete nicht sofort. »Wegen der Post. Es heißt, es war wegen der Post.«

Oscar sah Mickey schräg von der Seite an, als habe er endlich herausgefunden, an wen Mickey ihn erinnerte.

»Wegen der Post«, wiederholte Mickey.

Fred sah einfach ins Leere.

Butch stand dicht hinter Mickey.

»Versteh ich nicht«, sagte Mickey. »Kann mir nicht vorstellen, daß Charles so was tut.«

»Der Typ mit der Baskenmütze hat ihn verpfiffen«, sagte Butch kaum hörbar und grinste.

»Stimmt das?« fragte Mickey Fred.

Fred nickte. »So habe ich es gehört.«

Butch starrte Mickey an, als wollte er ihm zublinzeln. Er war überzeugt.

»Es war seine Pistole, ja? Man hat Charles mit der Pistole erwischt?«

»Anzunehmen«, sagte Fred. Fred benahm sich, als ob er

Mickey nicht mehr kennen würde. Als ob Mickey für ihn die ganze Zeit über bloß irgendein Hausbewohner gewesen wäre.
»Ich bin nicht die Polizei. Die mußt du fragen.«

Bevor er sich abmeldete, ging Mickey ein letztesmal schwimmen. Er war besser geworden; er konnte eine halbe Meile schwimmen, ohne anzuhalten, und dann noch eine. Die meisten, wenn auch nicht alle, von den älteren Stammkunden schwammen in ihren Schutzbrillen und Masken, Schnorcheln und Badehosen mit gleichmäßigen Arm- und Beinstößen hin und her. Als ob nichts geschehen wäre. Mickey mußte sich eine Bahn mit jemand anderem teilen, er zog die Plastikbrille über die Augen, stieß ab und verschmolz mit dem stummen Wasser. Hin und her. Dann sah er Sarge neben sich einsteigen, und nach mehreren Bahnen spürte er ihn noch immer eine Körperlänge hinter sich. Mickey schwamm, bis er diesen Wettkampf, dieses Spiel nicht mehr ertragen konnte. Er hörte auf und stemmte sich aus dem blaßblauen Wasser.

Sarge kam nach Mickey in die Dusche. »Weißt du, was ich gehört habe?«

Mickey schüttelte den Kopf.

»Daß es was mit dir zu tun hatte.«

Mickey schüttelte den Kopf.

»Unfug natürlich«, sagte Sarge. »Der Mann ist durchgedreht. Man hat die Waffe in seinem Zimmer gefunden.« Sarge lachte. Seit Mickey dieses eine Rebote-Match verloren hatte, hatte Mickey keine Macht mehr über ihn, und Sarge sprach wieder so souverän wie früher. »Wieder so eine dumme Geschichte von diesen Leuten. Das heißt, genaugenommen ist es dein Kumpel Butch, der sie in Umlauf bringt. Erzählt jedem, eigentlich wärst du gemeint gewesen, man habe sich in der Person geirrt.«

Mickey sagte kein Wort.

»Spielen wir morgen wieder Rebote?« fragte Sarge.

»Weiß noch nicht«, log Mickey. »Ich sag dir später Bescheid.«

Sarge grinste sarkastisch.

»Warst du nicht mit Fuller befreundet?« fragte Mickey anklagend.

»Vor langer Zeit hab ich ihn besser gekannt. Traurig für die Familie. Wirklich traurig.«

Mickey hatte Sarge noch nie gemocht, und, sagte er, das sei immer eines seiner Probleme gewesen, Typen wie Sarge.

»He«, sagte Sarge. »Besorg dir einen Job, klar?«

Mickey nickte. »Öl dein Bettgestell«, sagte er.

Zurück auf Zimmer 412, packte Mickey die letzten Sachen in seinen Seesack, sah sich um und schloß gerade die Tür, als der Alte von gegenüber – mit einer neuen und leeren Pinkelflasche in der Hand, in Strümpfen über das glänzende Linoleum rutschend, bekleidet mit Boxershorts und einem dünnen, weit ausgeschnittenen T-Shirt – nach einem Gang zur Toilette vor seiner Tür ankam.

»Qué pasó?« fragte er Mickey, stolz auf sich selbst, daß er Spanisch sprach und freundlich war. Er war richtig dankbar.

»Mir geht's gut. Und Ihnen?«

»Mir geht's auch gut«, sagte er. Er nahm keine Notiz von dem Seesack auf Mickeys Schulter. Er lächelte.

»Freut mich zu hören«, sagte Mickey. »Ich muß jetzt gehen. Bis später mal.«

»Okay, hasta luego, bis später mal«, sagte der alte Mann

und ging zurück in sein Zimmer, stellte den Ton seines Fernsehers lauter und legte sich wieder ins Bett.

»Ich reise ab«, sagte Mickey zu Fred. Oscar war auch da. Mickey ließ den Schlüssel von Zimmer 412 auf die Theke fallen. »Seid mir schön artig.« Die beiden Männer lächelten weder, noch rührten sie sich.

Er blieb mit Butch an der Tür stehen. »Ich kann's nicht glauben, daß dieser Scheißkerl Omar dein ganzes Zeug geklaut hat«, sagte er. Diesen kleinen Sieg wollte Mickey sich nicht nehmen lassen: Omar war nicht in Ordnung. Omar war ein Arschloch.

»Es war das schlechte Zeug«, flüsterte Butch jetzt wieder geheimnisvoll, aber auch, um vertraulich zu sein. »Es war genau wie du gesagt hast. Porque, es war como nos dijiste. Bloß der falsche Mann am Empfang. Der hat es verschissen. Jetzt hängen sie's Charles an.« Er wollte, daß Mickey ihm die wahre Geschichte erzählte.

Mickey schüttelte den Kopf. »Ich glaub das nicht«, sagte er.

Neben der Doppeltür, wo sonst immer Mr. Crockett gesessen hatte, rückte er sich die Sonnenbrille auf dem Nasenrücken zurecht.

Mickey war jetzt sicher, daß er am Leben war, mit Körper und Geist. Und es tat ihm leid – weil es einfach nicht fair war. Fuller war nicht schuld. Omar und Charles auch nicht. Er sagte, es sei auch nicht seine Schuld gewesen, aber es komme ihm so vor. Wenn, oder wenn doch nur. Aber nein, *nein*, es war nicht mit Absicht geschehen, das wußte er jetzt genau, das war nicht wahr. Er *wußte* es.

»Grüß Isabel von mir«, bat er Butch, als er die Doppeltür aufmachte. Er gab ihm die Hand. »Also dann, nos vemos, mach dir nichts draus.«

»A dónde vas?« fragte Butch.

Das Licht draußen war weiß, die Luft blau, die Sonne gelb. Es war ein warmer Tag im Westen. Mickey wollte zu Fuß gehen. »Ich glaube, ich geh mal rüber und versuch ein paar Tage bei Ema zu bleiben. Und dann, na ja, wer weiß?«

Wenige Meter von den Glastüren des YMCA entfernt, prüfte Mickey noch einmal den Sitz seiner Spiegelsonnenbrille. Er machte ein paar unsichere Schritte, als er das Gewicht des Seesacks auf seinem Rücken verteilte. Er ging ein paar Blocks und blieb an einer roten Ampel stehen. Bei Grün ging er über die Straße und wandte sich dann nach Süden, in Richtung Innenstadt oder Grenze.